笭菁作品12



# 妖異魔學園

DEVIL ACADEMY : BLOODY CRUCIFIX

## 疫魔

笭菁 著

# CONTENTS

# 妖異魔學園

DEVIL ACADEMY : THE SCHOOLHOUSES

# 楔子

遠遠的，就能看見繁華如星的萬家燈火。

一行披著斗篷、風塵僕僕的人們站在高處俯瞰，燈火在林間閃耀著，綿延無盡，難以想像城市究竟有多麼寬廣。

沙沙……四周傳來聲響，有東西在密林間移動，不時還有低吼與呼嚕聲圍繞，在無界森林裡，什麼非人異類都有，小至魍魎鬼魅，大到魔物之屬，都在這兒徘徊；或許，跟他們一樣，正俯瞰著都城的燈火，想像著裡頭有多少人類足以飽餐一頓。

「好美喔……」江雨晨喃喃說著，看得眼花撩亂，「那就是都城了嗎？好大喔！」

「是啊，都城相當寬廣，跟我們那小村小鎮比起來大太多了。」堺真里曾來過一次，「裡頭跟鎮上的風光也截然不同，一個區就比我們鎮大上幾倍。」

「守衛相對更嚴密吧？」芙拉蜜絲轉過身，「都城的防衛廳都是一等一的高手。」

過去曾經一心想成為都城自治隊的芙拉蜜絲，對這些再清楚不過了，都城是這一區的首都，不管是對人的防備對妖物魔怪的封印全部都是一流的。

「不必緊張，我們越自然越好。」堺真里也轉身，他們在崖邊生火紮營，「就像過去一樣，我們只是搬家遷徙罷了。」

芙拉蜜絲抬首，眼睛在火燄照耀下卻一點也沒有光彩，她只是微微頷首，緊接著又將帽簷拉緊，雙眼凝視著火堆，手上的小樹枝撥弄著柴火。

跟過去一樣？怎麼可能？他們已經回不去了。

她燒毀了自幼生長的安林鎮，因為全鎮合力殺死了她的父母、害她跟弟妹們分離，甚至還意圖對她下格殺令。

為什麼？就因為他們一家都是「闇行使」。

五百年前一場天譴浩劫，讓人類世界崩解，傳說因為天譴降臨，導致世界秩序崩毀，法則扭曲，因此人界、魔界、妖獸、妖物，甚至是魍魎魑魅都經由扭曲的時空進入人界，或進行大屠殺、或將人類視為玩具、或是任其自相殘殺，人類文明迅速倒退，而且人口大量減少。

過去的七大洲僅剩五洲，南極洲跟大洋洲不復存在，全世界規劃成四大區域：歐洲、亞洲、美洲、非洲，國界徹底消失，世界各地種族融合，英語成了世界共同語言，各國原本的語言成了當地方言，各民族自行保全延續。

而人類歷經了五百年的死亡威脅仍舊堅韌的活下來，每個聚居地都有大量的封印與屏障阻止異類入侵，而製造這些封印與抵禦武器的人，卻是五百年前被普通人類趕盡殺絕的靈能者，稱之為「闇行使」。

五百年前，人類認為上天降下天譴會導致滅亡，所以不惜一切屠殺所有具有靈能力的人，甚至到了濫殺的地步，緊接著異類入侵，惡鬼與妖魔肆虐人界，最後卻靠殘存的靈能者築起封印，他們無法將異類趕回原世界，但至少能將人類與之隔離，保大家平安。

而普通人明明如此需要靈能者的幫助，幾乎一出生就依賴他們的靈力生存，卻還是對靈能者多有怨恨與歧視，視他們為洪水猛獸，甚至認為他們的存在等同於天譴，現在的悲劇都是他們一手造成的；而靈能者們也深知過去被屠殺的歷史，大部分不屑與人類親近，人們若是需要幫助，都必須付出大量金錢作為交換。

水火不容，用來形容這同一個族類卻擁有不同能力的人們最為適合。

她生長的安林鎮，主事者就是對闇行使深惡痛絕的人們，她的父母具有靈力卻隱藏起來，甘做平常人，身為建築師的父親在為他人建造房子時，總是悄悄刻上強大的咒語，以保那戶人家免於鬼獸妖獸的侵擾。

如此善心暗地保護人們的父親，一被發現具有靈力，隨即成了過街老鼠人人喊打，甚至不惜殺之！因為人們認定鎮上近來頻頻受到怪物攻擊，都是因為「闇行使」的存在，因為闇行使等於帶來噩運的天譴！

她不懂！芙拉蜜絲曲著雙膝緊抱著腳，爸媽不僅具有靈力，爸爸甚至可能是闇行使中靈力最高、也最罕見的「闇行使者」，為什麼不與闇行使一同生活，非要潛伏在普通人的村鎮中，冒著生命危險？

而且父母從未對他們兄弟姊妹提過隻字片語，爾後她次次遭逢危險，卻也次次除去惡鬼，原本以為是幸運、以為是有人相助，殊不知因為她自己就是個闇行使，一個無法控制力量的闇行使，所以——最終釀成了悲劇。

芙拉蜜絲仰首看天，今晚又是月圓。

兩個月圓前，爸媽在她眼前被殺，她的靈力失控奔走，徹底燒掉整個安林鎮，燒死了每個人，或許認識、或許不認識，或許一起長大的同學、或許疼愛她的鄰人……甚至是青梅竹馬的父母親都一樣，由裡而外燒成焦炭，安林鎮瞬間成了死城。

如果，她從小就與闇行使一起長大，或許就不會發生這些事了！

爸媽不必過得戰戰兢兢，她從小就懂得使用自己的靈力，也不會被人千夫所指為天譴、為詛咒，弟妹不分離……一切一切都不會發生。

她也不會一腳踏進充滿魍魎鬼魅妖魔鬼怪的無界森林，冒著生命危險逃難。

咦？芙拉蜜絲忽然戒備的直視前方，隻手緊握鞭子，「有血腥味！」

堺真里即刻舉起槍，江雨晨指間夾著飛刀，三個人分據三方盯著漆黑的森林。

唰——一個龐然大物忽然落在火堆旁，芙拉蜜絲頓時整個人跳了起來！

「準備吃飯吧！」從容的聲音自長草間傳來，少年毫不掩飾那頭反射月光的金髮，「難得能獵到肉呢！」

芙拉蜜絲一瞧見是他，立刻跳過地上的動物屍首朝他奔去，二話不說緊緊環住了他！

「法海！」

堺真里蹙起眉，擔憂的望著這一幕，他緩緩看向江雨晨，心細如髮的她也憂心忡忡，他們都發現，芙拉對法海的依賴越來越重了。

法海淺笑著，輕輕拍拍她，「我不是說我去找吃的嗎？別這麼緊張！」

芙拉蜜絲鬆開手，仰首望著那祖母綠般璀璨的綠眼眸，法海不知道她有多害怕，她深怕有一天他會一去不返。

他會的，只是她猜不透是哪一天。

堺真里舉著火把看著地上的動物屍體，羊角牛頭還有八隻腳，不免皺眉，「這能吃嗎？」

「當然能，好吃得很呢！」法海拉著芙拉蜜絲走回火堆邊，「味道跟牛肉一樣，是新混種，毛皮剝下後直接烤就行了。」

「好奇怪的動物。」江雨晨狐疑的望著。

「能在無界森林中存活，不可能是你們認識的牛或羊，都必須進化、或是跟妖物混種才能活著。」法海笑看著動物屍體，「每次在森林裡都會驚嘆，生物總會找到自己的出路。」

是嗎？芙拉蜜絲幽幽低首，「那我們呢？也能找到吧！」

「當然可以啊！」江雨晨率先回應，「我們不是要去找妳父親交代的地方嗎？芙拉，妳怎麼這麼沒有信心啊！」

「我不是沒有信心……」她冷冷一笑，「我只是覺得，就算我想活，人們也不一定會讓我活。」

「芙拉。」堺真里凝重的看著她，「我們只要低調，就不會有事的。」

他伸出手，芙拉蜜絲望著那隻總是扶持著他的手，腦海裡浮現的卻是他當日被自己培養的自治隊員押送走的畫面。

顫抖著握上，她的心始終懸著。

「對不起，我真的、真的……」

江雨晨見狀趕緊放下手中的東西，忙不迭的跑到她身邊，緊緊的擁抱住她。「沒事的，芙拉，我們大家都在！妳要趕快振作起來啊！我們都走這麼遠了，不是相安無事嗎？」

是啊，無界森林是人類的禁地，除了闇行使外沒有人敢擅自通行，就算是闇行使，死在惡魔手裡的亦所在多有……而他們打從離開安林鎮後，一路上幾乎相安無事。

堺真里看著金髮少年，他知道是法海的緣故。

「快點，我想吃烤肉！」法海催促著，「我都負責獵捕了，不會又要我烤吧！」

「啊……好啦好啦！」江雨晨望著那動物，卻有些戰戰兢兢，牠有八隻眼睛耶！

「我來吧！」堺真里俐落的抽起腰間短刀，開始割皮取肉。

芙拉蜜絲抹抹淚水，不知道為什麼，進入無界森林後她的心情一點比一天低落，爸媽慘死的場景，鎮上所有人淒厲哀嚎的聲音從未停止過！她得做些事，不能困在低潮裡。

「我也來幫忙！」她抽起踝間小刀，也到堺真里身邊開始幫忙處理。

江雨晨轉了轉眼珠子，起了身，「我來準備烤肉的叉架吧……」

去。」

「Du Xuan。」法海淡淡喚著，遠處的黑暗中蹦蹦跳跳的跑來圓臉的小男孩。「陪江雨晨去。」

「好，雨晨姐姐，我們走這邊吧！」小小的手即刻握住江雨晨的手，「這邊現在很安全，也有好多樹枝喔……」

法海站起身往崖邊看去，都城還是一樣繁華啊……回首看著說笑的芙拉蜜絲與堺真里，遠方被Du Xuan帶著走的江雨晨，一切都如此安詳，是啊，目前什麼事都不會有。

事實上，等到了都城他們就會發現，最與世無爭的日子，是在沒有人的無界森林裡吧！

# 第一章

都城北區，他們走出的無界森林位於都城的北方，只是四區中的其中一區而已，就與他們所生長的安林鎮截然不同！繁華熱鬧不在話下，街上路上滿是機動車，以前他們鎮上，全鎮就只有兩台！但現在走在路上，竟時時都能看見。

水泥建物的比例也相當高，木頭建房反而稀少，最大的特色是四處可看見大量的鐵製品，或是所謂的不鏽鋼，這些都是從過去的廢墟遺址上取得的，傾倒的大廈、廢棄的機車、鐵軌、車廂，每樣東西都能拿來當作建材的一部分。

自然生鏽風化的鐵製品也不少，那種多半都會經過再煉再製。

過去走在鎮上，多半都是黃土沙地，寬廣的任人奔跑或任腳踏車馳騁。而現在大家卻走在石板地上，道路規劃井然有序，中間供車子通行，人必須靠邊行走。

而兩旁做生意的店家更多，不過幾步距離就有兩間雜貨店，跟他們過去全鎮只有兩間也是大相逕庭。

要買什麼應有盡有，不管種類質感都遠比鎮上好得太多，這一切既新奇又琳瑯滿目，簡直讓芙拉蜜絲跟江雨晨眼花撩亂。

堺真里跟在後頭留意狀況，他們一副旅人模樣已經很顯眼了，這兩個女生看見新奇的店就跟瘋了似的每間都要逛，不過……他暗自輕笑，瞧芙拉的樣子開朗許多，比在森林裡好太多了。

「芙拉姐姐是因為森林的關係啦！」牽著他的手的孩子稚氣地說，「森林本身就是陰邪之地，裡面有太多負面的東西，所以很容易影響她的心情。」

堺真里低頭看著有如洋娃娃般可愛的小男孩，他也是目光焦點之一，「你在讀我的心？」

「你沒什麼好讀的，你一路上都在擔心芙拉姐姐啊！」Du Xuan 聳了聳肩，「過兩天等森林裡的影響消散她會更好……只不過……」

「只不過？」這人小鬼大的小鬼。

「傷害已經造成，芙拉姐姐要像過去那樣是不太可能了！」Du Xuan 口吻中有著遺憾，他挺喜歡芙拉蜜絲過去那種勇往直前的個性呢！

啊啊，堺真里點頭，他明白在芙拉身上發生的事情對她影響太大，要回到過去本就不可能，他不會存有這種無謂的希望。

「倒是你哥呢？」堺真里左顧右盼，「他怎麼不見了。」

「我從來不擔心他耶……」Du Xuan 忽然雙眼一亮，「有賣巧克力！巧克力！草莓！」

他拽著堺真里直往前頭兩個女孩子身後去，嘴裡嚷嚷著巧克力，指向不遠處一個販售巧克力裹草莓的小攤子。

唉，堺真里鬆了手讓他纏女孩去，他也知道這個洋娃娃般可愛的金髮男孩不如外表看上去單純，但是只要對上那張臉任誰都容易軟化……儘管他的內在，不知道幾百歲了。

他停在一間商店前打量，透過玻璃門的反射，打量著從一進都城就跟蹤他們的人。

進都城時他們壓了指紋、填寫了身分，也都經過檢驗。此外，還通過足足五道的咒法門以證實不是妖類化身、也沒有被鬼獸附身，但是這樣子似乎還無法讓都城安心，派出了幾個人尾隨在後。

就算是人也要嚴加防範，因為大家都知道，沒有哪個咒語能百分之百防堵非人。

他現在比較擔心的是，這個時代「旅人」甚少，更別說他們是穿過無界森林來的，都城有一隊防衛廳隊員就守在無界森林附近，一走出來就遇上，想說謊都沒辦法；不過早在森林裡法海就跟大家套好招了，大家是來這裡投靠親戚的，至於穿過無界森林時有聘請闇行使開路，但闇行使並沒有隨他們出森林，而是逕自離開。

現在的問題是，「親戚」是哪位？

他們一進入都城就開始閒晃逛街，一點兒都沒有急著要去親戚家的模樣，跟蹤的這隊人馬自然也是想確定他們究竟落腳何處，剛剛也說了，確定長住的話那位「親戚」還得進行登記。

紀律嚴明，遠比鎮上嚴格很多吶。

「真里大哥！」芙拉蜜絲回首，「你要不要也來一顆？」

「啊？不了！」堺真里笑著搖頭，錢得省著點用啊！

「沒關係啦，很好吃喔！」Du Xuan 踮起腳尖遞上用竹籤叉著的草莓，「我有錢呢！」

他右手捏著小錢包，看起來鼓鼓的，裡頭現金不少，叮叮噹噹響著。

「謝謝。」堺真里微笑道謝，草莓巧克力的魅力，有幾人抵擋得了？

江雨晨跟芙拉蜜絲開心的一人拿一顆品嚐，還不忘幫法海也準備了一顆帶走。

「Du Xuan，法海有跟你說在哪裡等他嗎？」堺真里還在擔心。

Du Xuan 搖搖頭，「他會找到我們的啦！你放心！」

他一邊說，一邊邁開步伐想追上芙拉蜜絲，跟這個堺真里在一起好無聊喔，他想要讓芙拉抱著他逛街！

咦？Du Xuan 忽地慢下腳步，感受到一旁有人逼近——下一秒，有人竟伸腳絆倒了他，手上的錢包就這麼咕嚕滾了出去。

「哇啊——」男孩跌在地上，嗚哇一聲就哭了起來！

一隻手更快地抄起他的錢包，抱著就往前衝！

「Du Xuan！」堺真里立刻上前探視，「搶劫！那個人把錢搶走了！」

咦？芙拉蜜絲還沒搞清楚生什麼事，但是她看見倒地的 Du Xuan，還有正掠過她身邊的扒手！

「看著 Du Xuan！」芙拉蜜絲撂下一句話，立刻推開人群往前追去。

「芙拉蜜絲！」江雨晨心急的大喊，現在這個時候……他們不是應該要低調嗎？

街上所有人都圍過來了，有的媽媽心疼小男孩跌倒，Du Xuan 哭得非常努力，整張小臉都哭花了，那可愛的臉龐融化了媽媽們的心房，幫他擦臉又拍灰塵的，還有人補買了草莓巧克力，並加上蛋糕給他。

江雨晨蹲在身邊看顧著，堺真里倒是覺得誇張，一開始連錢包都不該被偷吧？這個 Du Xuan 連無界森林都沒在怕，不可能會讓人搶走錢包吧？這孩子在想什麼？

不，他現在要想的是……堺真里引頸望去，芙拉蜜絲可別出什麼意外啊！

「站住！搶劫！有人搶劫！」芙拉蜜絲大喝著，在馬路、人群裡奔跑推擠，「借過！借過！那個人搶劫！」

對方是個男孩，纖細高大，戴著鴨舌帽遮去模樣，格子衫加上吊帶褲相當陳舊，上頭磨破的地方不少，腳長跑起來自然快得多，而且對這兒更是熟門熟路不在話下！

一個轉彎，芙拉蜜絲竟失去他的蹤影！

可惡！那可是他們要生活的錢耶！芙拉蜜絲站在十字巷口，他往哪裡跑了，這裡沒有多少人，怎麼可能一晃眼就不見了！

突然，三點鐘方向探出一顆頭，速度極快，但還是難逃芙拉蜜絲法眼——在那邊！

她拔腿就追，男孩發現行跡暴露也即刻轉身奔跑，他們越跑越遠離鬧街區，芙拉蜜絲的警戒心開始拉高，這裡開始是小巷了，人煙稀少，她要注意距離，萬一回不去就糟糕了！

看著格子衫身影左彎，她幾乎已經與之數步之差，伸長了手就抓住對方的吊帶！

「把錢還來！」她大喝著，被她揪住的男孩二話不說即刻煞車，導致她整個人撞了上去！

兩個人撞在一起滾成一團，但是在摔倒之前，男孩將手中的錢包往半空中扔去——上方屋簷旁曾幾何時聚滿了許多孩子，有個女孩接到後，即刻再拋給九十度方向的孩子，轉眼間錢包就這麼被傳了出去！

「什麼……」芙拉蜜絲立刻翻身而起，看著孩子們一哄而散，靈巧的在屋頂上跳躍奔跑。一公尺之遙的男孩疼得撐起身子，嘴角卻劃上了一抹笑。

「別以為把錢交給同夥就沒事了，這裡是死巷……」芙拉蜜絲隻手按在後腰上的鞭子，「我要把你帶到防衛廳去！」

「死巷？」男孩霎時立定身子，「妳確定嗎？」

下一秒，他旋身就往死巷底的牆裡去！

少來這套！芙拉蜜絲瞬間揮出鞭子，鞭子上頭現在沒有綁上家傳金刀，但是她繫了個重物，好讓鞭子得以順利纏住目標！

「咦？」鞭子纏住男孩的腳踝，芙拉蜜絲使勁一收鞭，他砰的往前跌了個狗吃屎！「唔……妳居然……」

他翻身舉腳，試圖趕緊拆掉鞭子，卻反被芙拉蜜絲向後拉！

尖銳物突然抵住她的背，芙拉蜜絲顫了一下身子。

「放手。」低沉的嗓音在耳邊響起，她太大意了沒注意後面有人逼近！

「你們不該偷我的錢。」她緊握著鞭子，執意不放。

「這只能算妳倒楣了，未來好好學學什麼叫財不露白。」那聲音伴隨著刀子施力往她背上刺，「要錢還是要命，選一個吧，小女孩。」

可惡！芙拉蜜絲咬著牙，不得已鬆開了鞭子。

才鬆開，什麼都沒看清楚，頭上忽然罩了個袋子，她驚慌的試圖掙扎，卻只感覺到手被握住然後原地轉圈，緊接著被拋了出去！

砰……芙拉蜜絲似是撞上了牆，她狼狽的跌落在地，第一時間是扯掉頭上的袋子，一堆白色粉末落下，嗆得她拚命咳嗽！

她還在剛剛那個巷口，只是被這一轉什麼人影都丟了。

抹抹頭上跟臉上的粉末，舌尖輕嚐，是麵粉。

起身原地轉了一圈，走進剛剛那死巷，現在裡頭什麼人也沒有，早就逃之夭夭了。

「可惡！」她緊握著鞭子，錢還是丟了。

「妳會不會寫低調兩個字啊？」

身後倏地傳來輕揚的嗓音，芙拉蜜絲喜出望外的回頭。「法海！」

「怎麼搞成這樣？」他倚在牆邊，雙手交叉胸前的望著她，非常無奈。

「他們扒了 Du Xuan 的錢包！」她忙不迭的奔到他面前，「甚至絆倒他，太可惡了！」

法海挑了眉，忍不住往她額上彈了一下，「妳覺得 Du Xuan 是那種會被搶劫的人嗎？」

咦？芙拉蜜絲眨眨眼。

對厚，Du Xuan跟法海都是不死族啊！她見過他移動的速度，法海甚至連殘影都沒有，這樣的人怎麼會被搶劫！

「故意的？」她愣愣地問。

「不重要。」法海搖了搖頭，「快走吧，再不回去會合那兩個會急瘋。」

「一大包錢怎麼會不重要！」她邊跟上邊抱怨，「我們得買東西、得吃飯，還得先住旅館！」

「有了。」他淡淡的說著，遞出手帕給她，讓她撢撢麵粉吧。

「有什麼？」她甩甩頭，隨便一甩就是一堆麵粉，為什麼不用乾淨一點的袋子呢？

「什麼都有了！」

走上三樓的步伐沉重，芙拉蜜絲一階又一階緩慢走著，看著陌生的環境，心裡忐忑不安。

「雖然妳們兩個是一起轉過來的，但是每班的缺額都只有一名，很難讓妳們同班。」前頭的老師說著，「江雨晨在三班，芙拉蜜絲妳在五班……」

話說到一半，樓下傳來腳步聲，老師停住步伐往樓下看去，眼神裡閃爍著期待。

兩個女孩也轉過頭去，看著一個長髮女老師笑得一臉得意，領著身後金髮的轉學生走上來。

「他也是今天轉來的……」老師掛上了笑容，「聽說你們認識啊！」

「嗯。」江雨晨點點頭，法海的魅力真是驚人，這兩個女老師盯得目不轉睛。「以前就是同學！」

「那就好，剛轉來就怕不習慣。」長髮女老師嬌媚的說著，「Forêt，你是九班的，跟著我。」

「好。」法海掠過她們眼前，不忘挑挑眉，「Forêt！」

好啦好啦！芙拉蜜絲沒好氣的瞅著他，都城的老師就是不一樣嗎？那個難唸得要死的名字唸得這麼順？她唸了幾百次還是覺得叫法海比較順。

很巧的他們三人的老師都是女的，都城很明顯有不少女人擁有工作，不像鎮上女孩子只要傳宗接代，當家庭主婦就好了。

江雨晨的班級先到，她們倆交換眼神示意加油後，芙拉蜜絲便由金恩在老師領著往前，她的導師是韓國血統，細長的眼睛很容易辨識。

到了教室門口，廊上的玻璃窗清透，所有學生都往她這邊望過來，導師要她稍等，先進去跟大家介紹罕見的學期中轉學生。

跟法海那時一樣，學期中突然轉來，一般很少人會在學期中轉學的，現在想來果然都是有特別原因。

往右手邊看去，江雨晨也在門口等著，九班在走廊末端還得往左彎去，所以她們已經看不見法海的身影；江雨晨回以微笑，小聲說著加油，她點點頭，深吸了一口氣。

從來沒有想過，她會再度以學生的身分在另一個城市生活下去。

法海以迅雷不及掩耳的速度找到了「親戚」、身分、住所，他們根本不知道他是怎麼辦到的，但是現在他們住在一棟三樓的透天厝，聽說還是高價地段，有一位以前從未見過的「姑姑」，她不但幫他們登記身分、還辦理轉學，這一切都在第一天就辦理完畢。

每個人都有疑問，但法海讓 Du Xuan 來傳話，不許問。

是吸血鬼的俘虜嗎？芙拉蜜絲想到這裡會心生恐懼，有時候法海對他們好到讓大家忘記，其實他也不是人。

「……芙拉蜜絲！」裡頭的導師在介紹她了，她趕緊回神，帶著笑容走進去。

都城的人口眾多，一個班的人數是鎮上班級的兩倍，芙拉蜜絲謹記堺真里交代的保持低調，簡單的跟大家自我介紹後，坐到導師指定的座位；她的身高相當高，總是坐在最後面，到了都城也不例外。

不要強出頭、不要太過熱心，學習雨晨總是笑臉迎人，溫和的度過每一天，直到可以離開為止……不過她笑不太出來。

「芙拉蜜絲，妳為什麼會突然轉學啊？」才坐下，斜前方的人就問了，「學期中耶！」

「因為我父母雙亡的關係，我必須到這裡投靠親人。」芙拉蜜絲實話實說，這也是大家套好的理由。

啊……這個答案反而叫大家不好意思再問下去，問話的同學點頭跟她說了我很遺憾，也就轉回去認真上課了。

她沒說錯，因為父母雙亡……只是她下一句要說的是：她要離開這裡，往東北亞去！

只是都城北方的無界森林守衛甚嚴，她還搞不清楚是怎麼回事，但是法海跟真里大哥都相當清楚，他們說都城對於往北的戒備異常森嚴，幾乎不許任何人進出北方的森林，那是相當重要的結界，不同於一般的鎮界、村界。

而且他們一進城後就被監視著，貿然離開更是不妥，而且往北現在是寒冬大雪不適合前行，法海建議留待來春，看狀況離開會比較好。

所以他們要融入都城的生活，再度穿上學生制服，繼續未竟的學生生涯。

她必須暫時把安林鎮的一切擱在腦後，試著重新開始生活……只是談何容易，旅行這兩個月以來，每晚她都會在惡夢中驚醒，夢見的不是爸媽被殺、就是弟妹們也出事的場景。

她知道自己已經變了，很難跟過去一樣無憂無慮的過日子。

「芙拉蜜絲，妳好高喔，知道自己幾公分嗎？」

「芙拉蜜絲，妳擅長的武器是什麼？」

「芙拉蜜絲，有人說過妳很帥嗎？」

第一天放學，她的桌邊就被包圍住了，芙拉蜜絲眨眨眼，這場景有點熟悉啊……對了，當初法海轉到班上時，好像就是這個樣子？

「我擅長鞭子。」她看著密密麻麻包圍著的人們，「然後我有一百七十八公分……最近沒量，說不定又長高了。」

「哇，好高喔！」目測可能只有一百五十五公分的女孩羨慕地說，「難怪跑起來這麼快！」

「嗯？」芙拉蜜絲歪了頭，「妳怎麼知道我跑很快？」

「妳那天追搶劫犯跑得超快的啊！」捲髮妹高欣慈亮著雙眼，「窮苦犯他們都超會跑的，妳居然差點抓到他們耶！」

咦？芙拉蜜絲錯愕的看著一人一句稱讚的同學們，等等……為什麼他們會知道第一天抵達時追搶劫犯的過程？而且窮苦犯是什麼？

「你們怎麼會知道……我們被搶的事？」她擠出笑容問著。

「嗯？早就傳開了啊！忘記是誰先看見的！」阿志吊高眼珠子說著，「你們是新進城的人，本來就很容易被注意啊！」

「當天晚上我就聽我阿姨說了，我阿姨鄰居的哥哥就在那條街做生意呢！」高大的陳家華爽朗的說著，他像是領導型人物，身體相當健壯，「而且大家都在討論一個很性格的男人，還有一個什麼帥哥的！」

「金髮的！」高欣慈立刻雙眼冒出愛心，「他也轉來我們學校了，剛剛經過我們班門口！」

呃……女生們果然都注意法海，陳家華口中所謂性格男人該是真里大哥了！

「另一個女生是不是也轉來了？我聽說跟我們年紀相仿，是可愛溫柔型的！」同學開始討論起來了，「還有一個洋娃娃男孩，還跌倒受傷超可憐的！」

這是什麼？芙拉蜜絲瞪圓了眼聽著圍繞在她身邊的討論，為什麼他們的一舉一動這些人全都知道！

「你們都安頓好了嗎？」高欣慈亮著一雙眼，「我們就住附近，假日可以到我家來玩喔！」

「住附近……」天哪！她連高欣慈住哪裡都不知道啊！

「長街喔，那都是有錢人住的地方，妳親戚是商人厚！真好！」陳家華羨慕的說著，「我記得那個女人是商人遺孀吧，商業街有好幾間店鋪都是她的！」

芙拉蜜絲根本不知道從何插話，素昧平生的同學居然比她還瞭解她的住所及那位「姑姑」！

「對了，剛剛你們說的窮苦犯是什麼？」她在意的是這個，搶走 Du Xuan 皮包的混帳。

「噢，那是我們都城的毒瘤，貧民窟的。」戴著眼鏡的睿智男孩說話了，「防衛廳總是抓不勝抓，也不知道他們躲在哪兒，偷搶拐騙什麼都做，你們以後上街要小心。」

「愛里的爸爸是防衛廳員，是小隊分隊長，最討厭那些低等犯了。」陳家華偷偷說著。

芙拉蜜絲緩緩點頭，那些可不是普通的犯人吧？她瞧著那格子衫男孩的身手矯健，還有屋頂上那些孩子，在那麼斜的屋簷上走跳自如，才幾歲而已啊！

「別多說了，芙拉蜜絲，妳想參加哪個社團！」有人突然要大家安靜，「鞭子的話，應該是長鞭社了吧！」

「我……」並不想加入任何社團——

「芙拉蜜絲！」前門忽然傳來讓大家都錯愕的聲音，回頭一看是導師金恩在，「芙拉蜜絲，今天妳不必上訓練課，先跟我去一趟校長室。」

啊……氣氛驟變，幾個同學交換著眼神，好像知道會有什麼事。

芙拉蜜絲點點頭，起身收拾書包，高欣慈趁機對她豎起大拇指，說著「自然就好」。

其他人一哄而散，大家準備到戶外去接受訓練課程，在這種隨時遇得到惡鬼妖怪的時代，每個人每天都要接受基本體能訓練、額外再選擇專科，長刀、大刀、劍、弓、槍，各式武器應有盡有。

「喂！提耶！起來了你還在摸！」陳家華走到前面去，使勁拍著那瘦小的男孩，「你就是這麼懶散才會這麼弱！」

芙拉蜜絲記得男孩叫提耶，金棕色的短髮，相當瘦弱，身高只怕連一百五十五公分都不到，被陳家華這麼一拍，感覺骨頭都快斷掉了！男孩還沒來得及動作，立刻就被陳家華提起後衣領，雙腳懸空，嚇得他哇哇大叫。

總是這樣，不管是學校或是其他地方，許多有力者都會仗勢自己的能力，欺負弱小。過去的她會出聲，甚至會直接衝過去打掉陳家華的手，但是……芙拉蜜絲揹起書包，別過了頭。

多管閒事的下場就是家破人亡，她已經下定決心不再出手、不再自以為是的仗義，她現在只剩下江雨晨跟真里大哥了，她經不起再失去任何一個人了！

# 第二章

叩門兩聲，聽見裡面傳來平穩的「進來」後，芙拉蜜絲扳下門把推開門，寬敞的校長辦公室裡相當熱鬧，除了木桌前的嚴肅女性外，一旁還有兩個穿著背心的壯碩男人，防衛廳員！

江雨晨跟法海都已經到了，他們坐在桌前的椅子，江雨晨一瞧見她就回首笑著，見著那笑容讓芙拉蜜絲安心不少，他們各自的班級導師都在，分別站在各自的學生旁邊。

「您好。」芙拉蜜絲頷首，表示禮貌。

「芙拉蜜絲・艾爾頓？」校長望著手上的學生資料表，「歡迎，請坐。」

法海又是那副八風吹不動的模樣，蹺著腳，雙眼直視前方或是更遠的不知名之處，嘴角鑲著淡淡的笑容，似笑非笑的迷惑這個世界。

「你們好，我是這所高中的校長。」校長年逾五十，黑髮包頭，光看臉就知道相當嚴厲，「大家放輕鬆，今天叫你們來只是些例行公事。」

「呵呵……」江雨晨乾笑著，吐了吐舌，「國家防衛廳員在這裡，好難輕鬆喔！」

「呵……真的不要緊張！」防衛廳員忍不住放軟了聲調，不想嚇到可愛的女生，「我們是按規定行事，只是要讓你們瞭解一下都城的規章。」

「那就好！」江雨晨笑出一對酒窩，「害我以為我犯罪了呢！」

水之雨晨，法海淺笑著，真不辱她的綽號，溫柔似水，到哪兒都能讓人喜愛，到哪兒都能調解氣氛的女孩。

「你們是四天前抵達都城的，我知道都做了檢查，也知道你們落腳在長街的史威爾家，雖然之前我們都不知道史威爾夫人有親人……」校長的話裡帶著質疑，「不過她既然來登記作保了，我們自然會讓你們待在都城，也讓你們就學……可是，你們知道這個世界不利於人生存，都城能夠維持繁榮，在於我們特別小心謹慎。」

「我還要去接 Du Xuan，可以直接進入正題嗎？」法海懶洋洋的說著，只差沒有說：妳廢話真多。

校長明顯微慍，瞪向法海，他依然用迷人的微笑應對。

「好，芙拉蜜絲，妳為什麼要從家鄉到都城來？還有江雨晨跟妳並不是手足，怎麼會一起來？」

真像質詢犯人吶……芙拉蜜絲知道都城是慎防高階惡魔或是妖獸附體，她勉強擠出笑容。

「因為父母意外雙亡，我必須投靠親人……所以才到都城來的。」她轉向江雨晨，「至於雨晨，她其實沒必要跟著我……」

「說什麼！」江雨晨立刻緊緊握住她的手，「我的確沒有一定要到這裡的必要，可是芙拉才剛經歷變故，我說什麼就是放不下她，而且能到別的地方也是千載難逢的機會啊，多少人終其一生只窩在自己的家鄉！」

「那是因為隨意遷徙的存活率不大，各地自給自足是有原因的。」黑皮膚的自治隊員出聲，「你們幾個能順利通過無界森林，還是步行兩個月，真的太叫人意外了。」

「怎麼會？」法海漫不經心的接口，瞥了防衛廳員一眼，「聘請闇行使就不必擔心這些了。」

「兩個月的無界森林，只單靠一個闇行使根本不可能顧及你們全部，更別說還有孩子！」另一位自治隊員是亞洲人，有著方形的下巴，「我們不得不懷疑，你們……」

江雨晨與芙拉蜜絲緊緊相握，她們知道法海出聲後她們不宜接口，但是一顆心卻跳得急速。

「我們請了三個，而且都是藍斗篷。」法海終於正式望向自治隊員，「我知道你們會質疑這樣花費驚人，但真不好意思，我還滿有錢的！」

校長皺著眉找出法海的資料，上頭一堆龍飛鳳舞的文字，她還是找了法國學生才搞清楚寫的是什麼。

「Forêt。」她唸著，「你跟他們從同一個地方來……你又是為什麼要離開？我看你數年之內轉過不少學校啊！」

「喜歡。」法海聳了聳肩，「老是待在同一個地方會膩，我喜歡到處旅行，見識不同的風土民情。」

罕見的人，校長打量著法海，這少年長得極美，透明的肌膚，白金色的蓬鬆半長髮，碧綠的眸子深不見底，薄唇只是抿著笑看來都像是件藝術品。

人是少見的美，行為也是少見的乖張，在這種隨時可能喪命、妖魔環伺的年代，居然會頻繁的遷移。

「你每次都請闇行使同行嗎？」防衛廳員再問。

「嗯。」法海說謊面不改色，「我剛有提到我很有錢嗎？」

哇咧，不必講這麼多次吧！這是個均貧的年代，日子過得去就好了，錢財都得花在保命的法器跟咒法上頭，誰會大聲說自己很有錢啦！

不過都城就是不同，就算大家過得也沒非常好，卻普遍比安林鎮上好很多，食衣住行截然不同，更別說法海找的落腳處，果然又是配合他的喜好，全是十八世紀歐洲風格的小別墅。

「所以是懷疑我們為什麼到都城來嗎？」江雨晨溫聲的舉手發問，「我們只是想來念書，芙拉是為了投靠親人，應該沒有這麼嚴重吧？」

「我們總是得小心，都城之外，每年毀掉的城鎮太多了。」防衛廳員搖了搖頭，芙拉蜜絲的心頓時抽痛了一下。

毀掉的城鎮？她剛毀掉一個。

「雖說目前暫時沒問題，但你們還是必須在看顧之下，一方面是為了你們的安全，另一方面是為了大家的安全。」校長把監視兩個字解釋得很長，「我已經聯絡了你們的監護人，他必須為你們三個負起全責。」

「我們十六了，應該成年了吧？」芙拉蜜絲有點沉不住氣，「不需要什麼事都推給真里大哥。」

方臉的自治隊員蹙眉，「真里大哥？」

「他們的監護人……」校長拿出另一張紙，「堺真里。」

餘音未落，門外傳來叩門聲，堺真里焦急的步入，看見他們三個，第一時間還以為他們闖了什麼禍！

「才第一天，不要告訴我他們打架！」不知道為什麼，堺真里的目光放在芙拉蜜絲身上。

喂！她沒好氣的噘起嘴，一旁的江雨晨咯咯笑了起來，真里大哥太沒禮貌了吧！

方臉的自治隊員突然瞪圓著眼上前，堺真里一瞥見紅色背心立即心生防備，為什麼跟學生說話會有防衛廳員在這——「李憲賢？」

「堺真里！天哪！真的是你！真里！」李憲賢緊繃著的臉突然放鬆，喜出望外的上前給了堺真里一個大大的擁抱，「我剛還以為我聽錯了！」

「阿賢！你、你真的……」堺真里開心的又叫又跳，雙手握著他的手臂上下打量，「瞧你穿這身背心多帥！」

兩個哥兒們眼眶泛淚，望著彼此不必多說，又是一個大力緊窒的擁抱，彷彿多年不見的兄弟。

這瞬間，辦公室裡的氣氛軟化了下來，黑人防衛廳員泛起微笑，也上前讓李憲賢介紹彼此，校長驚訝的挑挑眉，還問江雨晨知不知道他們的關係？女孩子們搖搖頭，只說堺真里以前也是自治隊員。

一提到自治隊三個字，校長的態度簡直一百八十度大轉變，整個人柔和許多！

「我沒想到會在這裡看到你！我剛剛聽校長唸出你的名字還以為我聽錯了！」李憲賢用力拍著堺真里的背，「你怎麼……你是他們的監護人？」

他轉過來，看向芙拉蜜絲三個人，滿是疑惑。

「唉，說來話長，記得我曾跟你提過我有個很尊敬的大哥，班奈嗎？」堺真里輕嘆口氣，「他身故了，芙拉蜜絲是他的女兒，託孤給我。」

「啊……真遺憾。」李憲賢蹙起眉，「可是你就、你就這樣放棄自己的工作？你不是在自治隊？上次來信時說成為小隊長了不是？這樣一來豈不——」

「情誼重要，大哥把芙拉蜜絲託給我照顧，我不能棄她不顧。」堺真里望向芙拉蜜絲，眼底滿是愛憐，「好歹她也是我看著長大的，我有我的責任。」

真里大哥……如兄如父，芙拉蜜絲滿懷感激。

法海望著這場景，說不出來的不快活，基本上他一開始就沒把堺真里算進去好嗎？「所以我們還有什麼事要交代的嗎？」

他打斷了這邊的相見歡，口吻差得不得了。

坐在中間的江雨晨不由得看向他，怎麼法海像在鬧脾氣似的？

「我想應該沒什麼問題吧，他們進城時不是都檢驗過，光看到我這兄弟就沒什麼問題了！」

李憲賢開心得不得了，「身為自治隊員，他知道什麼該做什麼不該做！」

「呵……」堺真里笑著搖頭，低聲問著對方的近況。

「好了，那就速戰速決吧！」校長起身，從一旁的櫃子裡端出了一個托盤，托盤上有四杯像是果汁的飲品。

芙拉蜜絲立刻升起防備之心，不由自主的回頭看了堺真里一眼。

「這是？」堺真里果然立刻斂起笑容，「可別對我們下毒啊！」

「不是！別想太多！」李憲賢拍拍他，「果汁而已，你們 CLEAR 的話，就不必擔心。」

他嘴上這麼說，卻往後退了一步，連同那位黑人防衛廳員同時準備好武器。

這場面讓芙拉蜜絲相當緊繃，她立刻站起，手瞬間就往腰後擱，江雨晨戰戰兢兢的望著大家，猶豫著是不是要準備飛刀。

「不要急。」堺真里趕緊張掌示意大家冷靜，「芙拉，把手挪開。」

「我沒辦法看著有人槍口對著我還不應對。」芙拉蜜絲瞪著防衛廳員手上的槍，宛如刺蝟一般。

堺真里有點擔心，他掌心向著她，這樣僵持對大家都沒好處，就怕一個不小心擦槍走火！他瞥向江雨晨，她沒有阻止芙拉蜜絲，而是立刻轉向左邊的法海！

「不過就一杯果汁，有必要這樣緊張嗎？」法海直接伸手拿過杯子，「總不至於對普通人下毒吧？」

他湊鼻一聞，勾起微笑，眼尾悄悄的朝江雨晨瞥了過去——咦？江雨晨接收到他那長長睫毛的緩閉，這是沒問題的意思嗎？

還沒想完，就見法海一飲而盡。

「對、對嘛，果汁而已！」江雨晨綻開笑容，拿了兩杯，其中一杯遞向堺真里，「真里大哥。」

芙拉蜜絲狐疑的看著過度開朗的江雨晨，她根本在打圓場，越過她朝法海看去，他舔舔唇，泛起一抹高傲的笑。

「喝就喝。」她拿過托盤最後一杯，一口灌入，是柳橙汁。

她不知道裡面是什麼，但是法海說可以喝，就可以喝！重重的把飲盡的杯子扔回托盤，拎起書包，她一臉就是可以閃人了嗎？

「芙拉蜜絲。」堺真里嘆口氣，「禮貌。」

「槍口對著我還要有禮貌喔？」芙拉蜜絲哼了一聲，她才不鳥呢！就算是真里大哥的朋友也一樣。

兩個防衛廳員從他們飲下果汁後就緊繃著身子，完全處於備戰狀態，就算到現在也不動聲色的拿著槍對著他們全部，而辦公桌後的校長手上也拿著刀子，一雙眼盯著桌上的鐘。

「呼，好了。」校長開口，「沒事！都很乾淨！」

江雨晨戰戰兢兢的放下杯子，「是、是符咒水嗎？」

「聰明的孩子，你們都知道妖獸或是更高階的惡魔附身，一般結界是阻擋不住的，所以我們只能用這個方式測試。」校長溫和的望著他們，「這是職責所在，請你們見諒。」

防衛廳員放下了槍，李憲賢又一手勾上堺真里的肩頭，「我是相信你的，但該走的程序還是得走，你知道的！」

「知道！」他邊說，李憲賢主動接過他手上的杯子，「欸，我自己來！」

「客氣什麼！走！」李憲賢吆喝著，「我送你們回去！坐我的車！」

「喂喂，公器私用這樣不好！」堺真里連忙婉拒，「我還有事要辦，孩子們自己回去就好。」

「那你坐我的車，都是自治隊員不算公器私用！」李憲賢轉向大個兒，「對吧！」

「沒錯！」大個兒爽朗地笑著。

法海朝芙拉蜜絲使了個眼色，逕自起身往門外走去，該走了！

「法海，要老師送你回去嗎？」九班的導師日下部梅非常積極，「有不適應的地方隨時跟老師說！」

法海看向了日下部梅，劃上微笑，「沒問題的，有事我一定會找老師！」

「那就好！」日下部梅笑顏如花，「啊，對了，你想好要參加什麼社團了嗎？老師幫你安排！」

「他不喜歡流汗！」後面兩個女生異口同聲。

日下部梅錯愕的回首，前頭的法海卻咯咯笑了起來，「真瞭解我！我不喜歡參加社團，也不愛鍛鍊，別管我了！」

他大步跨出辦公室，日下部梅皺起眉頭，「不鍛鍊怎麼行？Forêt！」

當初導師也是這麼認為，一再的敦促關心法海，只不過他不知道法海根本不需要鍛鍊……導師，芙拉蜜絲又想到過去，導師應該也成焦屍一具了吧！

「走吧，我們回家。」江雨晨深知她的心理，主動勾起她的手。「不要再想了。」

「嗯……」芙拉蜜絲望著江雨晨，心裡難免會想，雨晨是用什麼心情面對這樣的她？就算她的父母健在，可是其他的朋友呢？

「你們先回去，我要去採買一些日常用品。」堺真里交代著。

「需要幫忙嗎？」芙拉蜜絲還是很懂事的。

「不必啦，有我們在！安啦！」李憲賢熱心地說，看來他真的跟堺真里是好兄弟。

女孩子們離開辦公室，江雨晨又突然頓了頓。「那個……真里大哥，你不必趕著回來，我記得廚房裡還有食物，我張羅晚餐就可以了。」

她想說的是，難得跟好友見面，不需要為了他們趕回來。

芙拉蜜絲泛起淡淡笑容，雨晨總是思慮細膩周到，她也趕緊回首，「對啦，你們好好聊吧！」

堺真里有點無奈，雖然放不下心，不過……這樣說或許很矛盾，但是有法海在，他的確能放心許多。

轉學第一天特許，他們不必上鍛鍊課，再十幾分就有校車離開，校車耶，這在過去簡直是想都沒想過的好福利！

一路走出大樓，沒見到多少學生，大部分的人都在後方操場練習，日下部梅還跟在法海附近，談笑間都是媚態。

「法海！」芙拉蜜絲沒好氣的上前，立刻卡進他跟日下部梅中間，「要回去了嗎？」

「嗯……我要去接Du Xuan，妳們先回去吧！」他還想四處晃晃呢。

日下部梅有些錯愕，「你們……住在一起嗎？」

芙拉蜜絲忍不住朝日下部梅挑起一抹笑容，刻意的挽著法海的手，「早點回來喔！」

法海無奈的看著她，「好。」

江雨晨在一旁看著日下部梅老師的臉色，一臉失望的模樣，看來老師很喜歡法海呢，而芙拉蜜絲好像在為自己樹立敵人哩！

「走吧！」江雨晨趕緊上前拉過芙拉蜜絲，「老師再見！」

「啊，再見。」日下部梅冷冷地說。

哼！芙拉蜜絲微噘著嘴像在嘔氣，頻頻回首看著樓梯上的法海跟老師，現在還在聊？法海對老師的態度未免也太溫柔了吧？笑成那個樣子！

「好啦！別看了。」江雨晨忙把她的下巴扳過來，「妳是在吃什麼飛醋啊！」

「我……」她看著江雨晨，「哪有吃醋？」

「最好，妳聞聞！」江雨晨仰頭向空中，吸鼻吸得誇張，「酸喔！好酸喔！」

「江雨晨！」她不知道自己紅了臉，咕噥著，「不是啊，那個是老師耶，妳看她瞧法海的樣子……」

「唉，妳又不是不知道，女人本來就有選擇男人的權利啊，更別說日下部老師長得漂亮，想要找好基因生孩子也不意外嘛！」江雨晨說得理所當然，「這只是第一天耶，妳忘了以前在鎮上，多少人巴著法海要生他的孩子啊！」

在這個女人特別珍貴的時代，一切以繁衍為上，女人滿十六歲後，可任意選擇喜歡的男子懷孕，即使婚後亦然，只要能生下孩子，丈夫也不得吃醋，而法海那完美的基因，自然炙手可熱！

芙拉蜜絲無可奈何的垂下雙肩，「說的也是，不過法海能生育嗎？」

「我不想探討這個。」江雨晨很認真的看著她，「芙拉，法海有些事不要去深究比較好。」

她有些愕然，「為什麼？」

「妳明知道為什麼。」江雨晨蹙著眉，嚴肅的望著她。

「妳知道些什麼嗎？」芙拉蜜絲有些錯愕，附在她手鍊裡的那個靈魂知道法海的真實身分，但雨晨照理說不清楚啊！

「我知道他不尋常，應該不是人吧？」江雨晨露出一抹苦笑，「但只要他不會傷害我們，我就不想知道太多。」

是啊，雨晨還是細心，察覺得出他們有異；的確，法海跟許仙都不是人，是吸血鬼、是不死族，是咒語法器甚至結界封印都沒辦法對付的可怕族類！

只要他們想要，眨眼間就可以吸乾她們的血，她們毫無反抗能力。

儘管如此，芙拉蜜絲卻仍舊想依賴法海，一點都不害怕！

她們還沒到站牌，大家就紛紛看過來，或許因為是轉學生的關係，每個人都在看著她們低聲討論，芙拉蜜絲向來不愛被評頭論足，但是真里大哥交代要低調，她也不想再成為目光焦點。

坐校車的人不少，不過因為也有很多人步行或是騎腳踏車，所以明天起芙拉蜜絲他們也打算騎車上下學。

「噢噢！芙拉蜜絲耶！」上了校車，位子都已坐滿，陳家華他們坐在最後面，拚命朝她們招手！「喂，提耶，你起來！」

他對坐在前頭的小矮個兒吆喝著，他立刻站起。

「別鬧！我不想坐！」芙拉蜜絲不喜歡他這種態度，「提耶，你坐就好。」

提耶低垂著頭，用力搖著，然後拉緊書包就往前衝。

唉，芙拉蜜絲緊皺起眉看著那瑟縮害怕的背影，不悅的轉過頭來瞪著陳家華，江雨晨暗暗拉拉她的袖角，莫忘真里大哥交代的，低調，低調。

「何必趕人起來呢？我們很快就到了。」江雨晨輕鬆地說著，「剛剛坐累了，現在也不太需要坐。」

「沒關係，妳們坐啦！」高欣慈說得自然，芙拉蜜絲不自主的轉頭看向隱沒在人群裡的提耶，這樣真的太過分了。

她抿著唇堅持不想坐，讓了條路問身邊的同學是否要坐，大家只是飛快地搖頭，迅速的退開……芙拉蜜絲深吸了一口氣，看來陳家華在學校裡的威勢，比她想像的大。

「坐吧。」江雨晨也發現這種詭異的和平了，基本上她們若不坐，只怕也沒人敢坐下了。

芙拉蜜絲率先坐入，靠窗的位子離陳家華遠些，她知道這樣的人只是風頭較健，喜歡控制別人滿足自己的欲望，底子倒不是真的多壞，以前班上不少人都是這樣，大欺小、強凌弱，幾乎是人類的本性。

只是過往她看不慣，現在她只想習慣。

「妳們知道在哪站下車嗎？」高欣慈熱心地問，旋即又給了答案，「應該是在鐵路燈站吧？」

「對……」江雨晨回頭望著她，果然知道她們住哪兒啊！

芙拉蜜絲望著窗外的景致，校車走的是較大的馬路，都城馬路相當有秩序，甚至在馬路中間還建有像小公園雕像的地方，上面除了有像是防衛廳員外……還有一些穿著特別的人。

雙向道的站崗區分別站了兩個人，身上穿著藍色的衣服，罩著白色的背心式長袍，背心上畫了個直立的眼睛。

「防衛廳在管理交通嗎？」芙拉蜜絲指向窗外，「還有那個站崗的人，身上穿著眼睛衣服的是誰？」

「啊……」後排的同學往外探去，「喔，那是審視者！」

「審視者？」她們異口同聲，都城的稱謂真多啊！

「對，他們負責觀察有沒有非人入侵、或是附身，甚至隱藏在人們間。」陳家華邊說，校車過了站崗區，他還跟防衛廳員敬禮。

芙拉蜜絲跟江雨晨卻瞪圓了眼，她們有沒有聽錯？一般說來，有能力可以察覺非人的……唯有闇行使了！

「那些人難道是闇行使？」江雨晨驚訝地問。

「是啊！」高欣慈回答得極為自然，「普通人哪有辦法察覺妖獸呢？」

「你們、你們跟闇行使共存？」芙拉蜜絲簡直不可置信，「我以為大家都、都對他們避之唯恐不及！」

「哈哈！妳們家鄉一定是吧，好像幾乎都這樣！」陳家華朗聲笑起來，連帶車上其他學生也跟著竊笑，「哎唷，我們沒有闇行使怎麼能平安生活啦，當然要靠他們啊，共存也不是什麼難事！」

天哪！江雨晨跟芙拉蜜絲的雙眼都發出光芒了，都城就是跟其他地方不同嗎？居然可以接受跟闇行使生活在同一個空間裡，而且闇行使甚至不需要身披斗篷，就可以光明正大的站在街頭！

「所以闇行使會幫大家隨時注意……有沒有非人潛藏，天哪！我好難想像居然有這種場景！」芙拉蜜絲邊說邊搖頭，「和平共處……」

「當然囉，都城可是幾乎沒有發生過什麼入侵事件呢，多虧了闇行使們！他們常會這樣在路上突然出現，不管是地獄爬上來的、或是結界入侵的妖類，都難逃他們法眼！」高欣慈語帶欽佩地說，「當然啦，這都得是高階的闇行使才辦得到！」

「他們也都樂於幫助你們嗎？」江雨晨趕緊追問。「通常這收費很高的！」

「收費啊……是不低。」陳家華轉了轉眼珠子，「不過這部分由都城出錢，是從我們的稅金撥出的經費，還好吧！」

嗯？江雨晨有點錯愕，都城出錢？稅金？闇行使隸屬於公家單位嗎？跟防衛廳一樣？她趕緊看向芙拉蜜絲，這更難以想像了，闇行使居然能跟自治隊一樣擔任公職？

「啊啊，妳們看！」陳家華樂得當嚮導，已經從最後一排的高座椅挪下，挨著江雨晨指向遠處十點鐘方向的高台。

那是座有點誇張的拱門，仿歷史課本裡歐洲城牆的建築，拱門中段有高台，上面除了擺有雕像外，也站了另外兩個穿著紅衣，身披白色背心，其上繪有閃電的人。

「那個人衣服好像不太一樣……」芙拉蜜絲認真瞅著，「不是繪眼睛，那也是審視者嗎？」

「那也是闇行使的一員，不過他們叫審闇者！」校車越來越近，她們跟著仰頭看向上方，「他們是專門找出闇行使的人！」

——什麼——芙拉蜜絲登時顫了一下身子，江雨晨倏地緊握她的手，找出闇行使的人！

「找、找出闇行使？」江雨晨盡可能溫聲地問著，「那個人也是闇行使吧？為什麼、還要找別的闇行使？尋人嗎？」

「才不是，怎麼能讓闇行使潛藏在我們之間呢？要把躲藏的都抓出來，統一管理才安全啊！」陳家華說得理所當然，「他們是特殊的闇行使，聽說可以感覺出靈動，所以很容易發覺有靈力的人，只要具有一點點靈力的人都會被抓出來呢！」

「抓……」芙拉蜜絲一顆心為之揪緊，「不是、不是共存嗎？」

「是共存啊，但還是要統一管理，怎麼能讓他們到處亂跑！」高欣慈眨著黑白分明的大眼，說得如此自然。

天哪……江雨晨握著芙拉蜜絲的手更緊了，事情不像她們想的這麼單純吧？眼看著校車距離那拱門越來越近，所有的車都必須繞進那圓形地帶，每個人將無所遁形——更別說芙拉蜜絲還坐在窗邊！

逃！逃去哪裡？她們現在在車上，哪兒也衝不出去，況且這麼一動，就是自露馬腳了！

但坐在車裡，不也是坐以待斃？

芙拉蜜絲下意識地緊握住右手腕上的銀鍊，法海……法海你在哪裡，你知道這件事嗎？

車子來到拱門下，芙拉蜜絲緊繃著身子，不由自主的往上看，既然躲藏不了，她寧願正面迎向對方……多想問問他們，同樣都是闇行使，為什麼要如此相逼！

拱門上的人往下睨著，他身邊還站著一個紅衣的自治隊員，仔細瞧才發現他們根本全副武裝，而闇行使手無長物，真不知道自治隊手上的武器是要方便殺死被發現的非人、闇行使？或是要殺死這些審闇者？

審闇者的目光早早就鎖住了芙拉蜜絲，她能感受到強烈的視線，與之對望也不想退縮，隨著車子的移動，審闇者的視線也跟著移動，他沿著高台隨校車走動，瞇起眼與芙拉蜜絲四目相交。

她與江雨晨之間緊握的手早已濕透，江雨晨腦海裡浮現出各種可怕的結果，甚至想著如果真的被抓到了，她要怎樣把芙拉帶離危險！

但是，校車繞過去了。

右轉走向直行大道，他們沒有被攔下，那位審闇者竟沒有任何動作，也沒有防衛廳員追上來？

「啊，妳們再兩站就要下車囉！」高欣慈親切的提醒。

「啊……」江雨晨驚愕回神，冷汗濕了她的制服。

「嘿，是彼得叔叔耶！」陳家華看見路旁經過的一個老人家，他朝老人拚命揮手，「你們知道嗎？聽說他前天傍晚去釣魚時，被魚拖進水裡了！」

「真的假的！」一票學生哄堂大笑起來。

「真的！而且最後是被救起的，魚還跑了！」不認識的學生應和著，「釣竿跟漁具全部都不見了！」

「說到這個，你們知道老市場裡賣豆腐的吳媽媽嗎？」不知哪來的聲音，「聽說她好像在跟賣筍子的尖伯交往耶！」

「哇！」學生們好奇的聽著。

「有人看到尖伯去她家吃飯，上次市場公休兩個人還一起出去爬山！」

「天哪，他們不是都五十幾歲了嗎？」女孩子有點嫌惡地說，「要我挑至少挑個年輕一點的！」

「拜託，吳媽媽都七個小孩了，她也不能生了啊，幹嘛在意基因啊！對她好比較重要吧！」

學生們你一言我一語，江雨晨聽得瞠目，她怎麼覺得這場景很像過去鎮上，那些婆婆媽媽們茶餘飯後的八卦碎語？

「新來的——」前頭的司機突然大喊，「妳們該下車囉！」

「咦？」江雨晨猛然一驚，「啊，好！謝謝！」

她扯扯呆愣的芙拉蜜絲，該下車了！

芙拉蜜絲抓起書包，連司機都知道她們住在哪裡？她們不需要喊借過，公車上滿滿的人群就讓出條路讓她們經過，不少人還說著再見，陳家華在後面大喊著明天見，一路直到她們下車。

「明天六點半在這裡接人喔！」關上車門前，司機說著，「樓梯上掉落的果子有毒，就別撿了！」

江雨晨張大雙眼，點點頭，「好的，謝謝！」

她們倆呆站在站牌邊，目送著校車離開，接著緩緩回身……她們的新家外表看上去就是歐式建築，只是從人行道上要爬十五階才能到門口，隔壁鄰居在邊牆種了不少樹，有棵蓊鬱大樹現在結滿果子，掉了一地，階梯上滿是一顆顆綠色的檸檬似的果子。

昨天近黃昏時，江雨晨跟芙拉蜜絲覺得有趣，撿了不少進屋，已經被堺真里說過那有毒不能食用。

只是——為什麼她們做什麼大家都知道……不、不對，是任何人做任何事，全都城都知道啊！

## 第三章

「這個都城根本全部都是監視者，每個人都在監視他人！」

芙拉蜜絲不可思議的在屋子裡大喊，堺真里回頭瞥了她一眼，搖頭嘆氣的把木條百葉窗扳下。

「別仗著我在門窗上施了封聲咒就喊這麼大聲。」他回身警告，「還是嚴防隔牆有耳。」

這叫她怎麼冷靜得了！芙拉蜜絲在沙發邊走來走去，一雙手又握拳又鬆開的，簡直難以承受！

「我覺得監視還不是最大的問題！」江雨晨端著一盤現切水果走出，「你們知道外面隨時有審闇者嗎？負責揪出隱藏的闇行使！」

「什麼？」堺真里驚愕的抬首，看來他不知道！

新居非常舒適，從外頭拾級十五階而上後，便是一紗門一雪白大門，門是由裡向外開的，站在門口可以直接看到裡頭的旋轉樓梯，而在門與樓梯間便是寬闊的客廳。

兩張三人沙發與單人沙發呈長方形包住了中間的茶几，站在玄關見著的就是長邊三人沙發的背面，沙發區很大，像法海那樣的長腳擱著都沒問題；左手邊的單人沙發後便是寬敞的廚房，廚房具隔間，像個方形盒子卡在客廳的左端，因此站在門口是瞧不見廚房裡的狀況，相對的，廚房隔出來的牆與門左手間自然形成一道細廊，鞋架與衣帽區就在那兒。

整片右手邊就架了鋼琴跟琴架，小提琴大提琴都擱在那兒，那是法海的演奏區。

大家的房間都在二、三樓，旋轉樓梯上去二樓屬於芙拉蜜絲、江雨晨及堺真里，三樓全數屬於法海跟許仙，無論如何不得擅進。

現在法海坐在背對門口那三人座的長沙發上，他雙腳架在茶几上頭，正在閱讀書籍，一旁的鋼琴樂音飛揚，Du Xuan 正用小小的手指，以非常人的移動速度，彈奏著世界名曲。

「不要彈了！許仙！」芙拉蜜絲低吼著，「都什麼時候了你還有心情彈琴！」

許仙嚇了一跳，無辜的轉過頭看著芙拉蜜絲，再看向坐在沙發上的法海。

綠色的眼眸朝他掃去，「我有說停嗎？」

沒有沒有！許仙立刻轉回去，趕緊繼續彈，他不可能違背主人的命令，等等手被拔斷又有得痛了。

「你知道這件事嗎？」芙拉蜜絲一屁股坐到法海身邊，「他們提到什麼統一管理，闇行使看起來與人類共存，但似乎又沒這麼單純！」

法海視線未曾離開過手上的書，「不要這麼毛躁，會出事早出事了，妳們今天不是遇到卻也沒事？」

「遇到了！」堺真里整個人都跳了起來，「什麼叫遇到了？」

江雨晨簡短的說了回家路上的事，審視者與審闇者，以及陳家華提到的統一管理。

「妳說中央大道？」堺真里驚愕莫名，「天哪，阿賢今天也有帶我繞過那圓形廣場！」

「咦？」芙拉蜜絲即刻緊張的看向他，「那你有……有被發現嗎？」

「我的確注意到上面有人，但我問阿賢，他說只是安全設計，不必擔心！」堺真里這才感到畏懼，「那是因為他不認為我具靈力，一旦被發現……」

「但是都沒有被發現？」法海從容接口，「你們現在不都好好的坐在這裡……啊，水果切好了啊！」

他劃上欣喜的笑容，終於闔上書本，放下雙腳探身往水果那兒叉去，今天拿到罕見的哈密瓜，真是太期待了。

「會不會……是想一網打盡呢？」江雨晨有些擔心，「我們都住在一起，我也感覺到那個審闇者在看著我們，說不定是想直接到這兒抓我們？」

堺真里深吸了一口氣，「不，這不是防衛廳的做法，難得我們分散，照理說該當場抓人，沒有理由等到了我們熟悉的地方再攻擊。」

更何況，在車裡、路上總比在住家裡方便捉拿吧？

「就算他們真的來了，也不需要擔心吧？」法海挑著嘴角，「當我不在嗎？」

芙拉蜜絲回首看向他，法海這一句話，完全為她打了一劑強心針！

她默默的移到他身邊，螓首輕靠上他的肩頭，不管這具身軀多冰冷，於她而言都是溫暖的依靠。

「審闇者會看不出來嗎？」江雨晨幽幽出聲，「我覺得事情好像不那麼單純。」

「的確。」堺真里深表同意，「或許、或許他們是刻意不揭發我們的。」

芙拉蜜絲正首，「為什麼？他們真的有所區分？」

「別猜了，遲早會知道的。」法海有些不耐煩的起身，逕自走到窗邊，悄悄的揭起木條窗往外看去。

門外的佛號之徑亮著，都城的佛號之徑規模甚大，夜晚防衛廳的夜巡，都會走在佛號之徑裡；那是特殊設置的結界路，一整條路的路燈都繪有佛號、並且誦經加持過，每盞燈之間都有神社繩繫住，全部施以驅魔咒、護身咒，才能讓人安心巡邏。

一般佛號之徑都只設在主要道路上，面對各方均在射程之內，亮起的佛燈就會自然築成一片結界，妖鬼不侵，連低等妖類都能驅趕；只是都城甚大，不僅寬大的路上有兩條佛號之徑，小徑內數公尺就有一盞佛燈，不管是什麼魍魎鬼魅也難逃被消滅一途。

白天有闇行使巡邏、入城要喝咒水、晚上有強大的佛號之徑，難怪鬼獸妖獸惡鬼都進不了這都城，只在其他地方肆虐。

「別揭窗板，要合在一起才是咒語。」堺真里不悅的上前，動手扳下木條窗。

法海瞥了他一眼，有他在基本上不太需要太多結界防護，「是～真里大哥。」

這句大哥喚得堺真里打了個寒顫，詭異。

「這裡好嚴實，沒有惡鬼沒鬼獸，連妖獸附體都做不到……結界更是鎮上的十倍有餘。」江雨晨有些矛盾，「所以都城才會這麼繁榮，可是、可是這種人與人間的監視，還是讓我毛骨悚然。」

「連我們撿了毒果都知道，感覺無時無刻都有人在看著。」芙拉蜜絲嚥了口口水，「這真的太可怕了。」

「這才是都城平安的主因吧！」堺真里語重心長，「人人守望相助，不放過任何可疑份子，雖然沒有隱私，但是也沒有危險，再加上闇行使的協助，根本滴水不漏。」

「沒有不透風的牆。」法海忽地扔出一句話，「再密的石頭都有縫，你真的相信水滲不進去嗎？」

所有人錯愕的望著那優雅的身影，法海只是對著緊閉的窗戶，美麗的容貌始終鑲著淺笑，都城是低階的進不來，但是……他笑意更深了，控制闇行使，似乎才是毀滅的開始。

摸不清法海在說什麼，非人的他總是看得更深更遠更廣，但是他不願說，誰也無可奈何。

「總之維持低調吧，不要想太多，就是繼續盡學生的本分。」堺真里回身對著女孩們說：「明天起騎腳踏車上下學，避開中央大道。」

「不可能，我回來就看過地圖了。」江雨晨緊皺著眉，「不管要去哪裡，都非得經過中央大道！」

所有的關卡都是必經之路，這也都是設計好的。

「天哪……我不想在路上打起來！」芙拉蜜絲蜷起雙腳盤坐在沙發，「我不知道什麼是統一管理，但我討厭被管理！」

「不會的。」法海輕柔的開口，「堺真里說得對，不要想太多。」

「法海，這不是要我們想多想少……」

「今天沒有事，明天就不會有事。」他回身踅回桌邊，俯身再拿起一塊哈密瓜，「他們若要舉發你們，今天就會開口了。」

咦？芙拉蜜絲驚訝的看著他，這話……確實不無道理。

為什麼審闇者沒有檢舉他們呢？她明明就是個靈力者，而且還蠢到不能收放自如啊！

「我也覺得有可能……」江雨晨戰戰兢兢的回著，「只是不怕一萬只怕萬一……」

法海繞進茶几，朝著芙拉蜜絲伸出手，如同童話故事裡的王子向公主邀舞一樣……芙拉蜜絲對他毫無招架之力，就在於對王子形象的迷戀。

她緩緩伸出手，搭上了那冰冷無溫度的掌心。

「有我在，就不會有萬一。」他俯頸，吻上了她的銀鍊，「妳該知道的。」

一旦有危險，銀鍊上的鈴鐺一響，法海就會來到她身邊。

她知道的……芙拉蜜絲紅著臉闔上雙眼，點了點頭，放心許多。江雨晨憂心的看著這一幕，再望向堺真里，真里大哥難道不覺得……芙拉蜜絲太過依賴法海了嗎？

堺真里只能無奈搖頭，現在的芙拉最為脆弱，兩個月的無界森林旅途中，她依然夜夜惡夢，親人的死與燒毀安林鎮都帶給她太大的打擊……她比任何人都依賴法海，現在他不能抽離她的依靠，還不是時候。

而且，現在這個都城……他們只怕都得依靠他了！

「我只覺得這些人比鬼獸妖魔都可怕……從現在開始，除非在家裡，否則我們都得要小心。」江雨晨焦慮的絞著衣角，「說話、做事，都要想像隨時有人在看著我們。」

「言談要留意，不要隨便提到禁忌的事，無界森林或我們的目的，還有過去的事盡量都不要提起。」堺真里也很快地做了整理，「大家口徑一致，我們是陪芙拉來投靠親人的，過去在安林鎮的確有鬼獸什麼的，但不要提起妳們曾對付過的事。」

後面這句是特別看著芙拉蜜絲說的。

「我知道啦，我不會說的……那也沒什麼好自豪的。」芙拉蜜絲冷笑，「要是知道最後會變成這樣，我寧可不曾應付過任何妖魔鬼怪！」

「芙拉。」堺真里心疼的走到她身邊，「過去的經歷才能造就現在的妳，我們不能改變過去，只能面對未來。」

她仰起頭看著一向敬仰的堺真里，眼角忍不住含淚，「我不知道……我還沒辦法放下！對不起。」

堺真里只是用力握住她的肩頭，十六歲，她承受的太重也太多了。

「時間會沖淡一切的。」輕柔的聲音來自於窗邊的金髮男孩，他不知何時已經架起小提琴，

「面對現實是早晚的事。」

弓弦滑下，巧妙的嵌入 Du Xuan 悠揚的琴音，毫無異樣的衝突，瞬間就成了雙重奏的美妙樂章。

人說音樂能洗滌心靈或許不假，至少每當 Du Xuan 或是法海彈奏樂器時，他們都會覺得平靜許多。

江雨晨與堺真里紛紛坐到芙拉蜜絲的身邊，大家宛若一家人般的在沙發上享受迴盪的樂音。

法海淺淺一笑，屋外偷聽的人只怕要白忙一場了。

學生生活比想像中的更快上軌道，一個星期就讓芙拉蜜絲恢復正常作息，也習慣了新的學校、新的同學，畢竟她們都還是學生，這樣的身分最適合她們。

而顯眼的人想低調也沒辦法，法海就是個再明顯不過的例子，他跟過去一樣不太喜歡理人、不參加訓練課、不跟人打交道，但那似笑非笑的容顏，就足以讓他成為萬眾矚目的焦點……更別說這裡是都城，想生他的孩子的女人每天都擠滿家門口！

而江雨晨的溫柔可人也備受男孩子注意，對誰都好，人又聰明，連老師都非常喜歡她，一下子身邊圍繞著男男女女。

至於芙拉蜜絲……光是高挑的身材跟精緻的五官就很難被忽視，不過相較於其他人她較為寡言，也不若江雨晨圓融，多數時間客氣禮貌，與他人保持了相當大的距離。

因為她已經不再相信任何人了。

不管感情多好的同學，多親的鄰人，那種一知道她是闇行使後就欲除之而後快的嘴臉，鎮上所有人驅趕著他們的模樣，她一輩子都忘不掉。

除了江雨晨、真里大哥、法海及許仙外，她誰也不會再信了，相信是傷心的開始，自以為是的情感，都敵不過「闇行使」這三個字。

不過這樣的低調，倒是造成她某項困擾。

望著數公尺外的罐子，她高舉著鞭子，內心有說不出的無奈……揮鞭，鞭子打上瓶子、收回再拋出，鞭子打上了桌子。

她沒有綁上刀子，也沒有展現驚人的甩鞭能力與百發百中，過去在安林鎮她的能力遠遠超出同年紀的人，再加上法海的指導，有實戰經驗後更是驚人，連真里大哥都說過，她的行動力與反應能力甚至比自治隊員更強大也更敏捷。

這樣的十六歲學生太高調，她必須隱藏……可是正因為如此，難得的每日訓練課，她完全無法放開的練習。

反觀江雨晨，她過去擅長的是飛刀，現在依然在場上扔擲，刀刀準確；不過目前她偏重在學習大刀，因為當她過度恐懼而理智斷線時，會有另一個急躁暴力的人格竄出，法海說那是附身……雨晨體內有另一個靈魂依附，而那個靈魂擅長的是大刀。

江雨晨幾乎沒學過大刀，雖然基本鍛鍊跟臂力都有，但是飛刀跟大刀是兩碼子事，每一次被附身都是靠著意志力凌駕體力，雨晨總是在轉醒後全身痠痛。

安林鎮毀掉前她便開始練習，但一切還只是起步，而她也沒有忘記自己需要繼續學習，這次到新學校，她毫不猶豫的選擇大刀社。

「提耶！你在幹嘛！慢吞吞的！」

嘻笑聲從四點鐘方向傳來，是陳家華跟愛里、阿志他們，欺負捉弄提耶簡直是每日課題。

「你讓他買太多飲料了啦！」男孩子們開始聚攏，「提耶是女生耶，抱不動這麼多瓶的！」

「我是在鍛鍊他耶！提耶！你這種力氣跟速度，遇上鬼獸怎麼辦！」陳家華邊笑邊說，戲謔不已。

不要管。芙拉蜜絲專注的進行揮鞭練習，她必須視而不見，充耳不聞，那是提耶自己的事……如果沒有辦法反抗，就活該只能忍氣吞聲！

提耶抱著一大堆飲料走回來，身邊的男孩子們越聚越靠近他，他戰戰兢兢的看著包圍他的眾人，不知道他們又想怎樣了。

「飲料、飲料買回來了。」他囁嚅地說。

「很好！謝啦！」陳家華望著他，「喂，提耶，你到底有沒有在鍛鍊臂力啊，看你拿幾瓶飲料就快累死了。」

幾瓶？他一人抱了十幾瓶水啊！換算起來根本是十幾公斤重。

「拿、拿去！」他依然低垂著頭，他好痛喔！

男生們嘻笑著，陳家華使了眼色後大家紛紛從他懷裡拿走飲料，但是卻未曾散開，依然包圍著提耶，只是後退數步，把圓圈擴大了點而已。

幾個人遠遠望著，不由得皺眉，「他們又來了！怎麼老喜歡找提耶的麻煩？」

「他太弱小了啦，鍛鍊又不出色，很容易變目標的！」

「搞不好提耶只是晚發育而已，陳家華他們很無聊！」

「算了啦，大家都自小鍛鍊到大的，提耶是男生還這麼弱，被操一下也好，等他從妖獸手下逃生時，說不定還會感謝這樣被整！」

最好是！如果真的要逃生，誰都寧願認真鍛鍊而不是被惡整！

法海照慣例坐在操場邊緣，總是自備躺椅跟傘，悠哉悠哉的坐在上面看書，視訓練課跟所有老師於無物，他就是不願鍛鍊，還懶洋洋的說就算被鬼獸吃了也無妨，人生苦短嘛！

苦短個頭！芙拉蜜絲看見他躺在那兒就礙眼，他都不知道是活幾千年的不死族了，鬼獸根本不是他的對手，講得這麼淡然……而且真怪，明明知道他就是這個樣子，當她揮汗如雨在練習時，看見有人在旁邊這樣悠閒，還是會有股無名火。

其他男生也都一樣，只是很妙的沒什麼人敢惡整他，或許有導師撐腰，九班的日下部梅感覺法海只要點頭就會撲上去了，其他的女生也一樣把他當寶似的。

她走上前到自個兒的桌邊把剛打亂的瓶子一個個拾起，一雙眼瞅著他不放，他倒也投以視線，扔給她一記微笑。

噢，真討厭！

「提耶！」陳家華的聲音驀地響起，芙拉蜜絲立刻向右後方看去。

二十公尺之遙的大圓圈那兒，陳家華將手上的飲料瓶狠狠的朝提耶砸了過去，弱小的他嚇得趕緊接住，但略微後退了一步。

「大家輪流丟！提耶，這是為了訓練你的反應力！」陳家華笑著說，「一瓶都不許掉在地上喔！」

什麼？芙拉蜜絲緊緊握著鞭子，那邊少說有十餘人，所有人朝他扔水瓶，就算是她也不一定接得住，這根本就是整人……老師呢？芙拉蜜絲立刻搜尋老師的身影，老師們就站在陳家華身後不遠處，也笑著往這邊看，一邊搖頭彷彿在笑提耶的瘦小！

太過分了！芙拉蜜絲覺得火氣上湧，可是、可是她應該低調，不能出風頭的！

江雨晨的受訓區與芙拉蜜絲相距甚遠，都隱約聽見喧譁聲，許多同學都好奇的往遠方張望，只是老師嚴格的叫他們專心練習，她又正在跟同學對戰，在操場上不至於出什麼事吧？

法海在芙拉蜜絲那邊，應該沒什麼大礙。

第二瓶水！愛里似乎刻意朝提耶的頭砸過去，但是他卻及時擋下接住，緊接著第三個阿志幾乎是趁他還沒把懷中的水瓶擺好就刻意扔出，所幸提耶依然順利接下，只是第四個人跟第五個人惡意的同時拋出，擺明就是要讓提耶措手不及，芙拉蜜絲看著第六個人也高舉了手，這些人——邁開步伐，芙拉蜜絲衝了出去。

法海悄悄歪了頭，把書稍微右移了一點，好看見奔出去的身影……早知道阻擋不住，他通常不會白費心力。

水瓶在空中反射著陽光，提耶昂首看著兩三瓶幾乎同時拋過來，他根本措手不及——咻，長鞭倏地捲住最高的瓶子，緊接著鞭子操控著那瓶水，須臾間就將另兩瓶水一併打掉！

陳家華驚愕的望著鞭子回首，看見的是站在大家後方的芙拉蜜絲！

「芙拉蜜絲？」他看向她，但是她的手並沒有停歇。

「喜歡扔水是吧？」芙拉蜜絲手一收，瓶子連同鞭子在她的頭頂上空盤旋一圈後，急速的朝陳家華扔去！

「哇！」重力加速度，佐以芙拉蜜絲的拋扔，陳家華是接住了，但是雙掌無法扣住水瓶，瓶子重擊在胸口，疼得他頓時雙膝就落了地！

啪！鞭子俐落的打上地，發出清脆聲響，在操場區傳出回音，芙拉蜜絲微抬首，睨著眼前一票同學。

「有時間欺負人，沒時間好好鍛鍊嗎？連瓶水都接不住！」她站在原地，卻氣勢萬千。「要不要換你站在中間試試，讓二十個人輪流扔水瓶給你，看你能不能接住？」

陳家華不可思議的撫著胸口趴在地上，他半邊身子全部麻痺，剛剛一瞬間的撞擊只覺得骨頭差點要斷了！

現場一片啞然，連體育老師都瞠目結舌的看著她，芙拉蜜絲朝向提耶僅使了個眼色，他聰明的帶著一雙紅肘的手臂走來。

「娘炮！」愛里不爽的看著他的背影啐著，「只會靠女人的傢伙。」

電光石火間，芙拉蜜絲瞬間起鞭，長鞭的尖端直接劃開了愛里的衣服，在他滿是肌肉的腹部劃出一道血痕！

啪！劃過愛里腹部的鞭子再落地，這次的鞭地聲更加令人生畏。

「哇……」愛里嚇得全身冷汗，趕緊摀住肚子，只感受到腹間的熱液，「我的肚子！我的肚子——」

老師們緊張的上前，芙拉蜜絲翻了個白眼，皮肉傷而已叫這麼大聲？這些人真的是沒遇過非人，單單鬼獸一爪就可以切膚入骨了，只怕慘叫都來不及。

「再娘也總比只會欺負弱小的人好。」芙拉蜜絲冷哼一聲，朝提耶伸出手，「你沒事吧？手有受傷嗎？」

提耶戰戰兢兢的搖頭，帶著不安的看著她。

「看要冰敷還是要去練習，去吧！以後別聽他們的話了，他們又不是你的誰！」芙拉蜜絲懶洋洋的回身，老師已經確定愛里只是皮肉傷，大家正鬆口氣。

也為芙拉蜜絲驚人的鞭功感到詫異。

提耶默默點頭，輕聲說了句謝謝，拔腿遠離這兒，越遠越好。

受傷的愛里看著自己的肚皮，雙腳一軟跪地，他剛剛真的以為肚破腸流了，想不到只是劃破皮而已……可是、可是那未免也太危險了吧！芙拉蜜絲怎麼可以攻擊自己同學！

「妳太囂張了吧！」抓起落地的水瓶，愛里二話不說起身朝芙拉蜜絲拋扔過去。

法海一雙綠眸瞪著由芙拉蜜絲身後飛至的水瓶，只見她俐落一旋身，鞭子朝空而去，劈啪的將水瓶一分為二，乾淨俐落。

水在她頭頂澆淋而下，她不閃不躲任水潑下，濕了一頭短髮，收鞭時再度鞭地，左手帥氣的將濕髮上抹，極度不爽的瞪著愛里。

「再來啊！」

還、還來？現場鴉雀無聲，那功力也太可怕了，力道可以準確掌握到只傷及皮肉，又可以劈開水瓶，更別說她幾乎是一秒回身，反應極度靈敏！

煩！芙拉蜜絲哼著回身，她最厭惡這種仗勢欺人的傢伙了，好玩也得有個分寸，這些日子來她可以裝作看不見，但剛剛那個真的太超過了，根本沒有人可以承受那種玩法！

「哇！芙拉蜜絲！」才回身，鞭子社的成員全部衝了過來，「妳怎麼這麼厲害！妳要鞭也太強了吧！」

「妳剛剛打不中瓶子是裝的吧？而且還要小心不把瓶子打破！」

「妳以前是社長嗎？妳練鞭子多久了！」

等等，等一下……這太熟悉了，為什麼她又被包圍了——低調，她不是應該低調的嗎？

唉……江雨晨重重的嘆氣，無奈的看著被人牆包住的芙拉蜜絲，再幽幽看向在躺椅上悠閒的法海。

「你就在這裡，怎麼沒阻止啊？」她抱怨著。

「妳說阻止得了嗎？很多事會讓她難過、傷心、失望，但一個人的本性難移。」法海頭也不抬的回著，「火之芙拉，妳忘了？」

「就是記得我們才每天耳提面命的嘛！」江雨晨噘起嘴，「這下好了，一秒變風雲人物。」

「芙拉蜜絲的光藏不住的。」法海說這話時，居然挑起得意的笑，「讓她低調才是折磨她。」

「你得意什麼啊！」她狐疑的瞅著，「越顯眼不是對我們……」她停頓下來，因為有人從附近經過。

「成天提心吊膽就不必做事了。」法海終於看向她了，「別聊了，還不去解救她！」

江雨晨一怔，愣愣的看向芙拉蜜絲，「噢噢！好！」

她趕緊奔向芙拉蜜絲，排開人潮的將芙拉蜜絲拉走，謅著藉口去買可樂，省得被包圍之下等等芙拉不耐煩又大爆發。

# 第四章

好不容易進了校舍，芙拉蜜絲緊閉起雙眼，無力的雙手撐著大腿，「我闖禍了，對吧！」

「也不能說闖禍啦……」江雨晨很想安慰她，「也是幫了提耶，但是這樣一來大家就都注意到妳了。」

「唉，我真的是忍無可忍！妳不知道剛剛發生什麼事！」芙拉蜜絲這才冷靜下來，渾身都在發熱。

「我知道一定是很過分的事情，妳才會忍不住出面的！」江雨晨居然笑了起來，「妳總是看不慣恃強凌弱呢！」

唔……芙拉蜜絲皺起眉看向江雨晨，「我怎麼聽不出來妳在生氣還是高興？」

「高興。」江雨晨不假思索的上前挽住她的手。「因為這才是我認識的芙拉蜜絲。」才是她所認識的……芙拉蜜絲聞言，反而有些凝重，「我……」

「我喜歡這樣的芙拉！」江雨晨拉著她朝販賣機去，「不管發生什麼事，我都不希望妳改變。」

「可是雨晨——」

「這樣是最好的了。」江雨晨忽地打斷她的話，認真的望著她，「我們改變不了發生的事，不能為此消沉。」

芙拉蜜絲難過的深呼吸，即使雨晨沒有失去家人，但她對她的寬容反而讓她更加愧疚。

江雨晨投了瓶可樂，塞到她發熱的手裡，芙拉蜜絲緊緊握住，讓靈力亂竄的身體靜下。

「我為什麼怎樣就是控制不了呢？」她無力自責。

「法海說，本性難移！」江雨晨笑著包住她的手，「我們只要不要太過分，但維持自己的個性不是很好嗎？」

芙拉蜜絲望著永遠溫柔的江雨晨，內心百感交集，明明能有平安生活的雨晨，卻跟著她到都城來受罪，過著戰戰兢兢的生活。

雨晨到底是怎麼想的呢？為什麼要跟著她一起來？又……咦？越過江雨晨的肩後，芙拉蜜絲居然看見一抹黑影在遠方的轉角處。

她二話不說把江雨晨拉到身後，不對勁，邪氣甚重，而且她為什麼看見有尾巴在晃。

怎麼了？江雨晨沒說話，但立即屏氣。

芙拉蜜絲要她待在原地，自己則往前察看，江雨晨拉住她認為不宜輕舉妄動，但想當然耳是無效的。

芙拉蜜絲掰掉她的手，叫她回操場去，自己緊握著鞭子小心翼翼的往前走，現在認真看著身邊的牆壁，才發現有如霉斑的東西在牆上擴散著，黑色的東西密密麻麻的向各個方向急速擴展，她覺得不可思議的停下腳步盯著牆壁，這是現在才出現的？還是因為她剛剛運用了靈力才看見？

法海跟真里大哥要她練習運用自己的靈力，她未臻成熟，但至少隱藏的技巧已經進步很多了！

是否因為隱藏所以看不見？學校怎麼可能沒有封印，都城什麼沒有，闇行使多、符咒多、結界多、封印多，連陣法都多……這種黑氣是怎麼進來的？

原本往牆上四散的黑點突然也往地板擴散，黴菌般蔓延，芙拉蜜絲嚇得趕緊往廊邊退去，再往外就離開走廊了，花圃處處，她只怕也沒地方好退了！

她沒有看錯對吧？剛剛隱藏在轉角後那蠕動的東西像極了「尾巴」，而且尾巴是直立式的，並非一般地上獸類，非人即妖，究竟是什麼東西？看著霉斑擴散到走廊，她不得不往外跳上花圃圍石，順著圍石往前直衝，前方黑色的邪氣依然存在，僅距離兩公尺之遙，她先揮出長鞭，往左邊轉角裡掃去！

啪——鞭子紮實的揮在一個人形上頭，可僅僅只有人形，因為當鞭子打上時居然瞬間崩塌！

芙拉蜜絲在揮鞭之後跳下了轉角的廊下，看著鞭子劈開黑色人形，結果卻是更多無以計數的黑霉散開！

『嘻……』竊笑聲自那崩坍的黑霉裡傳來，芙拉蜜絲不可思議的望著宛似噴濺開來的黑色細點，有的彷彿往她的鞭子上來！

天哪……她急著要甩掉鞭子上的東西，手腕上的銀鈴鈴聲大作，又發現她的腳下竟然也都是——冰冷的手忽然握住她執鞭的手，強而有力的手臂環住她的腰際，一瞬間她雙腳離地，向後似大跳似飄移的移動了好一段距離。

法海……芙拉蜜絲知道擁著她的人是他，聽見鈴聲了嗎？

「別動。」他幾乎貼在她耳畔說著，「才剛在外面秀了一段，又進來裡面招惹什麼？」

「什麼招惹啊！這東西在這兒很難視而不見吧？」她咕噥著，看見鞭子居然結了冰，彷彿有無數細小的冰珠一顆顆從鞭子上掉下去。「那是什麼？」

法海凝視著掉落在地上的冰珠，只淡淡一句，「麻煩的東西。」

他們落在乾淨的走廊上頭，法海打算帶著她從另一個出口往操場走去。

「雨晨、雨晨……她……」

「她先回操場了，我叫她走的！」他拉著她的手，「別跟任何人提起剛剛看到的。」

「嗯……」她回首憂心，「那東西很不對勁啊，還會再看見嗎？為什麼會有東西跑來學校……」

她原本以為，在都城能安心的！

法海望著她，給予肯定的答案。「都已經在這裡看見了，代表學校的結界已經毫無作用了！」

什麼……這麼強大的都城，居然也有被入侵的時候？同學們明明才說，都城幾乎沒有非人肆虐過啊！

「芙拉蜜絲！」

驀地傳來高欣慈的叫喚聲，來自於她的身後，芙拉蜜絲驚恐的回身，看見高欣慈居然就站在那四周都滿佈黑霉的廊上望著她，神態自若！

「高欣慈……」她訝異的望著同學，難道高欣慈沒瞧見周遭滿牆滿地，連天花板全是黑色的嗎！

「妳怎麼這麼久！妳剛超帥的耶！」她若無其事的走過來，「咦？妳為什麼要從那邊走啊！」

「我……」啊！芙拉蜜絲緊張的回身，才發現法海早就不見了，他當然不可能讓高欣慈看見，「我想從這邊的出口出去，剛剛……剛剛有點尷尬。」

就見高欣慈跑著過來，親暱的勾住她的手，「才不會呢，妳簡直帥呆了！陳家華他們就愛鬧，給他們一點教訓也好！」

說得真自然，高欣慈明明也是助紂者，陳家華欺負提耶時她根本不曾在乎過。

「他會生氣嗎？」芙拉蜜絲假意問著，她不在意陳家華生氣與否。

他們只要不要惹她生氣就好了。

「不會啦，他會生氣也是面子掛不住！」高欣慈一臉諂媚，「快說快說，妳的功夫也太強了吧，竟這麼會使鞭？連鞭子社的學長都輸妳一大截！」

「這種事不是拿來比較的吧？」芙拉蜜絲搖了搖頭很是無奈，「功夫是為了保命而練習的不是嗎？」

「是啊，事實上是這樣沒錯，可是大家還是會競技比較嘛！」高欣慈不以為然的聳肩，「人都喜歡依附強者！」

「少來，遇到非人時各自保命才要緊。」芙拉蜜絲淡淡說著，她已經厭惡再去保護其他人了，「妳不是弓箭社的嗎？百步穿楊？」

「我還不差，但沒有這麼厲害啦！」高欣慈說得自然，「女生只要基本自保就好了，有事男生會幫我們的，我們可是珍貴的女人呢！」

是啊是啊，她有時候會想，該不會就是女人太不精進，所以折損率才會這麼高吧。

「快回去吧，我想直接找陳家華談，不想要大家心存芥蒂很麻煩。」芙拉蜜絲拽著她往外走去，轉出去時不由得再回首瞥了遠處的那道黑色走廊。

高欣慈真的沒看見，那不像是裝的，只怕她看不到。

「隨便啦我才不想管他！」高欣慈亮著一雙眼，「欸，妳們挑闇行使了沒？找幾個保護自己也好啊！」

芙拉蜜絲緩下腳步，老實說她聽不明白。

她們的身影才出現，操場上的人立刻就往芙拉蜜絲看過來，江雨晨焦急的朝她跑來，看見高欣慈時有點遲疑。

妳沒事吧？這句話她硬生生的吞下去，只用眼神表達。

「雨晨。」芙拉蜜絲伸出手，她趕緊握上，「高欣慈在跟我說什麼闇行使的事。」

「闇行使？」江雨晨一怔。

「對啊，我看妳們這樣子就知道還沒租對吧！」高欣慈興高采烈的很，「放學後我帶妳們先去參觀一下闇行使收容所，可以租幾個厲害的當保鑣喔！幫妳的房子立結界，他們有的也會製作法器，我家有一個連咒語都很強呢！」

「闇行使……收容所？」這名字為什麼聽來令人膽寒？

「是啊！」高欣慈笑得一臉惋惜，「要不是規定只能租賃，我真想買幾個回家呢！」

芙拉蜜絲悄悄的與江雨晨交換眼神，為什麼從高欣慈的口中聽起來，彷彿是在談論一項物品呢？

闇行使收容所，深藍底金色字的招牌掛在外頭，芙拉蜜絲停好腳踏車，不敢相信自己的眼睛，真的有這個地方。

那是一棟佔地甚廣的建築，外頭看起來守衛森嚴，全是紅背心的自治隊，高欣慈領著她們到旁邊將腳踏車停好，然後要她們拿出學生證。

「我們要先登記，才知道誰來過這兒看貨挑選。」高欣慈手裡夾著學生證，大方的推門而入。

江雨晨緊張的揪住芙拉蜜絲的衣服，「如果有人看出妳是……」

這太危險了，闇行使有各種能力，天曉得裡面會不會有審闇者？芙拉蜜絲當然知道，但是她卻極為渴望進去。

「妳難道不想知道裡面是什麼嗎？」自從聽說闇行使被集中管理後，她沒有一天放下這件事。

「我……」江雨晨咬著唇，她想知道但是又害怕知道，從各種跡象推敲，她都不覺得裡面會是和樂的環境。

踏入建築物後，有個偌大的櫃檯，櫃檯後面滿是大櫃子，前台有好幾個服務人員。

「噢，今天學生真不少！」矮個子的男人捏著八字鬍，笑瞇瞇的看著高欣慈，「妳如果看到喜歡的，還是得要家長同意喔！」

「知道！帶新來的轉學生看貨！」高欣慈指指她們。

矮小的男人立刻笑看芙拉蜜絲，深怕看不清楚似的，身子還攀上了櫃檯桌面，小圓眼鏡下的雙眼細細打量，「唉呀，新來的，住在長街上的那戶人家嘛！兩女三男？」

果然人人都知道他們啊……芙拉蜜絲已經快習慣了。

「是啊，有個是可愛的小男孩啦！」高欣慈對許仙的事也知之甚詳。

「居然是史威爾太太的親人啊，話說回來，有陣子沒看見史威爾太太了。」矮個兒問著她們，「她還好嗎？怎麼這陣子都沒出現？」

呃……芙拉蜜絲愣了一下，她也沒見過史威爾太太啊！

「她很好，因為我們住進去後，就我們幫忙跑腿啦，她樂得輕鬆呢！」江雨晨上前一步，笑吟吟的補充。

其實，她們誰也沒見過史威爾太太，也不敢問。

「啊……也是也是，一下子來了這麼多人，史威爾太太也開心了，總算不那麼寂寞了。」矮男子輕頷首，「我記得妳們的監護人也是小地方的自治隊員嘛，裡頭看到喜歡的我可以先幫妳們預訂，但還是要監護人親自來一趟喔！」

「好的！」江雨晨綻開笑容，溫和的應對。

租賃租賃，聽見這個詞，芙拉蜜絲就渾身不舒服！

櫃檯的左邊有個入口，也是唯一的入口，高欣慈熟悉的帶她們往裡走去，對開的厚重門推開，裡面是如同鎮民中心那樣的交誼廳！

空間裡擺了許多桌椅，許多人坐在那兒聊天喝茶，仔細聽，會發現那像是兜售物品的小販，正在保證自己的商品有多好；江雨晨跟芙拉蜜絲詫異的觀察著每一張桌子，有的人坐在上頭簽寫文字，對面坐著的人正在詳細解說。

「我們上二樓去吧，二樓以上才能挑選。」高欣慈指向上方，這兒的一樓是挑高設計，可以直接看到二樓的走廊，芙拉蜜絲刻意走到正中央往上瞧。

看見的是如同玻璃牢房的房間裡，站了許多人。

「妳們喜歡哪一種？靈力普通還是高的？」高欣慈帶著她們往角落的鐵梯去，「不過說真的，厲害的都屬於公家的，畢竟他們要擔負的責任更重。」

江雨晨幾乎快說不出話來了，「我們要租的是闇行使？他們可以被租？」

「當然啊！」高欣慈理所當然的回首看著她，「不然我們的安危怎麼辦？誰在妳房子上刻寫符咒？誰保護妳？」

「我們、我們以前是聘請闇行使……」江雨晨喃喃回著，不是租啊！

「聘請喔，好有禮貌！那是他們本來就該做的事，妳也是要花錢把他租回去做事，差不多啦！」高欣慈聳了聳肩，「只是他們在這裡領的是固定薪水，也有一部分要繳回單位。」

「什麼叫本來就該做的事？」芙拉蜜絲擰眉，她根本不能接受這種說法，「他們也是人吧？為什麼搞得像物品一樣？」

芙拉！江雨晨趕緊推了她一下，她可別洩底了，一點點言論說不定都會引來猜忌吶！

高欣慈果然認真的轉過頭來望著她，眼神變得有些深沉疑惑，然後又一臉恍然大悟的樣子，「果然，我說各地有各地不同的風俗，有的地方跟闇行使處得不錯。」

「我們也沒有不錯，鎮上是反對闇行使的……只是我們還是得恭敬的請他們來，否則我們對付不了鬼獸啊！」江雨晨自然的答腔，口吻還帶著無奈。

「就是這樣！我們現在過這種生活誰造成的啊，天譴之前根本沒有什麼惡鬼妖怪，地獄是地獄、妖界是妖界，是無法進犯人界的，這些都是闇行使的錯！」高欣慈字字鏗鏘，說得理所當然，「現在只有他們有能力阻止那些非人，這就是他們的責任，他們本來就該做的事！」

芙拉蜜絲不是不知道這個理論，人類對於逃避自己的過錯相當有一手，隻字不提五百年前，人類為了找到天譴，不惜一切濫殺無辜的事！

如果不是濫殺，法則也就不會扭斷，更不會造成闇行使的躲藏，反而讓妖魔鬼怪更加狂妄——起因，明明就是人類的自私！

江雨晨輕輕的拉過芙拉蜜絲，將她帶到身後去，揚起笑容，「我明白了，他們份內的事，沒有道理我們還得高價請他們！」

「對！就是這樣！」高欣慈擊掌，「不過啦，就如芙拉說的他們也是人，也要生活，五百年前的事跟他們沒直接關係，所以我們就將他們集中起來管理，提供他們工作機會，讓他們溫飽！」

說得像是慈悲的施捨似的，不管是誰都應該擁有自由的！

「所以……」江雨晨踏上兩人寬的走廊，一邊是鐵欄杆，左手邊是一整排玻璃牢房，一格一格的坪數其實還不小，住了兩至三個人。「這些都是闇行使，我們喜歡就……租回去？」

「嗯啊！我知道史威爾太太應該有，不過她前陣子辭退了原本的闇行使，我想妳們剛來可能需要一個。」高欣慈大方的介紹，「還可以叫他們展現能力當面試喔！」

恨意，不需要是靈能者都能感受到的強大恨意佈滿整個空間，芙拉蜜絲不明白高欣慈怎麼能如此無感，玻璃後的人們都帶著一雙怨恨的眼神看著她們，瞪著每個參觀的人，但是卻也紛紛貼近玻璃，彷彿期待被挑中。

「他們為什麼……不會逃？」芙拉蜜絲質疑的是這點，這些是闇行使啊，具有靈力的人應該比普通人強大吧？

怎麼可能坐在這兒任人挑選？芙拉蜜絲往上看去，樓上還有一層，這麼多人都如此甘於命運？

「當然不會給他們機會啦！」高欣慈驕傲的勾起嘴角，「他們每個人身上都有毒，每天都得領解藥……等妳租了他們之後，他們還是得每天回到這兒注射解藥！」

「毒……如果不來呢？」

「放心，有時候是會有疏忽，忘記一天不會立刻死的！」高欣慈挑了挑眉，「但是他的家人會先死。」

「什麼？」芙拉蜜絲不可思議的看向她。

「殺掉家人當警告，直到他的家人都殺光後，就不給他解藥了！」高欣慈噘起嘴，露出點無奈的神情，「這也沒辦法，誰叫他們不是普通人，必須用特殊的方式。」

以毒控制、用親友的生命要脅，江雨晨忍不住冷汗直冒，好可怕的做法，而且高欣慈還沾沾自喜！

看著在這兩樓走廊上參觀的人們，好像到商店挑選物品，一間一間的店面裡陳列著各式商品，然後看到喜歡的出價買回……奴隸們不能也不敢反抗，因為他們的命就算了，還有家人的命啊！

芙拉蜜絲想起歷史課本裡，幾千年前的奴隸制度，她腦海裡只閃過這兩個字：奴隸，而且還戕害他們的身心，用毒藥及家人的生命威脅著！

「……芙拉蜜絲？」小小的聲音自前方傳來，提耶有些驚訝的看著她。

芙拉蜜絲尚在震驚之中，或許更多的情緒是忿怒，江雨晨必須直接握住她的手，一再的提醒她壓抑能力，控制靈力！

「提耶，你怎麼也在這裡？」高欣慈想起剛剛櫃檯說學生真多，指的就是提耶嗎？

「我來找一個擅長製作法器的闇行使……我妹妹她、她身體一直不好！」提耶說得語重心長，「之前那個說他沒辦法，我得找、找可以治病的靈能者！」

分類嗎？江雨晨立即想到這點，開始左顧右盼的確認，玻璃上有無什麼記號，有防護的、有治病的、有製作法器的，感覺闇行使也被徹底分類了。

「噢對……你妹妹身體還沒好啊？」高欣慈一臉不可思議，「都幾年了啊，她也太誇張了！」

提耶抿著唇悶聲不語，只是緊緊拉著書包的斜背帶。

「你妹妹生了什麼病？」江雨晨親切的問著。

提耶搖搖頭，逕自往前像是還要繼續挑選，芙拉蜜絲留意到他的神色慌張，比平常緊張許多。

「他妹妹擅闖禁區，目睹妖獸吃人，整個人嚇傻了。」高欣慈嘆口氣，「遇到妖獸還能活著已經很不容易了，只是命撿回來了魂魄卻沒有，之後就一直臥床在家了。」

妖獸吃人……芙拉蜜絲也看過，那種從體內吸食的殘虐方式，脆弱的人只怕真的會嚇死。

「禁區是哪裡？」江雨晨好奇的問，「沒有人告訴我們禁區的事啊，而且不是說都城好久沒有非人入侵了嗎？」

「跨過禁區才算數，那隻妖獸在跨進禁區前就被自治隊跟闇行使毀了！」高欣慈微咬了唇，「禁區其實是北部那帶，妳們見到就知道了，防衛廳守在那兒，誰都不給進。」

居然還有禁區這玩意兒，北部的話……芙拉蜜絲記得地圖上是無界森林那一帶，真如真里大哥所說，戒備森嚴——但也是前往東北亞的關鍵。

「好啦，慢慢看，先想想需求再挑人會比較快……」高欣慈熱情的說著，「不然也可以找人幫忙介紹，收容所的員工對每個闇行使都很瞭解呢！」

就像店鋪老闆對自個家的貨品知之甚詳，是一樣的道理對吧？

簡直不可原諒……芙拉蜜絲緊緊握著江雨晨的手，她知道自己不能衝動，儘管對眼前的一切感到忿怒與不滿，都不能躁進……一旦被發現她是闇行使，江雨晨他們勢必會被連累，她也可能被注射毒藥，關進這小小的玻璃格子裡。

調息，她暗暗做了個深呼吸，隱藏的靈力，低調再低調……肩膀鬆了，她鬆開握著江雨晨的手，她必須當作自己是都城的人，是那些對闇行使深惡痛絕的人。

「芙拉……」感覺到手被鬆開，江雨晨只覺得緊張。

「我沒事的，我來看看這是誰……」芙拉蜜絲大方的趨前，靠近了玻璃。

玻璃裡的女人正瞅著她，與其說盯著她，不如說幾乎整層樓的闇行使們從她上來後，眼睛便鎖著她不放。

女人突然舉起手，張開掌心，貼在玻璃上頭，芙拉蜜絲不假思索的也張開掌心，自外面與那隻手相疊。

『妳要小心。』聲音幾乎是直接傳進腦子裡，女人的聲音相當沙啞，『千萬不要被發現了！』

高欣慈正在另一格跟江雨晨介紹，不經意往這兒一瞥，頓時花容失色，「天哪！不可以！放手！芙拉蜜絲！」

嗯？芙拉蜜絲尚在錯愕之際，右邊冷不防的有人突然拽了下她的右手，害得她踉蹌向後撞上鐵欄杆！但是她的防衛本能讓她在被觸及的瞬間，也反手抓住了對方！

「提耶？」她伸直左手扣住了鐵欄杆，右手拉著提耶往前，「你幹嘛！」

「天哪！」左手邊跑來很吵的高欣慈，二話不說抓起她的右手，「妳有沒有怎麼樣？她有沒有對妳怎麼樣？」

緊接著整間收容所的氣氛丕變，許多人自左右兩方朝她們衝過來，玻璃裡的女人帶著防備後退，遠離了玻璃邊。

「接觸了嗎？怎麼回事！」紅色背心的防衛廳員一過來就大吼，「誰讓妳跟他們接觸的？」

「……」芙拉蜜絲看著那態度，用力的甩開高欣慈，「奇怪，這上面是有寫不能碰玻璃嗎？大不了我再幫你們擦乾淨就好，有必要這麼小題大作嗎？」

江雨晨默默的站在一旁，她覺得應該不是玻璃被摸髒這樣簡單的事……芙拉有時候搞不清楚狀況。

「那是闇行使啊，有的只要這樣接觸就可以傷害人！」高欣慈高分貝的尖叫著，「妳真的沒事？」

「不要再尖叫了，很吵耶高欣慈！」芙拉蜜絲看著自己的右手，瞪向防衛廳員，「你憑什麼抓著我，放開我！」

防衛廳員擰起眉心，「那個闇行使的能力是什麼？她會不會被催眠了？」

「放手！」芙拉蜜絲厲吼著，左手緩緩收起往腰後的小刀撫去，再不放她就要攻擊了。

芙拉……江雨晨也繃緊神經，雖然攻擊防衛廳員非常不好，但總比被帶去徹底調查好！到時要是直接面對審闇者或是更厲害的闇行使就糟了！

「帶她回去好了，徹底留意！」另一頭走來的防衛廳員這麼說著。

江雨晨趕緊開口，「等等，這太誇張了，我們只是來這裡參觀……」

「不能任意跟闇行使接觸！誰知道她對妳們做了什麼！」防衛廳員嚴厲的大喝。

「問題是我們如果租了他們回去，一樣會有接觸是在怕什麼！」芙拉蜜絲不客氣的回吼著，「現在到底是在胡鬧什麼？」

「不是……對不起，她們不瞭解我們對待闇行使的方式，她們剛來都城而已！」連高欣慈都忍不住求情了，「芙拉，我們簽約後會有一個咒語保護彼此，妳現在跟闇行使是在沒有約束力的情況下……」

「哪這麼多廢話跟規矩！」芙拉蜜絲凌厲的眼神未曾離開過抓著她手的防衛廳員，「我現在要求你即刻放開我！」

左手握住刀子，江雨晨的手腕輕轉藏在衣袖裡的飛刀也跟著滑出，雖然防衛廳員人數眾多，但是她們還是必須——

「全部住手！」響亮乾淨的聲音在整間收容所裡迴盪，中氣十足又明亮。

一句話就讓現場頓時鴉雀無聲，芙拉蜜絲倏地回首看向對面走廊上的聲音來源，那是個高大的男人，紮著一頭淺棕色的長髮，高挺的鼻子與深刻的五官，是歐美血統的人。

他身上也穿著紅色的背心，略方的下巴上挑著淺笑。

「隊長！」握著她的防衛廳員有些遲疑。

「放手放手！」他說著，一邊移動步伐，準備繞行而至。

防衛廳員不悅的鬆手，還再推了她一把，芙拉蜜絲身後已經是欄杆退無可退，被這一推怒火再度湧上，得空的右手往後就想取鞭；江雨晨趕緊張開雙臂環住她整個人，一句話都不必說，就是要她冷靜。

男人得繞過半個房間才能走到混亂的起點，但是現場依然安靜，只有些許竊竊私語的聲響；芙拉蜜絲向右看著他昂首闊步而至，更清楚的看見這個隊長相當俊朗，五官感覺像是高加索人。

「一點小事製造紛亂做什麼？」他的聲音紮實嘹亮，卻又帶著威嚴，「不就是兩個不懂事的女孩？」

「不是不懂事，誰知道都城的規矩多如牛毛？」芙拉蜜絲不悅的抱怨著。

「沒錯，明知道她們可能什麼都不知道！」隊長朝著芙拉蜜絲做出邀請的動作，她遲疑兩秒，大手就拉過了她發紅的手腕，「拜託，她們是女孩子，對女人動粗對嗎？」

「她想反抗！」防衛廳員反駁著。

「她沒有錯，也沒犯罪，你這樣是過當了。」隊長溫和的笑著，「我代他向妳道歉，他也是擔心妳被闇行使影響。」

「才碰到玻璃而已，哪能有什麼影響？」她的口吻跟著和緩許多。

「闇行使很難說的……」隊長邊說，一邊轉頭看向躲在牆邊的女人，「妳是明知故犯嗎？明天晚餐前都別給她吃飯！」

咦？芙拉蜜絲跟江雨晨都嚇到了，現在是在懲罰那個闇行使嗎？她激動的想往前，右手卻被人施了力，拉近身前。

「我能做的就是這樣了，妳也不想小事化大吧？」隊長幾乎貼上她的臉頰低語，「闇行使明顯犯規了，這是最輕的懲罰了！」

芙拉蜜絲圓睜了雙眸，望著隊長那深棕色的雙眼，默默的點頭，「我明白了，謝謝！」

「妳明白就好。」他這才鬆開她的手惋，「都城裡有很多事跟外地不同，我會找機會讓監護人理解，我記得是真里對吧？」

「……您認識真里大哥？」江雨晨驚呼。

「李憲賢是我這隊的，遇到昔日好友樂翻了，現在誰不知道堺真里？」隊長輕笑起來，對著周遭的人揮揮手，「散了散了，都沒事了！」

原來如此，這位隊長跟真里大哥認識啊！

「謝謝您……抱歉添了麻煩！」江雨晨趕緊鞠躬道歉，「我們真的不知道……」

「沒關係啦！」隊長客氣的笑了起來，「憲賢的朋友就是我的朋友，堺真里人很不錯，我只是幫個小忙……倒是妳們兩個，來這裡挑闇行使？」

「嗯……看看而已。」芙拉蜜絲回應著，「同學跟我們提起租賃的事，我們很好奇，跟過去的經驗不同所以想來看看。」

「同學啊！」隊長看向在一旁的高欣慈，她尷尬的笑笑，「這裡可不是觀光地，要帶她們來就該說清楚規矩，以後得要多留心。」

高欣慈用力點頭，「抱歉，知道了。」

「今天的事情過後妳們每個都會被格外注意，還是快點回去吧！」隊長催促著她們離開。

芙拉蜜絲咬了咬唇，回頭偷偷看了一眼那個被懲罰的闇行使，她正背對著她，不知道是不是在怪她？

「提耶呢？」江雨晨左看右瞧，剛剛還在芙拉身邊的小子不見了。

咦？對啊！芙拉蜜絲趕緊朝裡望，把這條走廊整條看到透，提耶居然已經先跑了嗎？他剛剛的速度也很快啊，如此及時的把她的手拉離，早知她闖禍了。

「隊長，還沒請教您的名字？」芙拉蜜絲邊下樓邊問，全天下都知道她跟江雨晨的名字，她們不認識的卻一堆。

「噢，我叫路西法。」才說完，他立刻笑看她們，「看看看，又是一樣的表情！」

唔……芙拉蜜絲轉著眼珠子，她沒什麼表情啊，只是想說防衛廳員小隊長叫這種名字太衝突了吧！

「居然有人會取這個……名字喔？」江雨晨說得很含蓄。

畢竟路西法可是惡魔的名字，有些人超忌諱的耶！在這妖物環伺的年代，取這種名字真有膽識。

「我爸媽大概希望以毒攻毒？」路西法笑了起來，「所以我現在是小隊長。」

呃，說得也有理啦！

走下鐵梯後，大廳卻有些壅塞，出口那兒人滿為患，五人寬的大門卻得排隊進出。

「怎麼了嗎？」芙拉蜜絲引頸往前看去。

「應該是抽檢，門外有闇行使負責抽樣檢查都城的安全。」路西法說得自然，「我去前面看看。」

抽檢？芙拉蜜絲立刻回頭看向江雨晨，兩個人莫不倒抽一口氣——是檢查什麼？非人？妖物？還是看誰是隱藏的闇行使！

後門！芙拉蜜絲第一時間開始尋找其他出口，有沒有別的門可以讓她們離開，萬一站在外面的是審闇者的話，這麼近的距離不就玩完了！

「請排隊！」自治隊員開始吆喝，「依序離開即可，這只是例行的抽檢。」

接著有人開始過來整隊，問江雨晨她們是否要離開，她們愣愣的點頭後就被推進離開的隊伍。

用腳趾頭想也知道，這裡怎麼會有別的出口？如果有的話還需要抽檢嗎？都城的檢查就是如此滴水不漏，才能永保安心。

「妳們不要緊張啦，什麼事都沒有，走出去就好了。」後頭的高欣慈什麼都不知道，還在安慰她們，「這種事常有的，有時候還會突然到班上抽查呢！」

「到學校？」江雨晨顯得不可思議。

「對啊，魑魅附身是可以穿透結界的，這沒辦法，防不勝防！」高欣慈聳了聳肩，「這一切都是為了我們的安全著想。」

是啊，芙拉蜜絲微顫著身子，深呼吸……快點調整自己的氣息，將靈力降到最低，不能輕易外放；她蹙著眉，腦海裡傳響起堺真里的耳提面命：放學直接回家。

仰首，她發現到許多闇行使都站在玻璃邊，往下努力的看著她，視線交錯，她有種他們知道她是誰的錯覺。

眼看著快到門口了，芙拉蜜絲回首瞥了江雨晨一眼，她們心照不宣，萬一出了狀況，各自保命，分別回家；鞭子、刀子都在輕易獲取之處，她觀察過門口的地形，她可以以鞭子圈住防衛廳員的槍，殺出一條血路的。

數步之遙，她率先看見站在外頭的闇行使，紅衣白背心——是審闇者！

「芙拉！」江雨晨由後緊握住她的手臂，她也看見了！

她能賭一把嗎？賭中央大道上的審闇者不說話，這位也不會說話，賭法海就在附近，隨時能過來幫她！

或是乾脆賭自己的能力，能不能靠自己逃出生天。

前面還有三個人時，審闇者就已經轉過來看到她了，她若無其事的逕自往前，用著一般的步伐，自然的態度，一步步跟著前人走。

眼光不與審闇者對上。

電光石火間，審闇者的手臂打橫攔住了她，同時間外頭圍成半圓形的防衛廳員舉起了槍與箭——芙拉蜜絲右手向後欲取鞭，審闇者另一隻手卻跟著繞後，扣住她的右手。

「新來的居民嗎？」他這樣問著。

「……是。」芙拉蜜絲終於對上了他的眼神。

「芙拉蜜絲以及……」他向後看著一臉驚懼的江雨晨，「江雨晨對吧？」

江雨晨都快哭出來的點點頭，芙拉蜜絲開始比較擔心她，拜託千萬不要因為恐懼而昏過去啊，昏過去的雨晨理智全數斷線就會暴走，那比她被發現是闇行使還糟糕！

「有問題嗎？」路西法就在外面，凝重的問。

灰色的眼珠對上芙拉蜜絲，闔上了眼，退後一步放手，「沒問題，只是新來的居民我需要認真一點。」

沒問題。

芙拉蜜絲聽得這三個字詫異非常，身後的江雨晨輕輕推著她往前，她眼尾瞥向審闇者，他卻別開了眼神往後頭看去。

「搞什麼！」防衛廳員放下了槍，抱怨著讓他們神經緊繃。

「新來的，都會格外留意！」路西法幫腔，「妳們兩個，快回家，天色也快黑了！」

「是！」江雨晨擠出笑容，拉著芙拉蜜絲奔出收容所，往隔壁的巷子去。

沒問題，真令人難以想像，審闇者居然放過了她們？是靈力不足？還是刻意不殘害同類……

既然能當審闇者表示其力量特別，不可能看不到她的靈力吧？就算看不見她的——

芙拉蜜絲跨上腳踏車時瞥了江雨晨一眼，雨晨自己不知道，她每次因恐懼過度昏迷後，理智斷線的那個人格是靈魂附身耶！附身這種事，普通的闇行使全部都看得見！

換句話說，收容所裡的闇行使打從江雨晨一進門，就知道她身體裡還有另一個魂魄在了！

但是大家都沒說！

「等我等我！」高欣慈奔了出來，「欸，妳們好歹載我回去吧？校車只有一班，已經過了。」

「上來！」芙拉蜜絲嚷著，當然不會扔下她，「得快點，天快黑了！」

路上開始擁擠，每個人都要趕在天黑之前回家，儘管都城認為自身防備做得滴水不漏，但是天黑之後還是沒有人敢冒險上街。

不怕一萬只怕萬一吶，真的有非人在外頭閒晃，遇到了豈不死得冤枉？

芙拉蜜絲跟江雨晨雙雙高速的騎著，幸好高欣慈就住在附近，騎得正順，部分屋子上的黑斑卻讓芙拉蜜絲分了神！

那是什麼？她錯愕的向右回頭，看著剛掠過的屋子上，那熟悉的黑色霉斑居然在往上攀爬？緊接著一個黑色人影在兩棟屋子的中間倏地消散，過了一會兒又在她的左手邊現身……又消散，再現身——等等！

那個人影是跟著她們跑的！芙拉蜜絲一邊騎車一邊朝右望去，那身影頭超大身體卻很小，頭上彷彿有兩隻犄角，全黑的影子看不見樣貌外形，消散時像是被打散的煙霧，或說是跟她在學校鞭散的那堆黑氣一樣。

而且，它們有著長長的尾巴，捲在半空中。

那是什麼？芙拉蜜絲無法專心的直視前方，腳踏車騎得歪歪扭扭的，嚇得高欣慈在後面幾乎抱著她尖叫。

「呀……芙拉蜜絲！好可怕，妳怎麼騎的，看前面啊！」她高喊著，順著視線往右邊看去，「妳在看什麼啊！」

沒……看見嗎？芙拉蜜絲壓下了煞車，前頭的江雨晨憂心忡忡的跟著停下。

「怎麼了嗎？」

啪！左前方的屋頂上，那黑色的影子再度現身，巨大的頭、尖尖的下巴，瘦骨嶙峋的身體跟靈活的尾巴，一團黑的彷彿剛掉進木炭裡，除了……那對白色的眼睛。

跟紙一樣白的兩個細小窟窿鑲在黑影裡，緊接著那玩意兒咧嘴而笑，嘴巴張開芙拉蜜絲就可以看見後面的綠樹，是透明的！

「芙拉蜜絲！」江雨晨高喊著。

黑色的人影倏地立定向上跳，然後咻的沒入了屋頂，身形消散，可是那散去的黑霧卻落在整個如小磨坊的屋頂上……迅速蔓延四散，那本是米色的牆頓時成了黑色的房屋。

芙拉蜜絲不知道那是什麼！她踩上腳踏板突然急速的往前騎，她只知道那東西胡亂蔓延，牆上、地板、屋子一間接著一間……她知道，防備完善的都城早已不再安全了。

# 第五章

遠處教堂的鐘聲敲響，可愛的男孩站在冰箱前，很認真的跟冰箱門對看。許仙嘟著嘴，圓滾滾的臉頰更圓了，手上的湯匙不停敲呀敲的，叩叩叩叩叩！

「你守在這邊不會比較快好嗎？」江雨晨笑著，「再冰半個小時，耐心點！」

「啊！」許仙一臉期待，「我很想吃！」

今晚是許仙負責晚餐，雖然他外觀只有人類七、八歲的模樣，但畢竟是幾百年的吸血鬼，加上法海酷愛人類食物，所以也養成了許仙十八般武藝齊全的驚人手藝……他們跟著有口福。

江雨晨不必準備晚餐，所以用了點時間製作家傳奶酪，刻意取了外面的雪回來冰鎮，結凍需要時間，許仙卻迫不及待。

「怪了，你不是才吃完晚餐？」芙拉蜜絲路過廚房看見他的堅持，他才在樓上喝完一包血而已啊。

「我沒吃過那種奶酪！」許仙認真的說著，「我想學，週末的茶會我要帶去！雨晨姐姐一定要教我！」

「一定！」江雨晨微笑著，看起來卻有點虛弱。

樓梯上傳來下樓足音，新房子的旋轉樓梯不若過去法海喜歡的富麗堂皇，有道寬數公尺的大樓梯，堺真里輕快地下樓，在他身後的是法海，但自然只會有一組足音。

若非法海刻意，他們是不會有腳步聲的。

「妳們兩個……」一下樓梯，右手邊就是廚房，堺真里嚴肅的看著她們。

唉，芙拉蜜絲沒好氣的噘起嘴乖乖走到客廳沙發上坐下，江雨晨也無力的跟著前往，真里大哥果然還是知道了！

「對不起。」堺真里還沒開口，芙拉蜜絲先道歉，「我知道要低調，但是我想知道什麼是闇行使收容所，我也不知道會發生那樣的事，更不知道有抽檢！」

「是啊，真里大哥，不是故意的，那真的是意外！」江雨晨也趕緊幫腔，「所幸審闇者沒有舉發我們，或許、或許是因為他們不想自相殘殺？」

法海挑了靠彈奏區的單人沙發坐下，一派閒散的雙腳交疊在桌上，他今天就在闇行使收容所外隨時準備出手，如江雨晨所說有太多意外，他沒有想過會有抽檢這回事，而且自治隊還全副武裝。

真的是……他默默看著芙拉蜜絲，非常會惹麻煩啊這位小姐！

「這件事路西法跟我提了，那的確是未可知，我們隨時隨地都會遇到……只能說，慶幸審闇者的包庇。」堺真里語重心長，「我已經遇到三次了，今天去找工作還是面對面的審視，也是全身而退。」

「真的假的？」芙拉蜜絲亮了雙眸，「也就是說，他們就算看得出來也不會輕易舉發？」

「想想也是，真里大哥你有去收容所看過嗎？那簡直是……太過分了！」江雨晨邊說，雙拳忍不住緊握，泫然欲泣，「不把闇行使當人看，用毒藥、用家人生命威脅，把他們關在窄小的地方，控制、奴役……」

她說著不禁哽咽，因難受而緊閉的雙眼，流下了淚水。

她只要想到收容所裡的情況，就覺得如鯁在喉，不能和平共存也罷，闇行使不該被變成奴隸……那情況讓人想起古羅馬、古埃及的奴隸販賣，基本人權喪失的悲劇。

「雨晨……」芙拉蜜絲嚇了一跳，因為回來後她都沒什麼反應，沒想到居然這麼難過！她伸出手握住江雨晨顫抖的拳頭，她也很難過，但更多的情緒是生氣！「我也覺得很過分，沒想到都城竟是這樣控制闇行使。」

「沒來這裡前我也不知道，更沒想到他們居然用這種方式控制……」堺真里已經聽李憲賢他們說了一遍，畢竟管理都城安全是防衛廳的工作，「芙拉今天發生的事在於未簽約前接觸闇行使，聽說有的闇行使能力能催眠掌控人類，他們擔心被催眠的人會危害到整個都城。」

「我看過那合約，似乎有人加咒，雙方以血為咒，闇行使誓言必保護主人，而且不能加害人。」法海幽幽出聲，「危急狀況時，人們可以殺掉闇行使。」

芙拉蜜絲詫異的朝左看向法海，「你怎麼……你什麼時候知道的？」

「我看過合約，感受過上面的咒語，那也是某位闇行使施加的，像浮水印一樣藏在紙張裡的咒語。」

「這樣子……會不會造成闇行使的濫殺？」江雨晨緊張的追問。

「這倒不會，闇行使還是珍貴的，憲賢跟我說，非必要他們不會隨便殺死闇行使，畢竟只有他們有能力對付妖鬼惡魔。」堺真里嘆了一口氣，「但折磨少不了，闇行使因為被控制著，其實犯事者也少，所謂……微妙的和平。」

「這哪是什麼和平？都城的人根本是奴役闇行使在保全自身，這太不公平了！」江雨晨激動到全身發顫，「他們在家人跟性命的威脅下服務民眾，還失去自由，都城的人倒過得輕鬆寫意，什麼、什麼很少有過非人的侵害！」

「雨晨！妳冷靜點……」芙拉蜜絲趕忙安撫她，「我們一時之間無法改變什麼，妳先不要這麼激動！」

「我只是、只是……」江雨晨望著她，淚水拚命湧出眼眶，「覺得心好痛，悲傷又忿怒！」

「看著自己努力保下的人居然變成奴隸，感覺很不痛快吧？」法海若無其事的說著，「不管自願或是不得已，芙拉說得對，這就是都城的現況。」

法海在說什麼？芙拉蜜絲狐疑的瞅著他，再看向身邊的江雨晨，什麼叫做看著自己努力保下的人……啊，她忽地圓睜雙眼，法海指的難道是附在雨晨身上的那個暴走女生？

那是個飄蕩的靈魂，她曾經保下過誰？

「好了，別顧左右而言他，芙拉蜜絲。」堺真里的聲音低了好幾度，讓芙拉蜜絲肅然起敬，「今天下午妳在學校——」

「啊？」芙拉蜜絲一正首，「哎唷，那不能怪我啊，陳家華他們太過分了！難道要我坐視不管嗎？」

「嗯？可是一星期前妳說過就算同學死在妳面前妳也不在乎的啊！」路過的許仙用無辜的語調補刀。

芙拉蜜絲狠狠的瞪過去，他吐了吐舌，咻的一溜煙躲到法海身後的沙發去！不說許仙，連法海嘴角也帶著憋笑，挑著眉凝視著她，一臉等答案的樣子。

「我就是……好啦，我衝動了！」她無力的垂下雙肩，「你不知道現場的狀況，那真的太超過了，我是忍無可忍才——」

「這才是我認識的芙拉。」堺真里忽然揚起笑容，「很高興看到妳回來了！」

咦？芙拉蜜絲眨了眨眼，錯愕的望著茶几對面的堺真里，再看著一旁抹淚的江雨晨，這是在說什麼啊！

「喂……到底是怎樣？講得一副我沒出聲就很怪似的！」

「是很怪啊！」法海低低笑了起來，「喂，願賭服輸。」

唉，堺真里很無奈的從口袋裡拿出一小袋錢，連江雨晨也都放上了幾枚錢幣，「妳比我們猜的快很多，法海真瞭解妳！」

「是啊，我原本以為要一個月的。」堺真里看著許仙興高采烈收走桌上的錢，「只有法海說不會超過十天！」

芙拉蜜絲瞠目結舌，看著一屋子的人，「喂——你們太過分了吧，還開賭盤？是篤定我一定會幫提耶？」

「不！」法海得意的揚起笑容，「是篤定妳一定會衝動的成為風雲人物！」

芙拉蜜絲倒抽一口氣，有股悶氣梗在胸口，得搥胸才得以紓解的不爽……真是太過分了，她真的原本打算什麼都不管的，低調平靜的度過每一天，直到可以前往東北亞為止……呃，她為什麼這麼沉不住氣！

「但是，妳不該展現過度的技巧，這會引人注意的。」堺真里忽然又板起臉，「我對外說妳是我特別教導的，否則同年紀的孩子不會有這麼高超的技巧。」

芙拉蜜絲下意識瞥向了法海，明明是法海教的，他、他不會介意吧？因為他也是裝成同年啊！

「總之行事還是要小心，今天在收容所的事不能再發生一次，我實在很怕被抓去防衛廳。」江雨晨趕緊包握住芙拉蜜絲的雙手，「芙拉，妳以後都跟著我行動好嗎？」

讓大家擔心了……芙拉蜜絲咬著唇，才要開口，法海後面的許仙卻探出頭來，「不可能吧！」

「喂！」芙拉倏地回頭，「你不是要吃奶酪嗎？多話什麼！」

許仙大大吐了舌，躲回沙發後面，今天學校同學給了他一套玩具，他正在把玩。

「雨晨說得對，就算審闇者庇護，我們自己行事也要留意，真的不能太招搖。」堺真里深表贊同，「對了，我已經找到工作了，而且是防衛廳介紹的，所以他們對我的戒心會降低許多！」

「真里大哥找到什麼工作？」芙拉蜜絲好奇的問，都城的工作機會也太多了。

「在防衛廳裡做事。」堺真里眼神閃過一絲狡黠，「雜務工作，從文書到裝備都負責。」

芙拉蜜絲跟江雨晨都愣住了，真里大哥也具有靈力啊，他居然敢在防衛廳工作！

「這是……」江雨晨有些虛弱，「最危險的地方就是最安全的地方嗎？」

「正是。」堺真里肯定的點頭，「雖然對憲賢不好意思，但是他的引薦加上過去在自治隊的經歷，讓防衛廳的大家不會對我有戒心，再來多虧路西法的幫助，他們正缺一個統合瑣事的人，偏偏我最具經驗！」

「這樣甚好。」法海十指指尖輕觸，形成一個三角形，「在防衛廳也能知道所有動向，只是你自己得當心。」

「這我知道。」堺真里點點頭，「不過這代表我將跟以前一樣忙碌，都城防衛廳較之於鎮上的自治隊比起來工作更吃重，即使我不是隊員……」

話說到這兒，他停頓下來，有些欲言又止、有些不甘，緩緩的看向法海，他真的非常不想說出這種話，也極其不願做這種決定，但事到如今，這謎樣的男孩。卻是唯一可以寄託的對象。

「家裡的事，必須麻煩法海了。」他凝視著那俊美的側臉，誠懇的說著。

法海眼神左瞥，挑著笑容，他何嘗不知堺真里這是不得已的決定，他分身乏術，更不可能保護所有人。

「我知道，目前為止大家不是過得不錯？」他笑意更深了，「你完全不必擔心芙拉。」

江雨晨有點受打擊的望著法海，指了指自己，言必芙拉，她呢？

「江雨晨很會保護自己吧？」法海話中有話，帶著輕笑，「大刀隨身帶著就是！」

「噢！我討厭那個理智斷線後出現的傢伙！」江雨晨對另一個自己很是無力。

芙拉蜜絲保守了秘密，雨晨自己不知道，那不是第二人格或是什麼理智喪失後的另一個她，而是一個附體的靈魂，始終附在江雨晨手上的護身手鍊上；那是江爸爸多年前從一個闇行使那兒買來送她的，沒想到手鍊裡附著靈魂，且是個力量強大的女生。

「也要請許仙多幫忙。」堺真里客氣的喚著，沙發後的小男孩仰著身子探頭，「我知道你能保護她們。」

「主人說幫我就幫。」許仙說著實話，「我叫 Du Xuan！Du Xuan 啦，都城的人發音都很準呢，同學都叫我 Du Xuan！」

這倒是真的，學校的同學都叫法海 Forêt，再彆扭發音再不標準，大家還是很努力的說著原音。

法海不錯啊，她叫得挺習慣的。

「對了，真里大哥，回家時你有注意到什麼嗎？」芙拉蜜絲心裡藏著這件事，晚飯都食不下噘，「異象、或是奇怪的事……」

堺真里微皺眉，狐疑的望著她，江雨晨輕推了她一下，低喃著該不會是回家路上她一直心不在焉的緣故吧？那時後面可是載著高欣慈，她就不怕露出馬腳？

「妳看見什麼了嗎？」堺真里試探性的問。

芙拉蜜絲立刻指向法海，「他也看見了，像黑霉的東西啊！」

喂喂！幹嘛把他扯進來！法海立刻拉下臉，手伸向後拖出男孩，叫他去看奶酪冰鎮好了嗎？他也想吃了。

喔耶！許仙立刻立刻躍起，直衝向冰箱。

「嗯？」江雨晨立即想到學校，「是走廊那種嗎？真的很像是黴菌，擴散得好快。」

「回家路上也有啊！」芙拉蜜絲趕緊接著說，「就左邊的屋子，我那時停下來時看見連花圃都是，簡直跟水一樣的擴散！」

「咦？就是那時？」江雨晨倒抽一口氣，「我知道妳怪怪的，但是我沒看見哪間屋子變黑！」

雨晨沒看見？芙拉蜜絲有些錯愕，「就有露台，外面開滿黃玫瑰的那間，屋頂是半圓小圓頂……」

「我知道哪間，妳那時有停下來看，很像小磨坊的屋子！」江雨晨充滿困惑的搖頭，「但是我真的沒看見黑斑，就跟往常一樣是米白色的牆……所以我看不見。」

如果她看不見，芙拉蜜絲卻看見了，就表示那是具靈力才瞧得見的——江雨晨忽地瞪大雙眼，驚恐的望著她。

「所以那是、是什麼？妖？魔？還是什麼邪惡的東西？」江雨晨緊張的問著，「學校有、外面也有，這……真里大哥！」

堺真里點點頭，他也看見了。

「我今天回來的路上瞧見的，有幾間屋子轉黑，都城沒有黑色的屋子，太明顯了很難忽視。」堺真里憂慮的皺眉，「我剛剛就是在想到底是哪個，妖獸鬼獸或是魑魅幾乎都不太可能那樣，況且我沒有看到任何非人！」

有。芙拉蜜絲在心裡默默回應，有著黑色卻無實體的人形，如煙似霧的移動著，瞬間集合又能瞬間崩塌，頭有犄角後有長尾，她也沒見過那樣的非人，課本上從未講過。

「這麼說來……都城防備得再周到也沒有用啊！」江雨晨立即想到重點，「所謂的審視者呢？他們不是常常在留意嗎？」

「太多我們不知道的非人了，甚至不確定是什麼妖類，也有可能是精怪，我從未遇過。」堺真里搖了搖頭，「再者也不確定靈力大小，高階的非人要隱藏也是輕而易舉。」

芙拉蜜絲暗自忖度，如果審闇者能放過他們不舉發，會不會審視者也一樣？就算察覺卻刻意……不對，他們也生活在這裡，這麼想未免太蠢了。

「法海，你知道那是什麼嗎？」堺真里再度看向法海。

法海先是看著堺真里，再看向芙拉蜜絲跟江雨晨，眼神飄移，芙拉蜜絲幾乎已經看得出來他不想說。

正如過去每一次事件一樣，他不插手不干涉也不幫忙。

「我還不能確定。」他最後給了模稜兩可的答案。

許仙此時端著一個托盤自廚房走來，每個奶酪都以寬口的玻璃高腳杯盛裝，配上銀匙，視覺感美輪美奐，首先自然恭敬的呈上法海，畢竟是他的主人……對外一律稱為哥哥。

「我要學這個！」吃了一口後，許仙雙眼熠熠有光，「週末的茶會我要帶去！」

「好！」江雨晨真不知道該說什麼，在大家如此緊張擔心之際，許仙想的只有茶會。

「茶會？同學的？」芙拉蜜絲卻提高警覺，「要家長陪著嗎？」

「不必不必，我自己去參加就好了。」許仙連忙阻止，「我自己沒問題的！」

那當然，芙拉蜜絲想的只有——誰邀請了許仙？

他外表這麼可愛這麼天真，想必邀請他的人更多，孩子餐會點心多得不可勝數，一定一堆孩子參加，但如果每個人都讓他進門的話——這根本是在儲存食糧！

不死族雖疾如閃電，卻不能輕易進入他人家裡，除非開口親自邀請——只要邀請不死族入屋，他們便可自由來去，甚至飽餐一頓。

芙拉蜜絲握著杯子的手顫了一下，她怎麼能忽略法海跟許仙都是不死族這點呢？他們已經在都城生活好幾天了，許仙不可能不獵食，同在一個屋簷下還必須防止被真里大哥發現真實身分，血也不能存在冰箱裡。

不能管，她做了個深呼吸，舀起一口甜點，打從知道他們是吸血鬼後，她就下定決心不管他們的獵食，族類不同，她沒有資格要求他們不要吸血，只要……不是傷害雨晨或真里大哥就好。

其他人就算了，在這都城，她沒有什麼好在乎留戀的。

她現在唯一介意的，便是在收容所那張張帶著恨意的臉，還有發黑的屋子。

---

凌晨兩點。

芙拉蜜絲躡手躡腳的摸下床，她放輕腳步走動，抓過深色斗篷，再把鞭子、刀子等武器都好好的備妥，深怕發出一丁點的噪音，吵醒任何一個人。

她睡不著，一雙眼總是亮著瞪向天花板，滿腦子都是「那黑霉斑是什麼」，讓她輾轉難眠。與其這樣，躺在床上也是浪費時間，所以她決定出去一探究竟。

史威爾太太家夠大，一人一間房，她的對門是江雨晨，真里大哥睡在樓梯邊，擔任守衛工作，法海他們的生活圈在三樓，而且禁止任何人進入。

她踮起腳尖，真里大哥好歹是自治隊的人，極為敏銳，但只要放輕聲音又沒有什麼殺氣，現在該是沉睡的時候。

逼近堺真里的房門口時，可以看見敞開的房門，廊上點著燈，所以任何影子若是在門口閃過，光影的差距只怕就會讓堺真里即刻醒來。

因此，芙拉蜜絲無奈的只得趴在地上，採匍匐前進的姿勢，一吋一吋的往前移動，這是唯一不會吵醒真里大哥的方式，嗚！

滿分通過後依然不能大意，芙拉蜜絲感謝法海對傢俱裝飾的堅持，在樓梯上硬裝上紅地毯，她用腳趾頭往下走，還沒忘拉起斗篷，省得斗篷在地上拖曳出沙沙聲響。

明明才幾分鐘，芙拉蜜絲卻覺得千辛萬苦，總算抵達一樓了。

客廳的燈是暗著的，她來到窗邊，現在唯一要留意的是外頭佛號之徑上巡邏的防衛廳人員，千萬別一出去就撞上他們。

都城體制相當完善，在今天之前她甚至認為沒有任何一個妖獸混在城裡，甚至連魑魅附體都沒有，所以走在路上該是安全的；但今天她發現了詭異的黑霉人後，證實了法海之前說的，再密的牆都能透風！

不過過去在安林鎮上，外頭有鬼獸橫行時她也一樣晚上在外面晃蕩，好歹她是闇行使，遇上非人要保全自身實非難事。

只是不能走有佛號之徑的地方，但都城的佛號之徑設計得太周全，根本每條路都有，防衛廳員也都在其上巡邏，她恐怕只能走屋子與屋子間的窄巷了！

悄悄將木條窗向上扳動，露出一小條縫隙，希望現在防衛廳的人沒在這條路上！

來到門邊，一般說來屋子的完整防護，在於完整的門窗緊閉，最後的關鍵在門閂上，因此過去就算夜晚外出，也需要屋內有人將門閂拴上，才能讓整棟房屋的咒語發揮作用。

不過，這間屋子只要門關著就行了，三樓的法海才是最強大的防護。

正要開門，芙拉蜜絲突然覺得門上多了點礙眼的東西，狐疑的退後幾吋，門板上竟然釘了張紙。

打開手電筒照去，是「本月夜間防衛廳巡邏時間表」。

上頭記載了幾點幾分，防衛廳會出現在哪條馬路上？等等，這張紙為什麼會在這裡！

芙拉蜜絲瞪圓雙眼，感覺到身後有人，倏地回首——小男孩坐在沙發扶手上，托著腮望向她，用一臉妳沒救的態度搖著頭。

「你你你你你為什麼不睡覺，現在在這裡幹幹幹幹什麼？」芙拉蜜絲口吃得嚴重。

「我是吸血鬼，不必睡喔。」許仙比她還小聲的回，不忘小指頭擱上唇，「噓！」

「噓噓……」芙拉蜜絲趕緊用氣音，「你想嚇死我啊，悶不吭聲的在我後面？」

「紙貼這麼大張還不知道我在這裡就太扯了。」許仙指指那張紙，「那是我花兩天熬夜得到的成果，好好參考不要被抓到了喔！」

「還熬夜咧，講得一副好可憐的樣子。」芙拉蜜絲努努鼻子，「你幹嘛做這張表？」

「因為妳一定會溜出去啊。」許仙的眼神太過清澈，讓芙拉蜜絲完全不知道該接什麼話。

真是一點都不可愛！她嘟著嘴，認真的望著手上的紙，對照著時間，現在外面沒有人巡邏，要走就趁現在！

「好啦，不可以跟別人說喔！」她不忘回頭警告著。

「啊啊……」許仙誇張的打著呵欠，懶惰的跳下沙發，芙拉蜜絲真想捏他，明明就說不必睡覺打什麼呵欠啦！

哼，要不是時間緊迫，一定先整他！

芙拉蜜絲趕緊拉開門，閃身鑽了出去，她出去後趕快潛到隔壁平行巷的巷子裡，因為等等就有一隊巡邏到街上了！

看著門關上，許仙抬首看見坐在樓梯扶把上的金髮少年。

「給她了。」他說著。

「真是麻煩的傢伙！」法海雙手撐著扶把，「你看過外面的狀況了嗎？」

許仙點點頭，「我覺得好像……很可怕，不是普通的傢伙。」

「嗯，我也只遇過一次。」法海倏地從樓上跳下，單腳著地，靜寂無聲，「我出去一趟。」

下一秒法海就消失在面前，許仙慌張的往門望去，果然門已經拉開一條小縫，他及時衝過去將門抵住，以防關門時發出聲響。

哎唷，他小心的關上門，主人每次都說麻煩麻煩，可是每次都還是跑出去了。

芙拉蜜絲真是個特別的人呢！

刀鞘聲的聲音微弱，但重疊數聲，剛剛看過手上的地圖，十公尺外、隔著一棟屋宅的佛號之徑上，走著一隊三個的防衛廳隊員。

芙拉蜜絲貼在一棟民宅後牆，直接踩在人家的後花圃中，不得已躲藏在樹與牆間，實在是因為正前方的佛號之徑下，同時也有一隊防衛廳員正經過！不得不佩服都城防衛廳的巡邏路線縝密，同一時段，不管在哪條上遇到的機會都非常高。

防衛廳員一離開，她才緩緩的從花圃裡走出，屋子的防護跟結界是對付非人的，她是貨真價實的人類，完全無礙；小心翼翼的觀察四周後，她開始朝著今天那棟像磨坊的屋子走去。

她很想知道，那些黑霉斑現在怎麼了？為什麼屋子的牆上寫有咒文卻毫無作用？那非人又是什麼？對人類有什麼傷害？

走了好長一段路，她差不多該右轉出去了，這裡沒有巷子、也不能從巷子走，她記得屋子跟屋子間有條狹窄的細道，她打算從那邊穿出去，一穿出去，隔一間就是那棟黑屋了。

看著時間對照，再幾秒鐘只怕防衛廳員正會轉進她即將經過的巷子，芙拉蜜絲邁開步伐狂奔，在奔過巷子的那瞬間，腳步聲即刻傳來！

呼！許仙的時間表寫得真準！她趕緊找到屋與屋間的空隙，立刻鑽了進去，不敢留在屋外引起注意；穿越到一半時，剛進巷子那隊隊員已經右轉過來，她貼著牆蹲下，不敢輕舉妄動，聽著足音自左方緩緩掠過，隊員慢下了腳步，像是在觀察縫隙中是否有些什麼。

幾秒的工夫卻足夠讓她汗濕衣裳，終於聽得聲音遠去，她才撐著牆起身，趕緊繼續向右移動。

走出縫隙外頭，大街上空無一人，佛號之徑溫暖的光依舊，她左顧右盼確定沒有人後，往前數步，看著那曾幾何時已經漆黑的屋子……在佛號之徑的餘光照耀下，能看見屋子已經轉黑，不管是紅磚色的屋頂、米色的牆，甚至連前院那鵝黃的玫瑰都已經成了黑花。

芙拉蜜絲不可思議的蹲下，看著依然盛開的花朵，即使被覆蓋依然活著，所以這黑霉不致命？她遲疑著要不要摘一朵回去，但思及擴散的程度，又讓她覺得恐懼。

記得只是須臾之間，那怪影在屋頂四散後，黑霉宛如水墨渲染般疾速，一轉眼這棟屋子就成了這樣，花圃外的圍籬刻有咒文，看來也毫無用處。

喀噠，有聲音傳來，芙拉蜜絲嚇得趕緊旋身，奔回了那窄縫中。

「下午收容所的事真誇張！」防衛廳員巡邏而至，「聽說是新來的搞亂？」

「也不能怪她們，她們都不懂，應該要教一下吧！她們跟第五隊的李憲賢不是朋友嗎？」

「是啊，不然這樣搞很讓人緊張！」隊員們正在閒聊，「欸，你們覺得新來的這些人怎麼樣？」

「我覺得那個叫芙拉蜜絲的很特別，聽說了嗎？甩鞭可以只劃上同學的肚皮，卻也可以劈斷水瓶……一般十六歲的女孩怎麼會這些？」

「我也聽說了，別說十六歲了，找我們隊上的還不一定有這能耐！」隊員們正在討論她，

「我聽學校老師說，她身上有股氣，相當逼人。」

「……那應該要多注意才對。」

注意個頭！芙拉蜜絲咬著唇，收容所的事沒人放在心上，反而是她發生紛爭引起人家的注意？可惡！

她不爽的搥了牆，誰知銀鈴清脆的「叮」了一聲，她嚇得趕緊用手壓住，她明明固定了啊，怎麼滑出手腕了。

一個光頭隊員果然停下腳步，往這邊看過來。

「怎麼了？」隊友問著。

「我覺得好像有聽見什麼。」

芙拉蜜絲緊握著手腕，屏氣凝神的貼著牆，連換氣都不敢，那高大魁梧的男人沒有立刻走，反而是往佛號之徑的邊緣移動，彷彿想看清楚似的。

「喂，別離開佛號之徑，有危險！」隊友警告著。

「嗯……你們先走！我想觀察一下！」男人居然這麼說著，「不是要先在前面大路口會合？快去！」

「你一個人？」隊友不放心，「我陪你好了！」

「不必了，快點別誤了時間，我只是要確定看看是什麼動物而已！」男人推著，「我立刻過去！」

「好吧，快點！」隊友們即刻往前奔去，看來會合時間相當重要，而男人則一步步後退，幾乎要來到這窄縫口！

別過來！芙拉蜜絲心中默唸著，萬一被發現的話……她、她必須出手！拜託不要逼她！

『嘻……你找我嗎？』

咦——誰？芙拉蜜絲驚訝的往外看去，有人在外面？

「誰！」男人立刻舉刀，瞬間往右邊看去，聲音來自於附近的花園裡。

芙拉蜜絲悄悄的扳著牆緣往外竊看，看見男人正對著那黑屋的玫瑰花圃，全身緊繃得呈現警戒狀態……

昏暗的花園裡，緩緩的站起了一個人影……他彷彿剛剛是趴伏在地下，這會兒彎著腰站起，芙拉蜜絲可以看見黑暗中捲曲的尾巴在他背後晃動著，直立的身子一如下午所見，碩大的頭顱，兩隻彎曲的犄角。

「妖物！」男子低吼著，立刻將右手腕置於嘴邊，芙拉蜜絲知道他想要吹響手上的遠音哨！只是說時遲那時快，那黑影突然跳起，撲向了男人！

砰趴——他像無數粉塵的集合體，在撞上防衛廳員時瞬間崩散，但是一大堆黑霉卻緊緊纏繞著男人，逼得他甚至連一聲慘叫都沒有發出來！

芙拉蜜絲忍不住離開了窄縫，戒慎恐懼的往前探看，而她看見的是，地上一隻手正在抽搐、然後是腳……

那個最少超過兩百公分，體格異常壯碩的防衛廳隊員躺在佛號之徑上，全身上下被黑色的霉斑所包圍，如同這棟房子一樣，霉斑在他身上擴散，一點一滴的開始鋪滿他整個身體！

他抽搐得相當厲害，狀似痛苦的在地上扭動，仰起頭的他看見走來的芙拉蜜絲，圓睜的眼珠瞪著她……張大的嘴、大量黑色的斑點正鑽進他的嘴裡，男人的眼白開始佈滿血絲，她終於知道為什麼他沒有叫聲了。

喊不出來，因為那黑霉不只覆蓋他的身體、也灌進了他的喉嚨。

黑霉往上蔓延，蓋住了他的下巴、嘴巴、鼻子……芙拉蜜絲嚇得不敢再往前，她的手在發抖……不，全身都在發抖。

看著隊員劇烈的震顫著，她幾乎可以感受到他的痛楚，漸漸的他連瞪著她的眼白都開始出現霉斑擴散，終至被霉斑全數覆蓋，成了一個在地板上抽搐的巨大人形。

他在佛號之徑上啊，這個東西不但不畏懼結界封印，連佛號之徑也不放在眼裡！

紅色的血開始滲出，大量而急遽的從人體底下流出，芙拉蜜絲忍不住掩起嘴巴，看著防衛廳員的抽搐漸緩，此時此刻……他身上的霉斑開始褪去！她大膽的再往前一步，瞧見他的左手露出了……殘骨！

天哪！霉斑吃掉了人！

芙拉蜜絲連走都走不動，看著手骨上殘餘的肉屑，從指骨開始一吋吋的褪去，防衛廳員被吃得只剩下——身後忽有風至，芙拉蜜絲來不及反應，一隻大手即刻摀住了她的嘴，另一隻手扣住她的身子，直接把她往旁拖去！

不——誰！芙拉蜜絲驚恐得意圖反抗，對方卻也同時圈住她的手，加以遠處奔跑聲傳至，她慌亂之餘已經被直接塞進了剛剛那屋與屋之間的窄縫，扣著她的人毫無停留的直接將她拖到對面的巷道去！

「大成！」其他防衛廳員的聲音忽地由遠而至，防衛廳的人來了，「天哪！鳴笛！快鳴笛！」

嗶——防衛廳的緊急哨音登時響起，被制住的芙拉蜜絲視線裡只剩下那一人寬的窄縫跟佛號之徑隱約的燈光，以及那頭的兵荒馬亂，直到雙肩離開了牆的摩擦，離開窄縫為止！

可惡！她可不是省油的燈！右腳一抬，右手順勢抽過短刃，芙拉蜜絲二話不說往摀著她嘴的手臂刺去！

但對方一察覺即刻鬆手，芙拉蜜絲倏地旋身擎刀就攻上前，只見對方也是個身披斗篷的傢伙，雙手高舉的踉蹌後退，她見狀即刻補上一腳，勾得對方重心不穩，然後抓過對方的斗篷，旋了一百八十度，將對方壓上了某間屋子的後牆！

刀尖抵在頸口，血珠滲了出來。

「唔！」對方仰高了頸子，感覺得到痛楚，但是誰都沒吭聲，因為這屋子前方正兵荒馬亂。

「敢有動作我就刺穿你的喉嚨。」芙拉蜜絲貼上對方的身體，低語。

「我們再不走，等等防衛廳就會開始動員了。」對方也用氣音回著，「我要傷妳剛剛直接暗算妳不就好了。」

走？的確，照這情形看來，不必幾分鐘防衛廳會全面搜查附近的！

但是，她沒必要信這個人！

「對不起了。」她擰起眉，舉高手準備將對方打暈！

「停——芙拉！」對方忽然準確的喊出她的名字，並且率先將斗篷摘了下來！

芙拉蜜絲的手停凝在半空中，為什麼對方會知道她是誰？她的臉完全沒露出來啊！

「是我啊！」斗篷下是個男生，他指著自己，一邊驚慌的留意窄縫另一端，「我啊！」

芙拉蜜絲根本不認識他啊！「你是誰？」

「我阿樹啊！妳不記得了嗎？」他擋下她的手，「小學時預言火災被趕出鎮上的阿樹啊！」

天哪！芙拉蜜絲倒抽一口氣——那個阿樹！

# 第六章

惡臭陣陣襲來，芙拉蜜絲走在陰暗破碎的水泥地上，由於地面已經破碎失修，上頭多處重新鋪設了石板或是木板，方便行走；緊鄰在旁的便是髒污的下水道，她看見詭異的東西漂流著，還有腐臭的動物屍塊。

圓形寬廣的下水道，中為水道，兩旁則是以前的維修通道，這裡比鎮上下水道大了許多，也更為錯綜複雜，她跟著往前走，數不清拐了幾次彎，上下了幾層，只知道這下水道宛如地下迷宮一般。

她擰著眉拉起斗篷，不希望斗篷曳地沾上這些氣味，前方的人舉著油燈蠟燭，腳步穩當不已。

「到了。」前方的男孩回首，微笑著看著她。

跟著阿樹往前，她再度左拐，那兒有著一大片乾燥的空地，桌椅俱全，有好幾個人坐在上頭彷彿等著他們到來。

空地前有一處路段坍方得較為嚴重，只剩下一小方地可以踩，前頭的人一個跳躍過去，靈巧度恰如那天的搶劫犯。

「小心。」阿樹先到了對面，伸長了手要拉她。

「我不需要幫忙。」芙拉蜜絲輕盈的跳至，這點距離對她而言算不上什麼。

噢……現場放眼望去幾乎都是男性，看起來有些邋遢，不過眼神在黑暗中熠熠有光。

「大哥，我說的幼時朋友！」阿樹趕緊上前，跟一個滿臉花白鬍子的男人打招呼。

「芙拉蜜絲。」男人說著她的名字，她現在一點都不感到意外了。「就這樣帶來，安全嗎？」

「安全吧？」阿樹轉過頭看向她，「妳是闇行使，對吧？」

芙拉蜜絲皺眉，警戒的環顧四周，這是試探嗎？她應該要堅決否認才對，誰曉得這裡面有沒有防衛廳的人潛伏。

「怕什麼，這裡多的是。」有人涼涼的出聲，「阿樹不也是？」

「今天下午在收容所鬧得那麼大，誰不知道？」男人從桌邊站起身，又是個魁梧的壯漢，「芬娜跟妳說了什麼？」

「芬娜？」芙拉蜜絲蹙眉，斗篷下的手按住握刀，走這樣近幹嘛？

「跟妳接觸的那個女人，她會心電感應。」男人又往前走來，芙拉蜜絲下意識後退。「噢，阿樹，你朋友的防備心很重嘛！」

「你們對我來說都是陌生人，請你站住。」芙拉蜜絲不客氣的直言，「這裡很詭異，你們生活在這裡？」

「要問別人問題前先回答吧！」有人不滿的嚷著，「連個自我介紹都沒有！」

「你們不是早知道我叫什麼了？」芙拉蜜絲不爽的說著，「那個女人只叫我要小心而已，沒來得及多說其他。」

「噢……」這異口同聲的聲音迴響在圓柱形的下水道裡，「她是闇行使。」

什麼？就這樣幾個字怎麼能如此斷言啊！

「啊啊好啦，你們這樣會嚇到芙拉的！」阿樹興高采烈的靠近，「芙拉，妳不要緊張，我們這邊幾乎都是靈能者，有厲害的也有像我這種肉咖的！這位是勞大哥！算是我們的頭頭！」

「勞大哥……您好。」芙拉蜜絲禮貌的頷首，遲疑著，「我以為闇行使都被關了。」

「這個都城裡的闇行使只有兩個棲身之所，一個是在收容所當奴隸，一個就是在這不見天日的地方，但擁有自由。」勞大哥倒是說得爽朗，「反正我們有缺什麼就搶就偷，倒是不愁吃穿！」

搶或偷？芙拉蜜絲咬了咬唇，「喂，那天我——」

餘音未落，阿樹突然拋扔了個東西過來，芙拉蜜絲立即接過，握在手裡沉甸甸的，是許仙的錢包。

「厚，你偷的？」芙拉蜜絲一臉可惡的樣子，「居然連孩子的錢都拿！」

「喂喂喂……這麼久沒見我哪認識妳啊！要知道是妳我才不偷咧！我們不偷朋友錢的！」阿樹連忙投降，「妳要好好跟那個小孩子說，財不露白，拎著那麼大包零錢，誰不偷啊！」

嘖！芙拉蜜絲緊握著那錢包，還剩這麼多，難道阿樹都沒拿去花嗎？生活在下水道一點都不好吧？這裡的環境骯髒不說，水裡……她看見水，水裡藏了許多東西。

「妳放心，陸上我們都設有結界跟防護，水裡的東西上不來。」剛剛那魁梧的男人彷佛看見了她的疑惑，「水從百川來，也會通過無界森林或是各種潛伏非人的地方，我們很清楚危險性。」

是啊，所以每條路上、水溝蓋都有闇行使加持過的咒語，才不會讓非人有機會潛入。

她低首看著自己踩著的地，果然有咒語的溫暖。

「我遇過幾次審闇者了，他們沒有舉發我。」芙拉蜜絲開門見山，「他們應該知道我是闇行使吧？」

「知道。」勞大哥直視著她的雙眸，肯定的點頭，「現在幾個審闇者都是我們的人，是疏忽大意時被帶走的，但他們不會再讓悲劇發生。」

芙拉蜜絲點了點頭，放軟態度，「謝謝你們。」

「好啦！言歸正傳，」勞大哥轉回身子，大掌往阿樹肩上拍上，「上頭剛剛發生什麼事了！」

剛剛——芙拉蜜絲聞言跟著倒抽一口氣，黑霉瞬間包裹了一個高頭大馬的防衛廳員，還在佛號之徑上把他活生生啃蝕掉了！

那不能叫霉吧？黴菌會生根擴散，但是那些霉斑不生根，它們會吃人，會……想起那男人被黑點覆蓋或是啃噬掉的眼珠，她都搞不清楚究竟是被黑斑遮去，還是直接被吃掉眼球了。

阿樹慌張的跟朋友雜亂的說著剛剛的情況，他們是要去偷水果的，卻也在閃避防衛廳巡邏時巧遇芙拉蜜絲，阿樹也看見了被黑斑吞噬的防衛廳員，說得他驚魂未定。

「那是什麼？」勞大哥皺眉，「這兩天大家外出時要特別留意，法器也要帶著……黑霉斑？」

「學校已經出現了。」芙拉蜜絲主動開口，「而且與其說是霉，不如說像粉塵，它們會聚集起來化作一個詭異的人形，甚至在吞噬那個防衛廳員前還開口說話了！」

所有人驚訝的看著她，「妳已經在學校看過了？」

「嗯，我攻擊過，不過那玩意兒瞬間散開……想像你們打在一個麵粉人上，麵粉崩場，粉都掉在地上、牆上，不一樣的是他會擴散！走廊、牆邊、天花板、地板都染黑了！」芙拉蜜絲看向阿樹，「剛剛出事旁那棟屋子，下午我就看到轉成全黑了，甚至連花圃邊的玫瑰都被染黑。」

啊啊啊……絮語紛紛，在場的數個人進入緊急討論，沒有人看過那種東西，大家也在思考著可能的妖類魔物，阿樹甚至拿了紙筆過來，想請芙拉蜜絲畫出來。

她美術是不太好，但畫那怪物還行……頭顱是牛的兩倍，犄角彎曲宛似山羊，但是很長，身體像一般瘦小的男子，屁股有一段一公尺長的尾巴，尾端捲翹，看起來很靈活。

其他她看不清，只能畫個大概。

只是圖傳出去了，還是沒人知道。

「妳靈力不低啊，看得見我們看不見的東西，這個東西也相當厲害……連屋子上的咒語都不畏懼！」勞大哥語重心長的看著圖搖頭，「學校的防護更嚴密，這樣也……」

「審視者也沒注意到嗎？」芙拉蜜絲追問，「如果他們先看到的話……」

「說不定是看不見。」勞大哥相當凝重，把圖向後遞出，「愛莉諾，把仿畫傳出去，要大家提高警覺，不要接觸，遇到疑似攻擊一定要先自保。」

身披黑色斗篷的女人即刻上前，她略揭帽兜，瞥了芙拉蜜絲一眼，她有雙灰藍色的眼眸，像狼一般；她朝芙拉蜜絲頷了首，轉向剛剛那個高頭大馬的粗獷男人。

「黑剛，你火速組織一隊繪畫者！」她以下令的口吻說道。芙拉蜜絲很快地辨識出勞大哥是首領、其下是愛莉諾，愛莉諾再往下是黑剛。

氣氛變得凝重，雖說他們生活在地下道，但還是都城的一份子，非人入侵可不會分闇行使或普通人，對妖類魔族而言，玩弄甚至吃掉人類都是一視同仁的。

「好了，我們還有事要辦，你們朋友也想多聊聊吧！」勞大哥說著，「阿樹，送芙拉蜜絲出去，務必小心！」

「好！」阿樹可高興了。

芙拉蜜絲儘管還有疑問，但感覺得出來大家都很緊張，她也不方便再待下去，禮貌的跟大家道謝，旋身就要循原路離開。

「芙拉蜜絲，」勞大哥在身後喚著，「請務必小心。」

她回首，狐疑的蹙眉，「我會。」

「同為闇行使，我們會護著你們的。」有個濃密落腮鬍的男人揚著斧頭向她打招呼，堅毅的眼神再度給她肯定。

她回以微笑，一時間其他人紛紛吹熄手上燈火，瞬間一片黑，眨眼間就失去了他們的蹤影……芙拉蜜絲為之訝然，下水道本就沒有照明，萬一遇到事情，這的確是個很棒的逃亡方式。

只剩下阿樹手上的燭火，他帶著她跨過了那座橋，卻沒有循原路先右拐出去，反而是往左邊走，看來他對這裡相當熟稔。

「發生了什麼事？」她跟在阿樹身後，幽幽開口問著。「你被送走後……為什麼現在在這兒？」

「噢，我當時被趕出鎮上後，被扔在傳說中闇行使最常出沒的地方，立刻就被接走了！我被一個很愛喝酒的闇行使收養，他很常打我，因為我靈力很弱，只有第六感比較強而已，他覺得我不中用！」阿樹說這話時，口吻卻是飛揚的，「但是後來他想到了可以用來賭博，就帶我到大城市去，用第六感預知，賺了一大筆錢！我們生活過得好，養父也對我更好，畢竟我是搖錢樹嘛！」

「……阿樹。」芙拉蜜絲皺眉，這種話他有必要說得這麼開朗嗎？「為什麼要跟著那種人？你可以、你為什麼非得跟著他呢？」

「外界的闇行使有他們的制度，輪流收養，我那時剛好輪到他。」阿樹回首對她笑著，「妳不要覺得我可憐，我可一點都不覺得難過喔！」

「他打你罵你還把你當搖錢樹……這未免太過分了吧？」芙拉蜜絲可不以為然，「就為了私慾，為了想買酒……」

「至少他沒有不要我。」

阿樹定定的望著她，此刻的眼神卻異常深沉。

不要他……芙拉蜜絲嚥了口口水，無法迴避他帶有怨恨的眼神。

當年，只因為阿樹第六感準確，所以他被當成闇行使調查，一個月後阿樹就失蹤了，他的爸媽變得很低調，過一陣子彷彿自己根本沒生過阿樹這個兒子，慢慢的，這個名字就從同儕中消失了。

後來她在班上舉手問老師關於阿樹在哪裡的問題，全班倒抽一口氣，老師還把她送去輔導官那邊，她就知道這個名字成了禁語，誰也不該提起。

相較於鎮日愛喝酒的養父，至少他沒有扔掉他。

「養父只有喝醉才會暴力，其他時候還是對我很好，至少我有飯吃、有屋子住，他心情好時還會帶我去玩……」阿樹正首，繼續往前走，「遇到危險時，他會護著我，他是唯一會保護我的人。」

阿樹……芙拉蜜絲忍著眼角的淚水，想起他預言準確的那天，消失的隔天，何嘗沒帶給她巨大的打擊呢？

「後來呢？他也在這裡嗎？」

阿樹搖了搖頭，背影顯得有點悲傷，「我們到了都城太招搖，有一天清晨，防衛廳破門而入，就把他帶走了！我那天起了個大早，想去買他最喜歡的酥餅當早餐，因為那天是……是他的生日！」

才剛買到手，就看見市場口的防衛廳隊員浩浩蕩蕩走來，他驚恐的逃亡，卻在全都城的監視下無所遁形。

芙拉蜜絲伸出手，輕拉他的斗篷，表達一種哀思。

「妳應該已經領教到都城的監視系統了吧？每個人都是監視器，我不管到哪裡都被告發……直到勞大哥他們出手。」阿樹忽地直起身子，仰頭看著下水道，「然後我就在這裡生活了，看顧更多可能被抓的闇行使！」

「那……你養父呢？」芙拉蜜絲輕輕問著。

「不知道……他沒在收容所，也沒有被人租走，我們查過名單了。」阿樹嘆了口氣，「最大的可能就是已經死了，都城不會讓還有用的闇行使不工作。」

芙拉蜜絲不知道該怎麼說，她向來不擅長安慰別人，只是從阿樹的口吻態度來看，他似乎過得很快樂。

「所以這裡一切都好？」

「很好！非常好！」阿樹口吻帶著雀躍，「大家互相幫助，就像個大家族，還是個保護網……我現在唯一的遺憾，就是沒辦法把養父也接過來而已。」

看著阿樹發光的眼神，眼神不會騙人，芙拉蜜絲泛起微笑，阿樹從以前就是這樣，是個單純直率的人。

他們開始聊天，芙拉蜜絲知道了他們不可能去上學，但是地下闇行使們自己設有教學課程，所以他識字也持續在學習；芙拉蜜絲問他們為什麼不考慮逃離都城，一來是因為多數人習慣於此、二來是想保護更多的闇行使，等待機會解救他們，最重要的是……很多闇行使的家人都在這裡。

雖然他們是闇行使，但家人不一定具有靈力，都城控制監視著他們的家人，他們也暗中保護看顧著家人。

「最重要的是，這地方再爛我們還是得守護。」阿樹這話有點無奈，「畢竟妳想，有一隻魍魎萬一殺進來的話，靠防衛廳那些人怎麼行？還是得靠我們啊！」

呵……芙拉蜜絲笑了起來，「保護那些奴役你們的人啊？」

「唉，這也沒辦法，因為妖啊鬼啊哪會分你是誰啊，我們就不要想是保護都城的爛人，要想著除掉妖鬼，說不定能間接保護到我們的家人！」阿樹頓了一頓，「或是我們重視的人。」

芙拉蜜絲「哇喔」了一聲，很高尚的情操，至少對阿樹而言，這個都城並沒有他的家人啊！但是他願為了同伴的家人去努力。

一直拐彎到她頭快暈了還沒到出口，不過阿樹腳步穩健，芙拉蜜絲選擇相信，而且……她悄悄昂首看著某個水溝蓋，萬一有危險，法海聽得見她的鈴聲吧？

「芙拉，安林鎮燒掉了嗎？」

冷不防的，阿樹突然迸出這麼一句。

這讓芙拉蜜絲差點忘了呼吸，緊繃著身子得扶著牆才能穩住。

阿樹走了幾步，沒聽見跟上的腳步聲，也緩緩回頭，手上的燭火搖曳，他伸直照亮芙拉蜜絲，她的雙眼瞠圓驚恐。

「我夢見了。」阿樹幽幽，「我的夢不會錯的，燒得一乾二淨，然後你們來了，我就更確定了。」

芙拉蜜絲緊張的喉頭緊窒，別過頭去，「我……你有夢見怎麼燒毀的嗎？」

「那不重要。」阿樹語調輕鬆，「我爸媽他們都燒死了嗎？」

咦？芙拉蜜絲驚訝的看向他，阿樹的父母……的確也難以倖免，被她的靈力之火燒成焦屍。

「真好。」他揚起了微笑，「有種報應不爽的感覺。」

「阿樹？」芙拉蜜絲不可思議。

「我已經知道他們否認我是他們的兒子了，正巧我只有養父這個父親，所以他們的死活，跟我沒關係。」他靦腆的搔了搔頭，「不過死了更好啦，呵呵。」

這是……這是什麼樣的時代造成什麼樣的悲劇啊！阿樹的親生父母被她燒死，他不但不難過還因此喜悅？不，今天如果換成阿樹的死訊傳回鎮上，若他的父母還活著，只怕會說他們根本不認識阿樹。

可怕的惡性循環，人類與靈能者的仇恨，太難解了。

「到了！」阿樹突然在一處水溝蓋前停下，「等幾分後就能出去了。」

芙拉蜜絲瞇起眼抬首，看見天色似乎有些亮，低頭一看，已經近五點了。「天快亮了。」

「冬天亮得慢，但太陽的確已經升起。」阿樹轉過身，握住芙拉蜜絲罩著斗篷的手腕，「你們一定要小心，我聽說你們家不止一個有問題，現在審闇者剛好是我們的人，但我們不知道什麼時候會換人、會出意外，不是每個人都願意罩同類的！」

「……什麼意思？」

「在這之前的審闇者，為了自保不惜出賣其他闇行使，只要有點靈力的他都舉發，就是為了要保護自己的家人。」阿樹嘆口氣，「雖說只要講好，互不舉發就沒事，但是為了生存總是會不擇手段吧？」

「然後呢？被舉發的闇行使就被帶進收容所？還是……」她沒忘，阿樹的養父人間蒸發！

「多半都是，那都還不是大事，重要的是因為他的舉發，導致都城的城主知道其他審闇者的包庇，所以處決了他們的家人，殺雞儆猴。」阿樹難過的說著，「那是場可怕的浩劫，我們都不希望再發生……但是大哥說，人是自私的，這種事防不勝防。」

人是自私的，芙拉蜜絲忍不住挑起冷笑，是啊，她還不瞭解嗎？

「我懂了，我們會多加留……」腳步聲傳來，阿樹吹掉蠟燭，與芙拉蜜絲靠著牆，直到水溝蓋上方的防衛廳員經過。

這夜地面上應該是兵荒馬亂，還能維持正常巡邏，防衛廳真不簡單。

阿樹算著時間，接著熟練的推開水溝蓋，輔助芙拉蜜絲上去。

「這裡離妳家近，快點回去。」阿樹用氣音說著。

「再聯絡？」芙拉蜜絲上去前回頭。

「會的！」阿樹眉開眼笑，倏地一個東西迎面砸來，他嚇得趕緊接住。

清脆的硬幣聲，放在一個小布袋裡。

「拿去用吧，那孩子不缺錢的！」芙拉蜜絲翻身上了地面，剛把許仙的錢換個包包裝盛，說到底那孩子在意的是裝錢的包包。

那是法海送他的。

「芙——」阿樹還在不明所以，芙拉蜜絲已經將水溝蓋蓋上，瞬間失去了蹤影。

環顧四周確定了地點，果然前面就是家，她飛快的奔跑著，可以感受到街上的氣氛不同，遠遠的還能瞧見某處亮著的大燈，看來正是剛剛事發的地點。

正前方有腳步聲奔跑而至，她驚訝的倒抽一口氣，時間還沒到啊……大家都改用跑的了嗎？芙拉蜜絲拔腿狂奔，衝上自家門前的樓梯，佛號之徑已經映出了斜長的人影，防衛廳隊員在隔壁屋前了！

開門，她邊跑上樓梯邊尋找鑰匙，她的鑰匙在哪裡——門倏地拉開，一隻手瞬間將她逮了進去。

咖！防衛廳隊員忽地往左瞥去，看著左手邊一整排的屋子。

「怎麼？」

「我剛好像聽見關門的聲音……」他擰眉留意。

「是嗎？這時間誰會出來？」為求保險，其他幾名防衛廳員打開手電筒，開始往門邊照耀。

木條窗遮去了所有可能的光線，芙拉蜜絲只聽見防衛廳隊員細瑣的腳步聲，他們走上來探查了……

幾秒鐘後，腳步聲離去，防衛廳隊員下了樓梯，又開始在佛號之徑上奔跑。

芙拉蜜絲卻只聽見自己劇烈的心跳聲，她全身終於放軟，無力的貼在冰冷的胸膛上，這個胸膛寬闊，卻永遠不會有心跳聲。

「一秒不搗亂妳大概很難受？」法海伸出手，輕輕將門上的門閂扣上。

她張開雙臂，緊緊的環住了他。「你不會知道我遇見誰了。」

「被吃掉的防衛廳隊員？」他低笑著。

「厚！那很可怕不要提了！」她咕噥著，「謝謝你在門口等我！」

要不然差一點點，她只怕來不及進門就被防衛廳逮個正著……那時就慘了。

呵，謝什麼呢？法海俯頸而下，吻輕輕落在她的髮間。

保護屬於自己的東西，有什麼好謝的呢？

防衛廳隊員死亡的消息一夕間傳遍了都城，但是防衛廳卻巧妙的掩蓋了真正的死因，他們只說該隊員落單遇上了攻擊，卻無人知道對象是誰，擔心有邪物附體操控屍體，因此防衛廳當機立斷的燒了屍首，隔日將骨灰捧給其家人。

明明應該只剩一堆殘肉剩骨吧？芙拉蜜絲大口喝著牛奶，她當天只看到手骨的一部分都已經被吃盡了，別說整個身體……天哪，連內臟都能蝕掉嗎？思及此，那畫面活靈活現的在腦子裡，她不禁一陣乾嘔。

「怎麼了？」江雨晨走進廚房，看見她開水龍頭在抹嘴，「哪裡不舒服嗎？」

「啊，沒事！」她搖搖頭扯謊，那晚外出的事，只有她知法海知許仙知而已，沒讓雨晨或是堺真里知道。

這幾天除了防衛廳隊員死亡的消息外，倒也沒有什麼特別的事，只是芙拉蜜絲看見發黑的屋子越來越多，學校一樓東側的走廊幾乎都已經被黑霉佔滿了，她完全不敢走過去，更恐懼於萬一染上二樓後她該不該繼續上學？

今天是星期假日，空無一人的校園裡，誰知道又會起什麼變化。

「我要去工作了。」樓梯上傳來腳步聲，「晚上不回來吃！」

「咦？真里大哥又要加班？」江雨晨驚訝地問，「已經連著加班好幾天了！」

「沒辦法，防衛廳裡出了事。」堺真里擰起眉，「內部現在是戰戰兢兢。」

「因為那個人死掉的關係嗎？還沒找出侵入的非人是什麼？」江雨晨連忙打開冰箱，取出了一只袋子，「不管是什麼，大哥你也要小心，不把身體顧好很麻煩的……喏。」

江雨晨走出來把袋子遞給真里大哥，他錯愕的望著，裡面居然是便當跟點心，讓他好生訝異。

「雨晨，妳不需要——」

「需要。」江雨晨微微一笑，「我們每個人都必須維持最佳狀態不是嗎？」

堺真里窩心的笑著，拍拍她的肩頭，「真的謝謝妳，我很慶幸有妳在！」

「是啊，芙拉蜜絲做菜都弄得亂七八糟！」樓梯上傳來稚嫩的聲音，「我喜歡雨晨姐姐做的飯！」

唰，芙拉蜜絲從刀架上拔刀，可惡的小子！

「好啦，每個人有每個人擅長的嘛！」江雨晨向左仰首，「哇，許仙你今天穿得好帥喔！」

堺真里匆匆交代她們要小心就出了門，芙拉蜜絲把玩著刀子往廚房門口看去，小小的身影出現，哇，吊帶褲加上蝴蝶領子，小孩子西裝啊……捲捲的金髮加上那無辜的臉龐，真是太無敵了。

「不錯吧！」他得意的轉了一圈，「新衣服，主人買給我的！」

「超可愛的！」江雨晨哇哇叫著，「你打算去迷死多少小女生啊！許仙！」

「厚！叫許仙就不帥不帥了啦！」他拗氣的直跺腳，「Du Xuan！Du Xuan！」

「好好好！」江雨晨敷衍的笑著直起身，回身朝廚房走來，「別忘了你要帶去茶會的點心！」

許仙用力的點頭，今天他們幼稚園有同學開茶會，受邀者都要帶一道菜或是甜點去，一般說來自然都是家長準備，但他們家可不一樣，許仙的手藝還凌駕於江雨晨之上呢！

不過，一旦邀請許仙進去，那家人就等於是囊中物了！

「真里大哥交代我們今天得去買菜，剛好有空就一起去，好嗎？」江雨晨試探的問著芙拉蜜絲，「還是妳也有事？」

「我能有什麼事！」芙拉蜜絲聳了聳肩，其實她邀約很多，只是她沒當回事。

「買菜嗎？」冷不防的，法海不知道何時站在廚房門口，江雨晨在尖叫中滑掉了手裡的杯子。

嘿！許仙更快地接住杯子，江雨晨詫異低首，許仙剛剛不是在外頭嗎？

「出點聲啊你！」芙拉蜜絲低嚷著，無聲無息會嚇死人的。「你……要去哪裡嗎？」

法海身著深藍色的西裝，由許仙熨燙得整齊，完美體態襯出高雅的氣質，白金色的頭髮稍事整理，呈現出貴族風情。

他一直都像是童話故事裡走出來的王子，這也是讓芙拉蜜絲傾心的主因。

「約會。」法海說得自然，「梅約了我幾次，我今天要跟她出去，晚上可能不回來了。」

哇……江雨晨紅了臉頰，好快的進展，大家都知道那美麗的九班導師傾心於法海，沒想到……她偷偷瞥了芙拉蜜絲一眼，她本以為他們兩個在一起的耶！

芙拉蜜絲沉默了幾秒，淡淡說了聲好吧。

「菜能多買就多買，買越多越好，挑可以存放的，最好買個一個月、兩個月份，沒事的話多跑幾趟。」法海從容的交代著，「芙拉留心點，別買到有黑斑的！」

法海的交代讓兩個女孩起了股惡寒，他知道了什麼，要讓大家備妥一到兩個月的食物？

「發生……什麼事了嗎？」江雨晨戰戰兢兢的問。

「妳說呢？早晚而已。」法海隨興的揮揮手道別，逕自出了門。

江雨晨緩緩看向芙拉蜜絲，兩個人立刻開始準備，籃子袋子都準備好，一邊商討著要買什麼菜，還有能製成什麼醃漬物撐過兩個月！

「是那個黑霉斑吧？我到昨天都還沒瞧見太多，除了學校的走廊之外。」江雨晨趕緊列著清單，「妳呢？外面屋子還有增加嗎？」

芙拉蜜絲點了點頭，「越來越多了。」

江雨晨看得出來相當害怕，她握著筆的手在發抖，趴在桌上緊抿著唇，未知的事物總令人恐懼，更別說這非人環伺的世界了。

芙拉蜜絲皺著眉悄悄握住她的手腕，「對不起……」

嗯？江雨晨瞪圓了眼，倏而抬首笑看她，「對不起什麼……為什麼跟我道歉？」

「是我讓妳來到都城的……妳應該好好的跟家人待在親戚家，或許——」

「芙拉蜜絲，別鬧了。」江雨晨忽然正色的看著她，「這是我的選擇，我本來是可以跟著家人去鄰鎮，但是最後是我自己背著包包去找妳的，沒有人強迫我！」

這樣的坦然只是更讓芙拉蜜絲感到難受，「妳不怕我嗎？不怨嗎？我把鎮上燒了，我們認識的人全部都死了，甚至連、連鐘朝暐他都……」

江雨晨蹙起眉，她轉過身靠著流理台，看上去有些疲憊，「我知道有很多遺憾，我也知道妳不是故意要燒死這麼多人的，我更知道是什麼事逼得妳變成那樣，食願魔是一個關鍵、但我們所認識的人才是主要的劊子手，我不想對已發生的事感到惋惜，我只慶幸妳保住了我的家人。」

不，不是我。芙拉蜜絲在心裡吶喊著，江雨晨不知道是她自己當初向食願魔許願時，就保全了大家。

如果，當初雨晨沒有向食願魔許願，她的家人將跟鐘朝暐一樣，焦屍碎塊遍地。

「我覺得一切都是因果，我的確為其他人難過、悲傷，但是我重要的人都還活著，人類是自私的，我只要這樣就好。」江雨晨深吸了一口氣，轉過身緊緊握住芙拉蜜絲的雙手，「除了家人之外，妳是我最重要的朋友。」

「江雨晨……」芙拉蜜絲咬著唇，「那朝暐呢？」

江雨晨微怔，眼裡閃爍得難受，痛苦的搖搖頭，「他已經跟我們分道揚鑣了！從妳燒死他家人的那刻起，他就不再是我們的朋友了。」

這就是遺憾，在整件事中她感受到數不清的遺憾與悲傷，但仍舊選擇看著存活下來的、重要的人們。

「對不起……對不起……」芙拉蜜絲還是只能說著這句話。

他們三個從小一起長大，曾經是形影不離的，而今是她親手破壞了一切！但是她卻慶幸雨晨選擇了她！

兩個女孩緊緊擁抱，江雨晨帶著溫柔的微笑，其實芙拉或許沒有想到更深更遠的地方，她放不下芙拉、也放不下家人，但是如果芙拉跟她們全家在一起，只怕危險將會不斷，終有一天芙拉是闇行使的身分曝光也會連累大家。

與其這樣，倒不如讓芙拉遠離她的家人，她的家人才能得到真正的平安；而放不下芙拉的她，就自己參與其中就好。

「好了啦，該去買菜了！」曾幾何時，氣鼓鼓的臉就在她們身邊，把她們掰開，「人家都跟過來幾個月了還在討論這個，妳很無聊耶！」

唔……芙拉蜜絲一時惱羞，用力捏了許仙的臉頰，「你很煩耶！」

「哎唷！不要捏我的臉啦！」許仙哀哀叫著。

江雨晨笑了起來，說要上樓去拿件外套，等會兒就一起出發；芙拉蜜絲的外套一直都扔在客廳裡，每次都是許仙收的，所以在樓下等她。

「不要去碰任何有黑霉的東西喔！」許仙打開冰箱，確定他的奶酪好了沒。

「咦？」才要走出廚房，芙拉蜜絲愣然回首。

「完全不要碰，好奇摸一下都不可以。」許仙盯著冰箱交代著。

「那如果……那個撲過來呢？」芙拉蜜絲小心的問。

許仙明顯地頓了一頓，轉過來看著她，「擋啊，逃命吧！」

「喂，你這有講等於沒講好嗎？」

那天晚上的情形許仙沒看到是吧，那粉塵的東西是要怎麼閃啊，一瞬間就撲上那個防衛廳人員了！

不過這些天倒也沒再發生什麼事，芙拉蜜絲只能保持平常心，趕緊跟著雨晨去買菜後回家處理，沒事就不要待在外面，風險實在太高了！她前兩天還做了惡夢，夢見那些黑斑真的是黴菌，孢子隨風飄散，附在每個人身上，菌絲竄入體內。

喲，想到她就發寒。

「買這麼多蘿蔔啊！」小販笑吟吟的把五斤蘿蔔遞給芙拉蜜絲，「要做泡菜嗎？」

「是呀！」第三趟，芙拉蜜絲一口氣把五斤蘿蔔揹上肩，輕而易舉。「雨晨，妳看那邊有地瓜耶！」

「好好，我們過去買！」兩個女孩跟小販道謝，往前挑選地瓜，要買越不易壞的越好。

市場裡人潮眾多，家家戶戶都出來添購食物，除了食物外，江雨晨選擇大量採買配料、米、麵粉，萬一有狀況時還能自己做點麵包饅頭蛋糕之類的。

「好像差不多了！」江雨晨兩個肩頭都揹了沉重的物品，「我們要不要先回去，還是先……芙拉？」

她回頭正在說話，卻發現芙拉蜜絲一雙眼看著前方，表情僵硬。

「噓……」芙拉蜜絲忽然拉住她的手，「挑、挑挑別的菜吧！」邊說，她把江雨晨往旁邊的攤飯推去，不讓她往前走。

這個市場路段是條細長的斜坡，她們的腳踏車就停在下方巷子裡，斜坡兩端有店家有攤販，而下面有個賣花的小販正熱情的跟一個男人推薦今晨盛開的水仙——黑色的水仙！

那盆子裡的水仙有黑有黃有白，她不知道為何還沒擴散，但是獨獨有兩枝水仙是黑色的！有黑色的水仙嗎？

「芙拉，妳別嚇我。」江雨晨低語，拉了拉她，「怎麼了？」

「我問妳喔，妳看一下八點鐘方向……下面那個賣花的！」芙拉蜜絲在她耳邊低語，「紅色盆子裡不是放了水仙花嗎？妳看到什麼顏色的？」

「嗯……黃色跟白色。」只有兩色，江雨晨回得迅速。

「沒別的？翹出來那朵呢？」她心沉一半了。

「白色。」江雨晨皺眉，「妳是怎麼了？不喜歡水仙花？」

天哪……芙拉蜜絲拽過她附耳，「不喜歡黑、色、的！」

咦！江雨晨瞬間圓睜雙眸，再一次回頭看向水仙花，那紅桶裡沒有任何一朵黑色的水仙花啊！

難道是——

「送給你太太她一定很喜歡，多美！」花販積極鼓吹著，他的手上彷彿有東西在爬動？「我可以多幫你搭兩枝花材，你就回去整束放進花瓶裡，給她一個驚喜！」

「好！好！你幫我配吧！」男人頻頻點頭，「水仙我來看看要幾朵……一朵白的……」男人的手，開始揀選水仙，芙拉蜜絲心裡吶喊，千萬不要、不要摸到那枝黑色的啊！

忽地身後一個碰撞，芙拉蜜絲驚訝的向左後方看去，戴帽子男孩扶了扶帽簷，偷偷勾起一抹笑，「對不起。」

阿樹！她訝異的看著他，這傢伙是故意的……等等，他要去哪裡？要下去嗎？

芙拉蜜絲不假思索的上前，瞬間拉住了阿樹的衣服，「喂！撞到人一句對不起就算了喔！」阿樹瞠目結舌的回頭，偷偷抬起頭，帽簷下的雙眼不可思議的看著芙拉蜜絲……她沒認出他來嗎？

「會痛耶！」芙拉蜜絲不悅的說著，一邊將阿樹往上拉，眼尾瞥向了五公尺之遙的花販。

「你走路怎麼走的！」

芙拉？阿樹注意到她的眼神，趕緊賠笑，「對不起對不起，我真的不是故意的！」

趁機，他悄悄往後看去……卻沒看出什麼異狀啊！

「那就這幾朵吧！」男人的手，握住了那黑色的水仙——芙拉蜜絲倒抽了一口氣，握住阿樹的手突地用力！

怎麼了？彎腰的阿樹覺得很不對勁，芙拉看見了什麼他瞧不見的東西嗎？

「以後走路小心一點！」芙拉蜜絲聲線有些顫抖，將他往後方推去，「快走……快走啊！」

「啊……謝謝！謝謝喔！」阿樹沒有半點猶豫的立刻往回跑，一邊跑一邊做著手勢，屋頂上的孩子們跟著開始狂奔。

危險、危險，阿樹做出危險的信號了！

身邊的攤販低語著問她們是不是被撞疼了？怎麼這麼兇，芙拉蜜絲根本不想聽他說話，拉著江雨晨就回身，她們得立刻離開這裡，可是、可是能去哪裡？

回頭再望去，花販正忙著揀選花材，男人手裡還握著那束親手挑的水仙。「咦？你這水仙上面怎麼有汙點啊？」

咦咦！芙拉蜜絲忍不住回頭了，看著男人用手搓了搓那黑色水仙的花瓣——無論什麼情況下，千萬都不可以碰觸有黑霉斑的東西喔！

許仙的聲音言猶在耳，那黑霉斑迅速的從男人的手指爬上去了！天哪！

「唔……」男人只是突然顫了一下身子，臉色有點難看，「怎麼……」

「黑斑？哪裡？」花販狐疑的探頭往前望，才想接過那花束，男人卻倏地踉蹌，「欸欸，先生！」

「我……」男人不支的搖搖晃晃，嚇得附近的人驚叫著。

黑霉斑沒有覆蓋他的身體！芙拉蜜絲瞠目結舌的看著那奇異的景象，它們盡數順著手臂、身體往上，全數衝進了男人的七孔之中……鼻間、嘴巴、耳朵，甚至鑽進了眼睛裡！

消失無蹤！

「嘔──」下一秒，男人居然直接吐了起來！

「哇！」

江雨晨是看不見黑斑，但是她也知道芙拉在顧忌那男人，她二話不說的將芙拉往上拉，在人群同時往下行動、包圍看熱鬧之際，她們卻反方向的往上走，就算多繞點路回去都好，絕對不要靠近那男人！

「怎麼了？怎麼回事？」

「先生……先，他暈倒了！快點叫醫生！醫生！」

芙拉蜜絲邊跑邊回頭，他看見重重人海正在圍觀，而不知所措的花販已經被人潮擠到了外圍，他抱著商家的柱子看著地上嘔吐暈過去的男人。

笑了。

# 第七章

買花的男人倒下，揭開了惡意的序幕。

男人沒有如同那個防衛廳隊員般被活活吃到僅剩白骨而死去，但他終究是死了，死於脫水與器官衰竭。

高燒不退，他不僅把胃裡的東西都吐掉了，最後發現身體內臟居然也在融解，終至出血性高熱死亡。

但是他不是唯一，那天在市場中對他急救的人、附近的攤販，都在數天後病發，症狀一模一樣。緊接著是治療他們的醫生，治療其他病人的醫生，在男人身上沒有出現的潛伏期，卻在第二個患者身上開始發生。第三個異變，潛伏期從兩天直到四天，現在成為一星期。

在這之中輕忽大意或是不知情的人均被感染，初期發生了大規模的傳染事件。

最可怕的是，目前死亡率是百分之百。

都城的領導階層很快地在靠近無界森林的禁區附近設置了病疫區與隔離區，搭起巨大的白色帳篷，病人全部被隔離在那兒，幾乎只要開始發燒發病後，就再也見不到了。

這個方法奏效了，隔離後兩週，疫情趨緩，除了在白色帳篷裡等死的人之外，都城內不再有生病事件，傳染似乎也減緩了。

這只是表象。芙拉蜜絲看著發黑的牆面與柱子想著，街上發黑的房子全數出事，住在裡頭的人都已經身故或是正在病疫區裡，那些黑霉像是一種病原，沾上就會染病。

但是它們早就佔據學校了，為什麼尚未發作？在大家稍微鬆懈之際，她卻鎮日過得戰戰兢兢，她知道事情還沒完，不管那個黑霉斑是什麼，它們根本無所不在、無孔不入！

「芙拉蜜絲！」高欣慈的聲音遠遠傳來，「上課囉！妳在幹嘛！」

下堂課是男女分開的特殊課，女生學習家事烹飪縫製，男生則繼續他們的訓練課……以前芙拉蜜絲就很少上那些家事課，老師們都睜一隻眼閉一隻眼讓她在操場上鍛鍊……都城這裡很麻煩，導師們不太通融，她還被訓了一節課。

煩，她一點都不想去。

「對！女生就是乖乖在家就好，為人類繁衍努力，幹什麼學一堆有的沒的！」陳家華跟愛里的聲音也從後方涼涼傳來，基本上自從他們那掛被芙拉蜜絲教訓後，大家就沒什麼交集了，「有事情我們男人會保護妳們，怕什麼！」

芙拉蜜絲轉過了身，輕蔑一笑，「就憑你們？肚子傷口好了嗎？」

「妳——」愛里惱羞著，芙拉蜜絲的那一鞭讓他一直抬不起頭來！

這個時代是由男人保護珍貴女性的，他們理所當然要威武要健壯要能護衛家人子女，可是居然輸給同年齡的女生！

江雨晨緩緩的從左方垂直的甬道走來，才下樓就聽見爭吵聲，她太熟悉是誰了。

「好了，芙拉，我們走吧！」她走出甬道，向右看去。

哼！芙拉蜜絲不甘願的走來，「我不想上那種課！」

「知道！但是不上又不行，妳的導師也不會讓妳去訓練課不是嗎？」江雨晨好聲勸說著，「就忍一下吧！」

「快點做幾個好吃的蛋糕過來吧！哈哈哈！」掠過陳家華身邊時，他還在那邊囂張喊話。

「陳家華！你閉嘴行不行啊！」高欣慈當然是站在芙拉蜜絲這邊的，「你快去啦，你們今天不是要集合訓練！」

「哼！」陳家華挑釁般的哼著，若不是要低調，芙拉蜜絲非常想單挑他。

男女生各自往反方向去，男生前往操場，女生前往家事教室，遠遠的可以看見家事教室二樓站著金恩在。

江雨晨在耳邊低語，要她忍著點，一直在操場練習也是會被留意的，她只在乎自己一陣子沒有施展的練習，法海成天跟日下部梅約會，還有其他數不清的女生，根本也沒時間帶她去練習。

她們走在長廊上，右手邊是個中庭花園，由四棟校舍圍起，家事教室位在短邊，一點鐘方向的二樓還可以看見她的導師，彷彿是刻意盯著她要出席似的。

突然間，黑色的斑點掠過，芙拉蜜絲愣了一下，立刻向右轉去。

「芙拉？」江雨晨感覺到什麼了。

前頭的高欣慈因此也停下來，跟著往右邊看去，「什麼？」

對面棟教室一樓的牆面開始漫出黑色的霉斑，它們急速如海浪般在牆上移動……是移動，不是擴散後定住，從兩點鐘方向一路往走廊末端移動而去！

芙拉蜜絲忍不住追著向右後方看去，它們沒有生根，居然在移動？

啊！她再往正後方看，那個在走廊上僵持兩星期不到的霉斑，居然消失了！跟著往後走了嗎？

「看什麼啊芙拉？」高欣慈不解的問。

「怪怪的。」芙拉蜜絲緊握雙拳，才想邁開步伐，前方的岔路甬道衝出了一個小小的身影！

「……提耶？」

「喂，你幹嘛一直躲著訓練！」高欣慈指著提耶，「大家都去操場集合了！」

提耶看著她，芙拉蜜絲可以感受到他似乎是為了她來的，全身微微顫抖，緊緊揪著書包，她立刻上前，提耶卻後退了幾步。

「回家，我要先回家了。」他小小聲的說著，突然抬頭看了她一眼，「快回家！」

餘音未落，他扭頭就跑進了岔口裡，芙拉蜜絲即刻追上，卻發現他根本是拔腿狂奔的離開學校！

提耶……他是不是知道什麼？

「在幹什麼！快點啊！」二樓傳來金恩在的聲音。

「芙拉！」江雨晨也跑來了，她拉著芙拉蜜絲，「是不是有狀況！」

芙拉蜜絲微微點頭，回首向上看著站在二樓走廊裡的導師，萬分不甘願，她想知道那些霉斑究竟要移動去哪裡，她有不祥的強烈預感……要開始了，有什麼事要開始了！

「走了啦！不要管提耶了！扶不起的阿斗！」高欣慈又跑來，挽過芙拉蜜絲的另一隻手，繼續拉過她往家事教室去。

她一顆心懸著，就算去家事教室也根本心不在焉……向上看著導師，為什麼一定要為難她啊？不會做飯又不會死！

微微的，細碎的東西在二樓女兒牆外圍移動著，芙拉蜜絲放緩了腳步，她剛剛眼花嗎？為什麼覺得牆面有點花花的？

再定神一瞧，金恩在隻手擱在女兒牆垣等待著她們上樓，那手的周圍像是有黑色的點狀物在閃爍……在——當日在市場的花販手上，也曾有這種移動式的黑點！

天哪！芙拉蜜絲突然止步，反手拉住了高欣慈，「回家！立刻回家！」

「嗯？」高欣慈疑惑的回頭。

「我要回家……我不要待在外面！」芙拉蜜絲用力甩掉了她的手，卻拉過江雨晨，「大家快點回家！我、我聽說傳染病又開始蔓延了！」

「噫——」這句話太有用了，在一樓的女生聽到立刻慌亂起來。

不是說控制住了嗎？難道又有人潛伏期拖長了現在才發病？學生們你一言我一語的，芙拉蜜絲已經向後退去，指著高欣慈，「不要在外面逗留，快點回去。」

她抬頭看向二樓，金恩在的臉沉了下去，輕輕歪了頭，嘴角終於挑起一抹邪佞的笑意。

然後，她向右看見先上樓的女學生，二話不說立刻往前衝！

「老師？」學生驚訝的喊著，趕緊嚇得閃開。

「呀——」後面的學生跟著閃躲，驚叫聲四起，一樓的學生們不明就裡的往上仰望。

第四個學生終於措手不及，她根本還不知道發生什麼事，就看見金恩在朝著她衝撞過來——啪刹！

金恩在在撞擊的瞬間迸散，成了無以計數的黑色斑點，包圍住女學生、也往地上摔倒的學生身上蔓延！

「哇啊啊啊——」驚恐的尖叫聲響徹雲霄，所有人開始竄逃。

早就遠離的芙拉蜜絲知道，看見的人不只有她了！

「妳看到了嗎？那個是……」江雨晨也瞧見了，「芙拉，我們要去哪裡！」

「有更大批的往後面移動了！」芙拉蜜絲邊跑邊留意著建築物的牆面，乾淨到讓她發寒，它們要去哪裡——啊！集合！「操場！他們是不是去操場了！」

如果金恩在有問題，說不定其他老師也有問題啊！

她們倆跑到走廊末端，打算從那兒的甬道向右穿出操場，只是還沒到甬道口，冷不防的走出了一個人。

兩個女孩戛然止步，上氣不接下氣的看著體育老師。

不必有靈力都看得出來，老師的眼白是徹底的黑，皮膚下好像有什麼在蠕動似的，不太像人。

「你是什麼東西？」芙拉蜜絲已經取下了鞭子，「少假冒老師！」

「呵，妳想怎麼阻止我？」老師冷冷笑著，開口的時候可以看見連牙齒都是黑的，「用那根鞭子嗎？」

芙拉蜜絲將江雨晨向後拉，背在背後的手揮動著，要她快點跑！

「傳染病是你們搞的嗎？」她開口問，「你們是什麼東西？散播疾病對你們有什麼益處？」

身後已經沒有尖叫聲了，能跑的早已跑了出去，現在這中庭只剩一片死寂……然後，遠遠的吼叫聲傳來，來自於操場。

「江雨晨，妳從後面跑！」

「要去哪裡？」金恩在的聲音陡然響起，「妳真是個不聽話的學生。」

喝！芙拉蜜絲回首，導師曾幾何時已經站在她們身後，她全身都在微顫，皮膚邊緣像有黑斑點綴著。

江雨晨趕緊與她背靠背，她的飛刀已經備妥，可是她不知道……一旦導師變成黑霉斑的話，她的飛刀該怎麼使用！

體育老師也不再說話，而是抬起雙手，芙拉蜜絲可以清楚的看見他皮膚下有東西在快速鑽動，他微啟口，黑色的東西即刻從他的嘴巴、鼻子、眼睛大量湧出，老師的頭顱裡彷彿什麼都沒有，只剩那些黑霉斑，當它們湧出時，人皮如同洩了氣的皮球般凹陷……

好噁心喔！芙拉蜜絲摀著嘴，看著老師人皮頹然崩落，黑霉卻重重組成那個她再熟悉不過的模樣！

「哇啊！哇——」江雨晨失聲尖叫，導師也成了那副模樣。

下一秒，它們崩落了！

「走！雨晨！」芙拉蜜絲立刻反手拉著她往花圃去，她們跳上圍石，踩過泥土，打算橫跨過這中庭到對面棟，再找通道出去！

沙沙沙……詭異的聲音由後傳來，芙拉蜜絲回頭看著龐大的黑霉斑真的在移動，它們爬上了樹、覆蓋過花草，急速的朝她們追來……為什麼有聲音？

「妳有聽見什麼嗎？」芙拉蜜絲邊喊著，拉著江雨晨跳下圍石。

「有！好可怕！」江雨晨歇斯底里的尖叫著，「好像蟲的聲音！好可怕好可怕！」

——蟲——芙拉蜜絲瞬間愣住了，對啊，那是蟲足在走路的聲音！

所以難道……她倏地回身，看著已經爬過花圃，也爬下圍石的黑霉斑們，該不會其實根本不是霉？

「芙拉蜜絲！妳在幹嘛！」江雨晨拽著她，她怎麼突然停下了！

喊到一半，聲音從左手邊逼近，她驚恐的向左看去，幻化成導師的黑霉斑刻意從她們左手邊繞來，封住了往旁邊的道路，而且啪噠啪噠的逐漸堆疊成人形！

芙拉蜜絲回身拉著江雨晨要往前，赫見左邊的狀況，依然不假思索的繼續往前跑，大步跳上另一個花圃的圍石，然後——有人抓住了她的腳！

「啊！」芙拉蜜絲完全來不及反應，重重的摔進了花圃裡。「什麼……」

她急速翻身看去，看見有個學生臉色鐵青的趴在植物間，口吐白沫的看著她，「救、救命……」

「救你個頭啦，我——」芙拉蜜絲還沒來得及反應，就看著龐然大物直接壓至！「走開！」

黑霉斑已經再度堆成體育老師的模樣伸手攻來，距離太短她來不及揮鞭，只得抽出金刀擋在身前，看能不能先割斷這傢伙的喉嚨！

「喝！」導師尚未觸及卻一秒四散，芙拉蜜絲呆愣半晌，剛剛那是……她趕緊撐起身子看著手上的金刀，難道——

「啊呀！呀——走開走開！」江雨晨的尖叫聲傳來，芙拉蜜絲趕緊向右看去，這才發現它們不知什麼時候四散了。

她趕緊起身趴到邊緣，江雨晨摔在地上，導師正在她腳上崩散，無數的黑霉斑從她小腿往上爬去！

「呀——是蟲！芙拉，那是蟲！」她幾乎失控的慘叫著，「我不要，走開走開——」

「滾開啊！」芙拉蜜絲朝著導師揮鞭，但怎麼會有用？

鞭子打在由蟲組成的人上，最多就死個幾隻，其他的仍舊往江雨晨身上爬去！

「雨晨！」芙拉蜜絲隻腳跨出就要爬下花圃，說時遲那時快，急促的沙沙聲從正後方傳來，她驚恐的瞪大眼，連回頭都來不及，就感到有東西從她衣領背後鑽進去！「天哪——啊——」

她感覺到了！那是蟲！小隻多足的蟲大量的鑽進她衣服裡，它們放肆的爬進她身體裡，芙拉蜜絲驚恐難當的立即從花圃上摔了下來！

她們在地上掙扎大聲尖叫著，蟲卻爬滿她們的身子，並且往臉上爬來……她知道，它們要鑽進身體裡，五臟六腑，終至融解為止，休想——休想——轟！

『嘎嘎——』

火燄瞬間自芙拉蜜絲體內竄出，細微的慘叫只響了一秒，無數黑蟲轉眼焦黑，它們一隻隻從她的身體裡落下，倖免於難的驚恐朝附近爬離，芙拉蜜絲輕輕一瞥，瞬間起火燃燒。

她有點虛脫，吃力的撐起身子要去救江雨晨，卻看見江雨晨身上覆滿了水？全身上下包括頭部，全包在一種像水的泡泡裡，在她回神前，那水倏地全數離開江雨晨的身體，朝著中庭的噴水池飛去。

芙拉蜜絲看見水是黑色的，裡面夾帶著密密麻麻的黑色蟲子？

「啊啊啊啊！」江雨晨倏地睜開雙眼，一骨碌坐起的尖叫，「去死去死去死這也太噁心了吧！」

芙拉蜜絲呆坐在地上，看著江雨晨邊吼邊站起來，在原地又叫又跳，怒不可遏的模樣，雙拳緊握面帶殺氣，水池裡的水再度飛出，撲向中庭四個花圃，甚至蓋上她正在燒的那堆蟲子。

江雨晨嚇死了，驚嚇過度到一個程度的理智斷線，另一個人就出來了。

「妳想燒掉學校嗎？可惡……」她頭髮滴著水，睨著芙拉蜜絲，「噁爛死了，我全身都起雞皮疙瘩了！」

「我明白……」妳都出來了，就知道雨晨被嚇壞了。

「超可怕的！」她終於垮下雙肩，頹軟的坐上地，水彷彿掃盡了所有的蟲，再度捲回水池裡。

「死了嗎？」她問著。

「正在淹死它們。」江雨晨有氣無力，想到剛剛蟲爬上身體的感覺，忍不住又打了個寒顫，「媽的，我嚇到發抖妳有看到嗎？我應該折磨一下它們的！」

她覺得那些蟲比較可能嚇到發抖。

「蟲淹得死？」芙拉蜜絲嚥了一口口水。

江雨晨挑高了眉，「得看是誰淹的。」

急促的足音從外傳來，她們同時互看一眼，芙拉蜜絲即刻將身上的火收起，只是她的指尖剛燒成橘豔色，一時還來不及恢復，只得雙手握拳的隱藏。

「妳一時回不去不要緊，至少要裝作江雨晨的樣子！」芙拉蜜絲趕緊交代，聲音從甬道進來了。

「知道啦！我……」江雨晨眼珠突然往右一瞟，越過芙拉蜜絲的身後，不可思議的看著躺在花圃裡的那個人。

芙拉蜜絲跟著回首，趴在泥上的學生不可思議的看著她們兩個——他全部看見了！

糟糕！江雨晨想要起身做些什麼，卻已經來不及了！

「芙拉蜜絲！」人影衝出甬道後，直對著中庭的十字路衝了進來，「芙——天哪！」

阿樹帶著一隊人馬衝入，芙拉蜜絲瞠目結舌，「阿樹？你、你怎麼……你們怎麼進來了！」

「阿樹說出事了。」黑剛大哥環顧四周，「有靈力殘留。」

「那個黑霉斑……不，是黑色的蟲剛剛攻擊我們了，學生也被攻擊！」芙拉蜜絲激動地說著，「操場上只怕很多人都被感染了，你們不該來這裡！」

「大批學生衝出來，我們就知道學校出事了！防衛廳過一會兒就到！」阿樹趕緊上前要扶她們兩個起來，「晚點再聽妳說，我們現在必須先走！」

「你們先走，我跟江雨晨可以裝！」芙拉蜜絲搖搖頭，這一掛都是地下闇行使，危險性比她大。

「不行，裝不過的，我第六感很準的！」阿樹斬釘截鐵的把她們交給其他人，「黑剛大哥、鬍子哥，快點先帶她們離開，我們已經有人偽裝成妳們，先騎腳踏車回家了！剛剛非常混亂，暫時沒有人敢靠近學校！」

江雨晨不耐煩極了，「聽他的啦，走就走！我快冷死了！」

芙拉蜜絲點了點頭，然後沒忘記花圃上的同學，「他們……他可能被感染，也看見我們除掉黑蟲了！」

咦？有人跳上圍石，小心翼翼的拉開樹葉，看見臉色鐵青的男學生正在發抖，「我、我什麼都不會說，我、我真的……」

「交給我們。」阿樹肯定的點頭，兩個大漢分別接過了江雨晨及芙拉蜜絲，一把扛上肩立刻飛快地往外面跑去。

原本芙拉蜜絲還擔心這樣出入學校過於張揚，結果沒想到他們衝到了學校邊側角落的下水道，原來他們是從內部上來的，才能避開耳目！

事到此芙拉蜜絲終於放心，下水道不會被人發現，她大大鬆了一口氣！

看著眼前趴在彪形大漢身上的江雨晨，她從剛剛開始就沉默了，恐怕已經昏過去了，這樣也好……醒來後只怕還會再歇斯底里一陣子。

她現在只希望阿樹也能全身而退，防衛廳的人的聲音從地面上傳來，千萬、千萬不要被抓到啊！

「這傢伙怎麼辦？」愛莉諾由後走來，瞪著趴在花圃裡的學生，「碰不得怕傳染，可是他看見芙拉蜜絲使用靈力了，對吧？」

「我、我不會說的！」學生哭泣著，「她們、她們也算救了我，我保證我不會說的。」

阿樹凝視著他，單腳踩上圍石，望進他的雙眼。

「你說謊。」他搖了搖頭，

唰，女人即刻拔出彎刀。

「不不，我不會說的，我——」

刀尖自後頸項刺入，彎刀穿出男孩的口腔。

「防衛聽到了！」把風的人衝進來。

「走，從這棟教室後的下水道離開！」阿樹靈巧的踩過圍石、花圃，跳進另一棟校舍的走廊。

愛莉諾拔起刀子，使勁的甩掉鮮血，飛快地跟上。

兩眼發直的學生依然趴在泥土上，他帶血的嘴裡緩緩爬出了點點黑蟲，沙沙沙沙，噠噠噠……它們急速的離開男孩的身體，在防衛聽衝進來前，盡數離開了中庭。

關上瓦斯爐，芙拉蜜絲想將鍋裡的粥盛到盤子裡，但總是渾身不舒服的感到有什麼在皮膚上爬似的，手抖個不停。

「我來吧？」男孩坐在流理台邊緣，在她身後開口，嚇得她尖叫一聲，滑掉了湯匙！

「呀——」她驚恐的回身，湯匙落進了鍋中。

「妳們真的個個都變成驚弓之鳥了！」許仙一臉無奈的樣子，「自己都還沒好還想照顧人。」

他跳下流理台。從角落搬過屬於自己的凳子，踩上去剛好可以搆到瓦斯爐，芙拉蜜絲無力的往後退至冰箱與水槽間的角落，一顆心跳得飛快。

「你不知道那種恐懼感，莫名其妙的有蟲子爬滿你的身體，我只要想到就起雞皮疙瘩！」她低吼著。

「嗯哼。」許仙也不知道有沒有在聽，可愛的小臉蛋只是鼓著腮幫子。

樓上的江雨晨也一樣，連日惡夢，一點點風吹草動都讓她渾身不對勁，幸好學校已經宣布停課了，要不然這兩個去學校只是自露馬腳罷了。

「恐懼要自己克服，別人幫不了妳們。」許仙跳下凳子轉向她，「借過，我要開冰箱。」

唉，芙拉蜜絲重重嘆了口氣，說得容易做起來難啊！

許仙從冰箱裡拿出蘋果，洗淨再踩上凳子開始削皮，可能是因為法海的飲食習慣，明明是個吸血鬼，用餐卻超講究的，非得要主食、飲料、甜點、水果都擺在一起不可，跟定食一樣！

「為什麼我都沒有水果可以吃？」芙拉蜜絲繞到流理台的另一邊，沒好氣的托著腮問。「你昨天還打果汁給雨晨。」

「因為妳能走又好手好腳啊！」許仙回得自然，「雨晨姐姐連下床都有問題呢！」

雨晨嚇得不輕，好幾次她都偷偷希望理智斷線的那位能出來稍微跟她講講話……不過那個不太喜歡講廢話，出來說不定只會先罵人，想想還是算了。

外頭傳來鑰匙開門聲，芙拉蜜絲即刻直起身子，二話不說抽過刀架上的刀子，這時間不該有人回來……法海根本不用鑰匙，真里大哥今天值班到凌晨的！

「是我。」門一推開，堺真里趕緊出聲。

「真里大哥！」芙拉蜜絲趕緊跑了出去，「你怎麼回來了？現在才十一點啊！」

「我跟路西法要求調班，妳跟雨晨的情況不好，我不放心。」他關上門，手在門閂上停了幾秒，「法海回來了嗎？」

芙拉蜜絲搖搖頭，「今天不知道又住在誰那裡了？」

「唉，傳染病這麼嚴重，他倒是從容。」堺真里無奈的搖了搖頭，往前走了兩步，向左看向正在擺盤的許仙，「許仙，家裡麻煩你了！」

許仙大眼眨眨，裝可愛的搖搖頭。「我喜歡做家事。」

堺真里淺笑，他心裡明白許仙不是人類，但那外表實在人見人愛，難以防備。

「妳呢？好多了嗎？」堺真里將外套圍巾放上衣架，握住芙拉蜜絲的雙手。「為什麼這麼冰？冷嗎？」

「我沒關係，在家裡隨便穿凍不死。」芙拉蜜絲勉強擠出微笑，「真里大哥你吃了嗎？我馬上幫你熱飯——」

才回頭，差點撞上端著托盤的許仙，他仰起頭，帶著警告眼神望著她，「妳不要進去啦，手抖的人做什麼飯，食物現在很珍貴耶！」

「喂！熱個菜會出什麼事！」她想打許仙的頭，但還是收了手。

手還在抖嗎？堺真里可以想像被蟲爬滿全身的感覺，那天學校出事後，他剛好在家未值班，慌張的正要出去接應，卻看見兩個穿著制服但不認識的女孩騎車回來，她們表示是偽裝芙拉她們，請他裝作若無其事。

女孩進了屋，換過衣服悶聲不響的就從後門離開了，再過一會兒兩個男子扛著芙拉她們回來，路上因為學校的事故所以沒有人煙，他們才能避人耳目的送回來；也是那晚才聽芙拉說起，原來她前幾晚曾經偷溜出去，遇到故人、也目睹了那位防衛廳弟兄的事故。

既看過被活活啃蝕剩骨的慘狀，當蟲爬上自己身體時，自然驚嚇更甚。

接著傳染病又起，學生們開始發病，又是新一波的病毒變種，來勢洶洶，高燒二十四小時內必定出血，而且感染者在高燒後會陷入神智不清的幻覺。

學校全面停課，他們位在都城的北區，全面封鎖，據目前資料來看，其他區都還沒有類似的傳染病，唯有北區蔓延嚴重，因此都城已經下令北區任何人不得自由進出。

堺真里瞭解這種做法，必要時就是讓北區全滅，以保其他人的安危。

市場不再營業，食物開始短缺，囤積居奇者開始出現，有挨家挨戶的兜售高價食物、食材者，也有商家接受電話訂單，只是必須親自冒險外出取貨，一包麵粉漲了五十倍還不一定買得到。

他們家目前沒有問題，堺真里這時就會想到法海，他定是早知道什麼，才要芙拉她們存下如此多的食糧？

「我不餓，防衛廳有食物，許仙說得對，食物要省著吃，我們不知道這波傳染病會到什麼時候。」他逕自倒起茶几上的熱水，「狀況越來越不妙，病疫區裡有好幾個醫生都死了。」

「審視者跟闇行使都沒有辦法嗎？」芙拉蜜絲壓低了聲音，「還有我的紙條……」

「對！阿樹要我傳話。」堺真里頷首，他真沒想到會再見到阿樹。「他們那邊完全不知道黑蟲是什麼非人，不知是哪種妖怪，我們熟知鬼獸、妖獸魍魎鬼魅都不是這副模樣，小小的蟲組成人……就算是妳說的人形，也找不到！」

「那下面沒事嗎？」她憂心忡忡。

堺真里微笑搖頭，「目前沒事，不知道為什麼，黑蟲並沒有進去下水道，它們目標還是在地面生活的人類。」

「面對未知的事物最可怕了，我知道用火可以燒死它們，但我甚至不知道是因為我的火，還是普通火就可以？」芙拉蜜絲不由得絞著衣角，「再不想辦法，我們遲早都會被黑蟲鑽進身體裡的。」

「大家都在想辦法，闇行使收容所也動員起來了，我們有這麼多闇行使，一定能找到解決之道！」最終堺真里只能說這些話寬慰她。「不過我記得妳說過，黑蟲似乎怕金刀對吧？」

芙拉蜜絲肯定的點頭，立刻拿出陪她砍殺過無數妖物的金刀，果然不同凡響，「這上面刻有太多符咒了，根本不知道是哪個見效，有的我連看都看不懂，但居然能讓妖魔畏懼！」

「是啊，我也是……」堺真里再度接過端詳，這金刀是芙拉蜜絲家傳的東西，力量龐大，他們研究過好幾次了，上頭刻的咒語很多都沒見過，只知道防禦力相當強大！

刀子跟書上都有個共同點，刻印有「萬應宮」三個字，想是出自同一個地方，像是廟宇的名稱，但是堺真里從未聽芙拉的父親提過，因此他們依然不明白。

她不喜歡被關在家裡，芙拉蜜絲皺著眉，她怕極了，想到那黑蟲在身上爬的感覺就難受異常，可是躲在家裡也不是辦法，他們都知道黑蟲根本不怕屋子上的防護咒語……他們不攻擊是有原因的，有的是時候未到、有的或許是另有計劃，也有可能只是單純的玩弄，但他們家只怕是因為有法海在。

不死族是最難捉摸的族類，沒有東西可以殺死他們……或許也只是無人知曉，但他們卻有極大的力量可以控制那些非人。

法海什麼都知道，她總是這麼認為，說不定許仙也是，可是他們不喜歡介入「人類」的事，認為該滅亡就該滅亡，該被吃掉就是該被吃掉。

「五百年前，闇行使們可以把法則修復，設計屏障保護人類，為什麼會不知道那個黑蟲是什麼？」芙拉蜜絲喃喃說著，「都城有這麼多的闇行使啊！」

「非人如此多，妳知道世界上有多少種是幾百年來，都不一定有人看過的妖怪嗎？」堺真里嚴肅的說著，「就連我看過圖書館所有的圖鑑，都不能保證能辨識出百分之百。」

「煩，為什麼沒有一本妖怪總圖集可以告訴我們呢？哪怕一點點蛛絲馬跡也好！」芙拉蜜絲氣憤的搥著胸，「至少我們就可以參……」

妖怪通鑑？她忽然睜圓雙眼，啊了一聲——爸爸留給她的背包！背包裡有本咒文書，她多久沒有背了？因為睹物思人愁更愁，所以進入無界森林後她就不再開啟那個背包，她記得有應對咒語就會寫出對手的特性，她怎麼沒想到！

芙拉蜜絲跳了起來即刻上樓，堺真里還呆愣的坐在沙發上……這說起風就是雨的個性真的是火之芙拉啊！

咚咚咚咚，重而疾速的腳步聲上樓，正坐在江雨晨身邊陪她吃飯的許仙蹙眉，兩個人紛紛聽著聲音上了二樓，砰砰砰的衝進對面房間，磅的一聲關上房門。

江雨晨正捧著粥，困惑的看著自個兒的房門，「芙拉是怎麼了？」

「她都這樣，習慣了。」許仙聳了聳肩，「什麼事都很激動。」

「她個性衝動嘛！」江雨晨溫婉一笑，「真謝謝你過來陪我……我真沒用。」

「嗯……」小許仙歪著頭，藍色眼睛瞅著她，「還真有點沒用，都幾天了還下不了床，家裡又沒蟲。」

江雨晨望著他，「你知道人們會說客氣話嗎？」

「我才不管你們，拜託快點振作起來，我也有事要做好嗎？不能都丟給我一個人啊！」許仙抱怨著，「就蟲爬在身上而已嘛，在它們鑽進去或是咬妳之前除掉不就好了。」

江雨晨聞言打了個寒顫，她突然有種皮膚上爬滿蟲的錯覺，雞皮疙瘩都站起來了。「別說了，真的咬我，我連躲都躲不了，沒聽見芙拉說嗎？那個防衛廳員成了白骨，被那麼那麼那麼小的蟲活活咬掉肉，那是多痛苦的事啊！」

許仙雙手捧著自己的臉頰，很認真的注視著江雨晨，看得她都尷尬起來，「你幹嘛！」

「算了，妳繼續害怕好了。」男孩下了最後判斷，「怕到暈倒最好，反正另一個比較有用！」

「許仙！」江雨晨氣呼呼的。

「啊妳自己吃完拿下去吧，我要去看看芙拉在幹什麼！」許仙嘿嘿的起身，蹦蹦跳跳的離開江雨晨的房間。

只是他沒有直接敲響對門，因為他感覺到三樓的主人回來了，一眨眼就上了樓，僅餘殘影。

芙拉蜜絲正慌亂的翻著書，驚覺到自己荒廢的嚴重度，許多咒語甚至都已經生疏了，這三個月的安逸與逃避說不定會對她未來造成極大的影響！喃喃說著對不起，爸爸留給她這本書一定有重要的意義，附身在雨晨身上的那傢伙也說過，這是他們家傳的東西啊！

黑蟲黑蟲，她迫不及待的翻閱著，期待能找到類似的資料，這本書的咒語分類相當清楚，鬼獸類、妖獸類、魍魎、魑魅、妖族……芙拉蜜絲右手大拇姆指正在書的側邊上，赫然瞧見一個區塊的深黑色。

她狐疑的翻到那個部分，在頁面邊緣有著黑色方塊，所以側邊才會一塊黑。

黑底白字，寫著獨特的分類：「妖魔類」。

妖魔，雖然常掛在口中，但事實上很少人真的面對過妖魔，傳說中醜陋無比又愛玩弄人類，喜歡見血，製造動亂……跟魑魅是一掛的嗎？這些非人都沒血沒淚的！

她專注的一行一行閱讀，「咒語，只對低階者有用，使其暫緩行動或封印起來再毀滅，沒有直接毀滅的方式……這什麼啊！」

指尖繼續滑動，「低階以上咒語難有作用，很容易被打回或是只有短暫效果，唯有特殊法器或集多人之力，或是靈力甚高者方可封印！」

低階以上就這麼難搞？連咒語都無效？

「高階以上請逃走，不要與之對戰，若是不幸被抓到，可試著談條件，多半它們都有想要的事物……交換即可，嗄？」芙拉蜜絲越唸越不對，「這什麼跟什麼啊，想要不能用講的嗎？」

她滿腹疑惑的翻開下一頁，開始分類了，妖魔有很多種……芙拉蜜絲看著咒語書上寫著咒文，上面描述著微小的蟲，放大看有八對腳，巨頭尖齒，頭有犄角，長觸鬚，群體行動……能使人致病，也可以生啃食物！

找到了！她找到了！芙拉蜜絲立刻奪門而出，像陣風似的往樓下衝，堺真里還一臉錯愕。

「真里大哥！我知道那是什麼了！」她打開書本，將那頁往他面前塞，「是疫魔！」

疫，瘟疫，有疫魔存在之處，瘟疫必流行而永無斷根之日。

「什麼？」堺真里不可置信的將書取下端詳，低階疫魔多為頭大身小之狀，極為畸形醜陋，頭有犄角，尾巴帶著病毒——「我連聽都沒聽過！」

「反正書裡有就是有了！」芙拉蜜絲倒是給予極大信任，「這是種妖魔吧，專門傳染瘟疫的！」

「是妖魔就更糟了，我們很少碰上妖魔……大家在屋子上做的咒語都沒有抵擋妖魔的，我看也沒幾個闇行使會。」難怪瘟疫會蔓延如此迅速，「上面有沒有寫什麼方式……靈力？低階……」

「只有低階的勉強有，我們都得背下來。」芙拉蜜絲已經動手拿過紙張抄寫，「我看他描寫那個大頭犄角模樣的是低階疫魔，或許我們的咒語會有用，我們可以抄送出去！」

「抄送出去是想死嗎？」

法海緩步從迴旋梯上走下，堺真里立刻詫異的向左後方看著門上的門子，他回來後就一直坐在這兒，法海是從哪裡進家門的？

「你什麼時候回來的？」芙拉蜜絲也愣住了。

「不重要。」法海繞到沙發邊坐下，「這本書不能讓外人知道，也不能讓別人發現你們唸咒，這麼簡單的道理搞不懂嗎？」

芙拉蜜絲蹙起眉頭，看著正在抄寫的咒文，「我們沒有防備疫魔的能力，如果不讓大家知道的話，傳染病不會停的！」

「所以？」法海根本不在意，「重要嗎？妳想救都城的這些人？教訓還沒學夠嗎芙拉蜜絲？」

她瞪圓雙眸，教訓還沒學夠嗎？

她明白法海的意思，不值得對其他人這麼好，因為這本書非同小可，來自於闇行使，她很清楚！任何人知道都會奪走它；而且若她使用咒文，幫忙驅走疫魔，也是陷自己於危險之中。不能讓自己被發現，不能陷雨晨跟真里大哥於危難，這屋子裡的每個人都是危險份子，她的目標是要跨過都城北方的無界森林朝東北亞去，不能在這裡被發現、成為被奴役的人。

她比誰都該瞭解，這些將奴役闇行使當作「贖罪」行為的都城人們，就算她協助制止了疾病蔓延，他們一樣不會放過她！

「我給阿樹。」她最後做了決定，「只給闇行使們。」

「沒有不透風的牆，妳怎麼知道那些傢伙裡不會有內賊？或是有人為了不得已的原因去舉發你們？」法海冷冷的望著她，「妳爸媽已經因為天真而死了，不要再傻了！」

「閉嘴！不要提我爸媽！」芙拉蜜絲忽然吼了起來，「他們、他們被殺不是因為天真，是因為那些醜惡自私的人——」

坐在她身邊的法海突然揚起嘴角，瞧，答案如此明顯不是？

明明如綠寶石般璀璨的雙眸為什麼會如此冰冷，芙拉蜜絲哀怨的望著他，法海每一字每一句幾近無情，卻又真實得讓她無法反駁。

「明明知道或許能救人而不救，於心難安啊！」身為自治隊的堺真里，自然是正義感相當重的人，「至少幫助跟我們同類的人，這未嘗不可啊！」

「歷史上很多心軟的人最終害死的是自己，你們想相信這些人我無所謂，只是當被反咬一口時就別後悔。」法海瞥向堺真里，「真的出事時，我只會顧及芙拉蜜絲。」

「不幫他們我也會後悔！」芙拉蜜絲握住他如冰塊般的手，「為什麼總是說只顧及我？為什麼不能幫我也照顧雨晨或是真里大哥——」

「不要。」法海回答得迅速，「我才不想管他們。」

「法海！」芙拉蜜絲嚷著，大家都一起生活這麼久了，為什麼法海還是這樣？如果願意保護她，為什麼不願意保護其他人呢？

「好了，芙拉，這不是他的義務，別逼他。」堺真里尷尬的勸阻，別搞得像是芙拉蜜絲求法海一般，「我相信我能保護自己。」

「我也能保護自己，只是總有萬一……那種萬一不是我們能力所能及的。」她噘起嘴看向法海，他依然不為所動，「我還是要給阿樹，闇行使使用咒語更能得心應手，至於阿樹要怎麼用……我就管不著了。」

堺真里贊同的點點頭，「也好，只能這樣了。」

他就算想給防衛廳也不行，防衛廳的任何一個成員都是威脅。

他珍惜的撫著那本書，是班奈大哥留下的，他不知道大哥有這麼精細的咒文書，大哥照顧他多年，死亡時他卻不在身邊……據芙拉說，原來大哥不僅是闇行使，還是闇行使者，是靈力相當高的人。

這樣的人，何以隱藏身分，在一般人的鎮上生活呢？那得冒著多大的風險？還要撫養孩子，每個孩子又全是闇行使，簡直是把自己往薄冰上推。

電話忽地刺耳響起，堺真里整個人跳起，這時會打電話來總是沒好事，而且十之八九是找他的！

「喂，我是堺真里。」他立刻衝到牆邊接起，「我知道……什麼？你再說一次！天哪……我立刻過去！」

就見他匆匆忙忙的掛上電話，立刻衝到衣架旁開始穿戴裝備跟保暖衣物！

「怎麼了？」芙拉蜜絲也緊張的站起。

「病毒又異變了，那些被感染的學生退燒後卻開始出現幻覺，並有攻擊行為！他們好像把所有人當成怪物，拚命的攻擊！」堺真里繫上圍巾，「有個防衛廳隊員那天把學生送去禁區時也被感染了，他現在到闇行使收容所去大鬧了！」

「……什麼？」換句話說，有個被感染的人到闇行使收容所去？「那些闇行使都被關著啊！」

「所以我要去支援！」堺真里朝她伸手，「紙條給我，我還沒背熟！」

「啊啊……好！」芙拉蜜絲低頭確認抄寫的文字，「我看一下，沒有抄錯……真里大哥，你要小心！」

紙條塞進堺真里的手裡，他用力頷首，不忘看向法海，「家裡麻煩你了。」

法海挑了挑眉，喉間嗯哼兩聲。

退燒後具高度感染性，有疫魔在的地方就會有疫病蔓延，一再的變種鐵定是故意的，各式妖怪都喜歡折磨玩弄人類，因為它們比較強大，總是覺得有優越感……病情惡化至此，是存心要讓他們自相殘殺。

她想到在闇行使收容所裡的人，就算具有靈力也不一定能擊退疫魔，因為他們沒有法器，不知道該怎麼反應，唯一的咒語在她手上……芙拉蜜絲低頭看著茶几上的書，闔上雙眼。

法海就坐在她身邊，有些無奈的看著她緊繃的背影，他連猜都不必猜，就知道這是個忙碌的夜晚了。

芙拉蜜絲重新睜眼，立刻抽出幾張紙條抄寫咒文，第一張、第二張還得照書寫，第三張之後便採取默書，並搭配默唸，務必滾瓜爛熟，當遇到疫魔時將靈力注入，但求脫身。

蓋上書，她抱著書轉身要上樓前，忍不住看向法海。

「為什麼總是在為別人拚命？」法海伸出手拉住她，「那些人不關妳的事，為什麼就不能好好待在家裡，妳萬一也染上怎麼辦？」

「我會盡量不讓自己被感染的。」芙拉蜜絲凝視著法海，「我沒辦法坐視不管，我可以不在乎其他人，但是靈能者我不能見死不救！他們都跟我一樣，飽受其他人類的排擠跟欺凌……他們都能不舉發我了，我難道不能幫他們嗎？」

法海緊鎖著眉，搖了搖頭，「必須告訴妳，妳如果染病了，我可能沒辦法幫妳……妖魔的伎倆我不一定能解。」

不要認為有什麼事，他都會在身邊協助，不管發生多大的危險，他都能救治。

芙拉蜜絲有些訝異，她真的以為法海是全能的……如果染上傳染病，即使是法海也不能醫治她嗎？

她遲疑的往門外看去，感受著冰冷的手緊緊握住她。

「我如果也開始攻擊人，記得殺掉我。」她回握了法海，「我得趕快去了，這事不能拖！」

她抽出了自己的手，堅定的對他微笑，抱著書轉身上樓。

她相信都城的人們一旦知道她是闇行使後，會奴役她，也相信萬一情況失控，雨晨跟真里大哥都會被她連累，或許她得再一次目睹他們被殺害……但是她更相信，如果這種情況再發生一次，她不介意再燒掉一個城市。

可是同樣被迫害的闇行使們，她就是沒辦法坐視不管，她太瞭解那種被威脅的痛苦，家人在別人手上的身不由己，天譴不是闇行使獨力造成的，明明是全人類的責任！

把責任推到別人身上，自己就比較輕鬆了是嗎？噁心！

「芙拉？」江雨晨站在房門口，看著全副武裝步出的她，「妳要去哪裡？」

「收容所，那邊出事了。」她倉促說著，「妳不要出門，這兩天被傳染的人開始出現幻覺，會無差別攻擊人，千萬別被感染到。」

她在說什麼啊？這麼容易被感染的環境，還有人會攻擊他人，她卻要出去？江雨晨追上去，卻拉不住芙拉蜜絲，她走得太快了。

「芙拉，妳等等，妳叫我不要出門，妳現在還要出去？」她追著下樓，「芙拉蜜絲，站住！」

啊！對！芙拉蜜絲真的停下腳步，在樓梯下旋身，把紙條塞給她，「背好這個咒語，這可以對付疫魔的，至於疫魔是什麼叫法海講給妳聽！」

「什、什麼？」對一切措手不及的江雨晨根本不知道從何問起，芙拉蜜絲已經衝出了家門，

「等等！芙拉！」

她追上前阻止門關上，卻只能看見芙拉蜜絲的背影直奔下階梯，進入佛號之徑，往左拐去，前往收容所。

她關上門，不可思議的看著居然在彈琴的人。「法海！」

「真麻煩，Du Xuan！」他輕聲喚著，小小的男孩走向江雨晨，快速的講解一次他剛剛聽見的。

只見江雨晨瞠目結舌的聽完，呆望著手上的紙條，妖魔？疫魔……那是什麼東西她根本沒聽過，課本沒有、圖書館的妖怪圖鑑沒有，就連學校都沒教過！

無盡的蟲子是瘟疫？想到那八對蟲足在身上攀爬，她又打了個寒顫。

「討厭！」她緊握著拳低咒著，旋身衝了上樓。

許仙默默的走回琴邊，看準章節為法海翻過琴譜，「主人……」

「還真的是朋友……」他嘆口氣，難以理解，難以理解啊。

五分鐘後，女孩帶著大刀，也奪門而出了。

# 第八章

時間接近午夜，芙拉蜜絲放棄騎腳踏車以奔跑的方式前往闇行使收容所，主要是行動方便，不想因為一台腳踏車暴露了身分，萬一想溜進下水道也較為便利；防衛廳的巡邏制度已經更改，沒有這麼多人力可以支撐巡邏，區域也被封鎖，都城其他地方不會派人前來支援。

這無疑是讓他們活動的大好機會！

住家距離收容所大概二十分鐘的距離，奔跑的話不必十分鐘，從大路上過去只怕會先被守在收容所外的防衛廳員瞧見，所以她決定繞路，從收容所的後方伺機而動！

不過鑽沒幾條巷子，就看見一票穿夜行衣的人！

「芙拉！」阿樹筆直朝她衝過來，「妳怎麼出來了，我正要去找妳！」

「找我？」她錯愕的看著他身後那票闇行使，愛莉諾跟黑剛正朝她微笑。

「真里大哥丟訊息下來，我們也收到收容所的狀況，過去前先來找妳！」阿樹手裡握著一張捲起的紙條，芙拉蜜絲疑惑的接過打開，原來真里大哥都是用這種方式在跟地下溝通。

『芙拉找你們有要事，事關傳染。』

她泛起微笑，真里大哥真的很瞭解她，知道她無論如何都會想要把咒文給阿樹他們！

「對了，你們大家都還好嗎？下水道有沒有異狀？」

愛莉諾上前，帽兜下的雙眼閃閃發光，「我們都很好，下水道沒有被感染，病毒絲毫沒有擴散。」

「真的？」芙拉蜜絲好訝異，她一直以為病毒要隨著水擴散輕而易舉啊，而且下水道陰暗嘲濕，黑蟲要潛伏更加容易！「好難想像，它們居然沒有朝下水道下手！」

「它們？」大力狐疑地問，「你是說那些黑蟲嗎？它們會在地面爬行，也在水溝蓋出沒，但是完全不會觸及我們所在的地面或牆面！」

這麼神……芙拉蜜絲簡直驚嘆，「是咒語的關係嗎？上次說過你們下水道的陸地上都刻有咒語對不對？能不能寫給我看？我想知道那個咒語是不是能防堵黑蟲。」

她暫時沒有說出疫魔的事，法海終究影響了她。

「呃……」阿樹跟其他同伴面面相覷，「那得先問勞大哥！」

「好，我可以等！」芙拉蜜絲從懷裡拿出那張紙條，「對了，這個給你們，把這個咒語背熟，萬一遇到黑蟲試著唸唸看！」

嗯？阿樹接過紙條有點錯愕，「這哪來的！」

「不重要，重點是萬一遇到黑蟲或是它們形成的怪魔可以先擋著……我還不確定效果，聽說可以使其動作變緩，總之可以爭取時間。」芙拉蜜絲往後望去，「我就是想拿咒語給你，我得先去收容所那邊了！」

她說完就想往前走，但愛莉諾一把拉住了她，「妳去那邊做什麼？這事我們來就好了！我們就是為此出來的！」

「咦？你們知道有染病的人衝進去了嗎？」她心急如焚，「闇行使都被關著，我很怕會造成集體感染。」

「我們怕的是區長決定殲滅收容所，所以得把感染降到最低，至少把那個染病的拉出來。」

大力口吻裡充斥不滿，「染病不好好待在疫區，為什麼要跑進收容所裡？」

「因為出現幻覺了，這一次被感染的人具攻擊性，認為所見到的都是怪物，根本神智不清，不能用常理判斷。」芙拉蜜絲有第一手的消息，「你們要小心，我聽說會咬人，被咬到勢必會被感染。」

數位闇行使低語交換意見，商討著該如何避免碰觸並且將對方帶走。

「好，就這樣，收容所交給我們，妳快回去了。」愛莉諾還沒說完，阿樹忽然警覺的往後方看去。「有巡邏者來了嗎？」

「對！」阿樹的直覺強大，芙拉蜜絲覺得他的靈力比他想像的有用多了。「散了！芙拉，快回去喔！」

一票人立刻往反方向奔去，芙拉蜜絲就近在某兩棟沒被黑蟲沾染的屋子中間躲藏，吃力的塞進縫裡，貼著牆面壓低呼吸，耳邊傳來防衛廳員急促的步伐，他們只怕是趕著巡邏後要前去收容所支援。

「這麼多人倒下了，風險好高啊！」

「根本不知道怎樣會被感染，我覺得應該要戴頭盔才對！」

「好像有幾個小隊長也開始發燒了……」

隊員交談中聽得出語調裡的悲觀與憂心忡忡，很遺憾的她不會幫助他們任何一位，因為他們對她都將是強大的威脅。

一直到腳步聲遠去，芙拉蜜絲才小心的自縫裡鑽出，臨到縫口還不忘左顧右盼，確定沒人了才趕緊出來，雖然對收容所那兒擔憂，不過愛莉諾既已接手，她就不該再去。

先回家吧！她旋過身，卻赫見五公尺外站著一個頹廢的人影。

男孩歪斜著身子站在佛號之徑上，低垂著頭卻吊高雙眼，面無血色，看上去病懨懨的，很嚴重的模樣。

「……陳家華。」雖然他瘦了一大圈，但那模樣還認得出來，「你晚上跑出來做什麼？」

「我……我……」陳家華開始晃著頭顱，「我就知道妳有問題。」

「你才有問題。」芙拉蜜絲別過頭，「我要回去了，你也快走吧，晚上不該出來遛達。」

「怪……怪物，妳是怪物！」陳家華忽然舉起手指向她，邁開步伐，「我要除掉妳，非除掉妳不可……」

咦？芙拉蜜絲下意識向後退著，他不太對勁，說話、走路的方式都與平常不同，而且正指她為怪物？芙拉蜜絲定神瞧著，那伸直的手上，果然有著什麼東西在浮動！

「你染病了？」她赫然想到如果那天大批的黑蟲往操場去，陳家華絕對也在那裡！「天哪！」

「怪物！」陳家華驀地暴吼一聲，跳起身就朝她撲過來！

芙拉蜜絲不假思索的立刻取下鞭子揮出，瞬間纏住了陳家華的雙腳，使勁一拉讓他撲倒在地，當他撞擊地面的那瞬間，迸出了許多黑蟲，活像水球擲地時濺水一樣！

黑蟲迸出又急速的爬回去，為了怕蟲爬上她的鞭子，芙拉蜜絲一早就收了鞭。

「你還是陳家華嗎？」看著正要爬起的他，芙拉蜜絲忍不住問了，「還是……疫魔？」瞬間，雙手撐地的陳家華停下了動作，他頸子倏地向上仰，衝著芙拉蜜絲露出一抹得意的笑容。

「妳知道我們是誰？」陳家華一秒鐘立起，「果然不能小看。」

芙拉蜜絲皺起眉，這不是她想要的答案，「看來你已經不是陳家華了。」

「是，怎麼不是，我們只是在他體內而已，折磨著他、好多小小的黑蟲鑽進腦子裡……」他邊說，邊指著太陽穴，「控制著、啃蝕著，好吃好吃……」

「噁心！」既然知道不是陳家華了，也就不必再心軟了！

芙拉蜜絲低吼著再度揮出長鞭，只是剛剛她掌握時間繫上了金刀，她沒忘記那日在學校中庭，黑蟲可是畏懼這柄金刀的！

鞭子多了重量，芙拉蜜絲甩起來更加得心應手，一直以來，她都是這樣子殺過鬼獸、劃開妖獸，沒有失誤過！

鞭子俐落的朝陳家華劃去，他伸手擋下，右手被劃開了一道口子，尚未喘息之際芙拉蜜絲手一橫一繞，金刀在空中轉了個彎，又劃過他的身體！

這跟在學校可不一樣，什麼輕輕劃傷肚皮而已，她的力道可是割、是切！

陳家華忿怒踉蹌，芙拉蜜絲執鞭子收回握住金刀，奇怪，他怎麼沒有逃開？應該要畏懼金刀的啊！

「這始終是人類的身體……」陳家華高舉左手，被割開的傷口流出紅色的鮮血，然後瞬間湧出黑色的密集小蟲。「妳再怎麼傷害都是同學的身體！」

黑色的點點小蟲自手上跟肩上的傷口湧出，一瞬間吃掉了紅血，芙拉蜜絲看得直作嘔，黑蟲也已經在陳家華的血液裡了嗎？

它們在人類的身體裡，所以不怕金刀？難道，只有殺掉陳家華一途了嗎？

左手邊的房子裡傳來哭聲，她跟陳家華在這裡對戰屋子裡都聽得見，人們正恐懼害怕的躲在家裡，祈禱他們不要侵入這如同堡壘般的家，至少……芙拉蜜絲就不擔心誰敢開窗看見窗外是誰了。

「換我了！」陳家華忽地尖笑起來，疾速的朝芙拉蜜絲衝來，她即刻出鞭，這次他居然閃過了！

糟糕！一瞬間拉近了距離，芙拉蜜絲壓低鞭子讓鞭子由後繞回攻擊，可是陳家華的背後彷彿有長眼般，頭向右一閃，刀子就直朝她自己射來！

手腕一轉，鞭子移位金刀跟著移動，芙拉蜜絲重新握住自己刀子的那剎那，陳家華卻已經近在眼前！

「喝！」她即刻展開近身搏擊，手肘朝陳家華的喉嚨擊去，這麼近，可以看見他的身上到處都爬滿……噁！

一個閃神，那黑蟲就爬上了她的身體，她嚇得使勁推開他。

「嘻……呵呵阿……」陳家華身體彎成く字形向後退倒，笑意不斷，「病菌是無所不在的，妳怎麼躲？妳能怎麼閃！」

芙拉蜜絲緊緊握著鞭子，擰起眉心，「你大概不知道學校的同伴是怎麼死的吧？」

陳家華忽而雙手舉起呈大字形，張大了嘴開始長嘯，「啊啊啊吧——」

他的嘴是黑色的，芙拉蜜絲看傻了眼，看著成堆的黑色點點從裡頭湧出，瞬間爬滿了他的臉頰，緊接著是他身上那件黃色的T恤，鮮紅的血自裡頭開出一朵又一朵的血花，又在轉眼間被黑色覆蓋——說時遲那時快，衣服下一秒被吞噬殆盡，大量的黑蟲自陳家華的身體裡湧出！

芙拉蜜絲覺得自己連換氣都來不及，眼前的陳家華已經徹底被黑蟲包圍，成了一個黑色的人形，他依然在狂笑著，而且忽地正首，再度朝她衝至！

她曾親手殺過從小一起長大的堂姐，因為她已經不是人了，第一次下手時心會痛但未曾有猶疑，因為一旦猶豫倒楣的就會是自己，更何況你只是個同學！

芙拉蜜絲拋出鞭子，鞭子鞭上陳家華的胸膛，黑蟲向外迸落，一下緊接著又一下，他被力道逼得踉蹌向後，芙拉蜜絲絲毫不讓他有喘息的機會，拉開距離之後，高高揚起鞭子，在空中甩了兩圈，拋扔出去！

金刀為首，乾淨俐落的刺穿了陳家華的咽喉！

「呃……」他瞪圓了雙眼，那是他全身上下唯一看得見的地方。

芙拉蜜絲倏地抽回刀子，紅血四濺，陳家華咚的一聲跪地，緊接著往前撲倒在閃耀著金光的佛號之徑上。

鮮血橫流，黑蟲急速退去，照理說宿主死了，病菌也不再有用，該隨著身體一起……沙沙沙沙，寂靜的夜裡聲音更是明顯，芙拉蜜絲聽著聲音移動，緊接著看見遠方佛號之徑處開始有了陰影！

不會吧！她立刻拔腿向前，看見自陳家華身上離開的黑蟲們，進入了緊鄰的房屋花圃，一轉眼已經攀上了白牆！

不！它們會侵入這戶人家的，嬰兒還在啼哭，新生命來之不易，一旦被感染的話……她得燒掉這些蟲，把它們焚燒殆盡！

芙拉蜜絲感覺到靈力竄動，指尖開始發熱，看著爬滿牆的黑蟲，她可以從牆邊燒，一路燒向花圃……可是、可是這樣會不會引起火災？她會不會連屋裡的人一起燒死？

她沒有選擇性的焚燒某個事物過，更何況是這麼小這麼小如斑點的黑蟲……腦海裡突然浮現橘燄竄燒的安林鎮，一片火海，哀嚎與慘叫聲不絕於耳，因為她不知道如何控制靈力。

黑蟲鑽進了窗子裡，芙拉蜜絲站在陳家華的屍體前看著，她只能這樣看著，因為她不敢也不能出手。

她會燒死那些人的，說不定整條街都……

「我殺了妳！」

驀地一聲爆吼竟在自己身後響起，芙拉蜜絲倉促回頭，連誰都看不清楚，手上的金刀尚來不及舉出，就被龐然大物撲倒在地！

「唔——」她及時伸手去抵，壓制她的男孩一樣一臉病容，眼神極度不對勁，臉上全是黑蟲爬動，從鼻孔鑽出，從眼頭鑽入。

是愛里！

「怪物，看我怎麼收拾妳……是妳們害死我們，是妳們帶來傳染病的……」愛里神智不清的說著，嘴裡傳來惡臭，白牙上全是黑蟲！

緊握金刀，芙拉蜜絲欲朝他嘴裡刺去，若能直接碰觸黑蟲，它們才會畏懼——才舉刀，愛里竟直接箝住她的下巴，另一隻手粗暴的扯開了她的嘴！

「呃啊——」芙拉蜜絲仰起身子，她的嘴被強硬扯開，而愛里竟也俯下身子，張大了自己的嘴！

如此近的距離，她看見密密麻麻的黑蟲在愛里的嘴巴裡，正準備傾巢而出，灌進她嘴裡——

不行！

自嘴巴衝出的黑蟲忽然停在半空中，輕柔微弱的聲音飄進了芙拉蜜絲的耳裡，她顫抖著看著詭異懸在空中的蟲子，看著在愛里臉上彷彿凍結的蟲子們，聽著腳步聲自後方緩步踏來。

咒語聲不斷，雖然帶著顫抖，可是卻讓黑蟲們停下了。

女孩哭泣著繞到芙拉蜜絲的頭上方，發抖的手扳開箝住她嘴巴的手，接著再以雙手握住她的手臂向後扯出愛里的身下。

「雨晨……」芙拉蜜絲坐起身，看見淚流滿面的江雨晨，激動的緊緊擁抱她。

她哽咽著，手裡拿著芙拉蜜絲出門前塞給她的紙條，不間斷的唸著上頭的咒語；芙拉蜜絲不穩的站起身，先看向剛剛被入侵的屋子，雖然牆上的黑蟲彷彿不再移動，但是對於這戶人家她依然無能為力。

愛里彷彿凍結般的趴跪在地上，芙拉蜜絲握著金刀上前，抽出銳利的短刀來到他的身後，站直身子與江雨晨對望，她點點頭，表示支持。

彎身，芙拉蜜絲一刀割斷了愛里的咽喉。

嘩啦……血如瀑布般流下，她希望愛里不要感受到太大的痛楚……闔上雙眼，她指尖輕撫過他的頭髮，橘色火燄即刻燃起，自他的頭髮開始燒遍他的全身，包括表皮與內臟裡所有的瘟疫。

從口袋裡拿出被她弄皺的咒語，她來到江雨晨身邊，兩個人同步唸著上頭陌生的咒語，注入自己強大的靈力，黑蟲被困於愛里體內，被咒語凍結，然後她用她的靈力，徹底燒毀了它們。也殺了兩個同學。

路上變得極度死寂，芙拉蜜絲坐在窗台，聽著防衛廳的車聲跟偌大陣仗不斷，還有尖叫與哭喊，昨天晚上從陳家華體內爬出的疫蟲，鑽進了那戶人家，不到十二小時他們便已發病，全家都被防衛廳強硬帶走，準備送往禁區。

有人尚在清醒中，他們知道被帶走只有死亡一途，歇斯底里的哭喊著救命，路上死寂一片，沒有人敢開窗開門，深怕一不小心就會染上傳染病；尖叫聲消失便代表車子離去，剩下的防衛廳人員會用噴火槍燒一遍屋子外部，並將房屋封印，之後再請直覺性強大的闇行使判斷，是否要燒屋。

當疫魔進入人體後，不會殘存在屋子裡，所以從病發至今，他們並沒有燒掉任何一間房子，闇行使也感覺不到惡意，未來也無威脅性。

但是那屋子根本沒人敢靠近，連踏上前院花圃都令人畏懼。

而這戶剛被感染的住戶後院巷中，躺了兩具屍體，兩位高中生，該是數天前在學校被感染的，防衛廳甚至不明白他們到底是從哪兒跑出來的，堺真里說這兩個一開始就沒有在被帶走的名單裡，似乎是染病後就躲起來了。

這期間他們躲在哪兒，做了什麼無人知曉，又成了未爆彈。

不過，他們陳屍在佛號之徑上也令人膽寒，兩具都是一刀致命，一個是穿刺喉間，一個是割喉，鮮血溢流一地，早上被發現時已經全身冰冷。

報案的就是染病的那戶人家，他們述說著昨晚聽到的情況，接著嬰兒啼哭不已，才被防衛廳發現有異，所有人在一小時內被疾速帶走，速度快到橫死在他們家後院的屍體都還沒清運，他們已經被帶去疫區了！

陳家華跟愛里的屍體會被扛去燒掉，病疫區那兒有個焚燒區，在任何一個角落都能看見從未停止過的白煙裊裊，屍體一具接著一具，根本燒不盡；但是芙拉蜜絲知道，燒屍體是沒有用的，當陳家華死亡的時候，大批的疫蟲會退出身體，並不會被一起焚燒。

不管是什麼蟲，都是屬於疫魔，再低階還是人力無法對抗！

「芙拉！」門被敲了兩下，她沒關門，回首看見江雨晨站在門口，神色悲傷，一看就知道出事了。

芙拉蜜絲即刻跳下窗台，「怎麼了？發生什麼事？」

江雨晨緊抿著唇搖搖頭，淚水嘩啦啦的落下，她顫抖著身子扶著門緣蹲下，啜泣不已，「真里大哥他、他被帶到隔離區去了！」

什……麼？芙拉蜜絲呆望著江雨晨，「妳在說什麼！他好好的怎麼會……」

「防衛廳的人來說的，在、在樓下！」江雨晨嗚咽著，芙拉蜜絲二話不說跳起來就朝樓下衝去！

跳下旋轉梯，門口依然站著紅背心的男人，兩個男人看上去都略顯憔悴疲憊，但是她認得出他們！

「李大哥跟……路西法！」她繞過客廳往門口來，「真里大哥怎麼了！他被感染了嗎？還是說……」

「冷靜，妳冷靜點，芙拉蜜絲！」李憲賢趕緊扣住她的手臂，「不要這麼激動，真里他只是被送到隔離區！」

「被送到隔離區還叫我不要激動，去那邊的誰回來過了！」芙拉蜜絲吼得更大聲了，「他怎麼會染病，昨天晚上你們叫他做什麼了？他只是雜務助理，別告訴我你們讓他進收容所了！」

她不想再失去重要的人，她就只剩下這些夥伴，其他人都死了，她再也沒有同伴了，她經受不住啊！

路西法焦慮的蹙眉，雙手握住她的肩頭，「深呼吸，芙拉蜜絲。」

她緊握雙拳，幾乎感到身體異常發熱，糟糕……她的靈力不受控制了！冷靜……她緊閉上雙眼這樣告訴自己，但是她好難克制。

「所以堺真里沒染病嗎？」輕揚的聲音自耳邊傳來，大手一攬，她整個人被緊緊摟住。

芙拉蜜絲緩緩睜眼，冰涼透過衣服傳進他身體裡，她的心跳漸緩，是法海。

路西法看著突然出現的金髮美少年，微微一笑，「你就是法海啊！」

「Forêt。」法海沒好氣的說，「一定是跟堺真里亂學的！」

李憲賢轉了轉眼珠子，堺真里說他家有位法海、還有位許仙……「總之，他不是生病，但是昨晚闇行使收容所真的太慘，我們必須先隔離所有人。」

「隔離？」芙拉蜜絲感覺到心跳回復正常，「把有可能染病的聚集在一起叫交叉感染。」

「那也是沒辦法的事吧？堺真里是你的哥兒們，非到不得已你不會這麼做。」法海看著李憲賢說，「整個收容所都出事了，對吧？」

李憲賢聞言流露出一抹悲傷，路西法還得在旁安慰著，「是啊，每個人都有危險，天剛亮我們就把整個收容所移到禁區的隔離處，剛剛傳來消息，已經好幾個闇行使染病了，所以被送進白帳篷了。」

等死，進入白帳篷只有等死的份，醫生再強大也無用，不管如何拚命研發治療方式，目前依然無解。

「真里目前為止沒事，也還沒發燒，所以我們把他隔離到外頭的區域。」李憲賢趕緊說明，「但你們知道潛伏期一直在變，我們必須審慎觀察，一有狀況我會告訴你們的。」

芙拉蜜絲難受的抓住法海的衣服，埋進他胸膛裡，真里大哥在隔離區她一百萬個不放心啊！

「現在得病的人具有攻擊性，你們要格外小心。」路西法挑著性感的笑容說著，「剛剛那個女生沒聽清楚就哭了，還有真里要我轉告妳們，小心為上。」

「知道了。」法海回應著，「跟他說這裡還有我。」

「哈哈哈哈！」李憲賢忍不住笑了起來，「真可靠耶你！」

法海勾著嘴角，虛應一應故事。

「我們得走了，要做的事很多。」路西法邊說，一邊跟李憲賢退下階梯，「有任何狀況我們都會來通知你們。」

芙拉蜜絲望著他們，還是忍不住上前，「請兩位自己也要多加注意。」

兩位防衛廳隊員高舉著手，看上去威風凜凜的，離開了他們家門口……才一離開芙拉蜜絲幾乎就要崩潰，是法海扶著她進去的。

「天哪天哪……」她低嚷著，「我如果早點看那本書、早點知道咒語，那些闇行使就不會有事了！」

許仙大大的藍眼睛仰頭看向主人，法海使了眼色，他立刻頷首往廚房奔去。

樓梯口站著江雨晨，她緊握著扶欄，表情比剛剛鎮定許多，想來是也聽清楚了，不若適才驚慌。

「還沒生病就好，真里大哥看得見疫蟲，應該會閃避的……對，是我多心了。」她抹抹淚，在芙拉蜜絲對面的沙發坐下，「芙拉……」

「一整間收容所啊，雨晨！如果他們都有咒語的話，就不必怕那個失控的生病者了！」原來芙拉蜜絲糾結於此，「都是我！我進入森林後就不再碰那本書，爸明明交代我要看的！」

「就當是命吧，這也沒辦法。」法海倒是泰然，「妳不需要為誰的生命負責，這不是妳的責任吧！」

芙拉蜜絲倏地轉頭瞪向他，「我有答案、有解決之道，這還不是我的責任？」

「當然不是。」法海冷冷一笑，「芙拉蜜絲，別把自己想得太偉大了，照這樣說，妳能焚燒疫魔，那妳要不要站出去拿擴音器跟大家宣布，說妳是闇行使，具有火焚非人的能力？」

一字一句，法海說得如此平淡，幾乎沒有起伏，但是就連江雨晨都聽得出他話語中的怒火。

芙拉蜜絲立刻甩開他的摟抱，站起身來瞪著他，「我沒辦法像你這麼冷血！」

「熱血的下場就是造成妳父母的死亡，跟弟妹們分散，才幾個月的事妳忘得也太快了。」法海的話如刀般銳利，毫不避諱的刺入芙拉蜜絲的心，「還有整個安林鎮的人命。」

「法海！」江雨晨也忍無可忍了，站起來低吼，「你怎麼說這種話！」

「實話，妳們比誰都清楚，好管閒事的下場。」法海從容的栽進椅背，許仙正端著一托盤前來，「芙拉如果跟普通人一樣從一開始什麼都不管，現在根本就不會在都城，不是嗎？還在安林鎮過著平安的日子？父母健在，沒有人因此受傷？」

芙拉蜜絲倒抽了一口氣，她氣得全身發抖，法海為什麼要提起爸媽的事，他明知道她不想提這件事，就是因為她心底明白，害死爸媽的不是別人，是她自己！

「是鎮上的人反闇行使，是鎮長殺的，是……」江雨晨焦急的想安撫。

「這世界上有幾個人支持闇行使的？闇行使能幫助普通人，卻又被視為敵人，都城現在的狀況更殘忍，妳們也都看見了。」許仙恭敬的遞上紅茶，法海極為優雅的接過，「這種情況下，妳怎麼還能認為自己具有能力就有責任呢？」

「啊啊啊——」芙拉蜜絲大吼著發洩，扭頭往一旁的廚房衝進去。

「芙拉！」江雨晨才想追上前，小小的手突然拉住她。

嗯？她回首往下看去，許仙為她準備熱騰騰的牛奶巧克力。

「別理她！她需要靜一靜。」法海啜飲一口紅茶，啊，真香吶，「過得太平就忘記傷痛了，她現在一躁進，說不定死的就是堺真里，再來是妳。」

江雨晨不可思議的看著法海，他怎麼永遠都能如此從容不迫？還喝茶？她知道芙拉心裡的痛，更知道她的個性，要她坐視不管真的太困難了，她本就有一顆火熱的心啊！

「雨晨姐姐。」許仙親自把杯子端起，「坐下喝吧！」

但是，芙拉現在的確需要冷靜，她也不希望芙拉把家給燒了。

「不是要妳們漠視，只是不要為明明不是妳們的問題而自責，太無聊了。」法海將杯子往右邊一伸，許仙立刻上前為他擠入檸檬，「晚發現總比沒發現好，至少在禁區的堺真里真的遇到疫魔，就會唸咒了，至少下水道的那些可以保命，至少，昨天救了她自己。」

咦？江雨晨捧著馬克杯的手頓了一頓，不可思議的抬首看向法海，「你、你怎麼……」知道昨天她唸咒凍住疫魔的事？昨夜她們逃回家時，路上沒人，而法海明明在客廳喝酒啊！

幾分鐘後，芙拉蜜絲終於走了出來，站在廚房門口還是瞪了法海一眼，繞過眼前的小沙發選擇坐在江雨晨身邊；無視坐在對面的法海。

銀匙輕攪，將沉澱其下的巧克力拌開，輕吹著熱氣，緩緩喝了一大口。

「我要去下水道一趟。」她聲音平穩許多，「他們沒有被疫蟲干擾，我覺得跟他們寫的咒文有關，我得去找勞大哥徹底研究，再回來查書。」

「我跟妳去！」江雨晨立刻握住她的手，「不管，我就是要去！」

「嗯！」芙拉蜜絲沒有拒絕，她本來就希望帶雨晨去一趟。

法海一臉懶得管妳的模樣，茶杯再往右一擺，許仙趕緊恭敬接過，他倒是很開心，大家都不在的話，他跟主人就可以在一樓大方的喝血了。

芙拉蜜絲又喝了好半杯，江雨晨在跟許仙討論帶什麼點心去看人家比較好，瞧他們聊得起勁，法海不由得皺眉，是去郊遊的嗎？

「喂，食物有限，別亂浪費！」

「做些小餅乾，不花多少麵粉的，而且我們的麵粉足夠半年有餘呢！」江雨晨嘸起嘴，「大家生活在下水道很辛苦，我烤些餅乾去給他們！」

「唉，妳知不知道大家都知道我們有多少存糧？那些人類監視器都記得妳們兩個買了多少東西，就連日下部梅都來跟我要食物！」法海口吻倒是無可奈何，沒有阻止的意思，「我看再不久就會有人來搶糧食了。」

「咦？真的假的！」江雨晨有些擔心，她都把食物放在地窖，「那怎麼辦？我得再藏——」

「放心。」法海慵懶的托著腮，「他們連客廳都踏不進來的。」

相反地，他可是很期待自動送上門的食物們呢！

「我還要去禁區一趟。」

芙拉蜜絲放下馬克杯，迸出這句話。

「噢，好哇！」江雨晨回應得輕鬆，再轉向法海，「你覺得廚房要不要鋪東西遮住地窖的活板……啊？」她再度轉向芙拉蜜絲，「妳剛說什麼！」

唉，法海一點都不意外就是了，只是嘆氣。

「我要去禁區一趟，我要親自看見真里大哥好好的，然後……我想親眼看看那些白色帳篷。」

「哇，芙拉姐姐，妳知道那邊全部都是染病的人嗎？」許仙都不知道該說芙拉蜜絲是勇敢還是愚蠢了。「到那邊被傳染的機會非常高，正常人都不想去吧？」

「對，就是因為那邊都是染病的人！」芙拉雙眼竟熠熠有光，「我想，總會有一兩隻疫魔在那兒吧？」

# 第九章

第二次來到下水道，芙拉蜜絲依然搞不清楚東西南北，一彎又一彎，錯綜複雜到她根本無法記住；身後的江雨晨緊緊跟著，倒是很驚嘆於這令人摸不清的迷宮。

「我真沒想到雨晨竟然會跟著芙拉一起來！」阿樹是最開心的人，「妳們還是很要好呢！」

江雨晨點點頭，芙拉已經跟她提過，阿樹早夢見安林鎮被燒毀之事，阿樹的靈感真的很強，也正因為如此當初才會一夕間被扔出鎮上……也才會對父母如此不在乎。

「阿樹沒什麼變，只是長高變壯了。」江雨晨輕聲說著，誰叫這地下道怎麼說都有回音，「變得很可靠了。」

「呵呵，那也是為了生存啊！」阿樹笑彎了眼，臉頰微微泛紅。

「好啦，開同學會啊你們！」大力粗嘎的說著，「不過真難得，沒想到還能遇見兒時童伴。」

阿樹用力點頭，他超級開心。

芙拉蜜絲一路上都在觀察下水道，偶爾看見疫蟲從水溝蓋下方爬行，只是路過或是鑽進鑽出，最多停留在天花板上，但真的完全不沾地。

「難得今天沒看到愛莉諾！」芙拉蜜絲好奇的東張西望，「就很酷很高的那個女生！」

「愛莉諾可是第二頭頭啊，勞大哥的親信！」大力口吻裡帶著敬佩，「那女人很不簡單，出生入死好幾回，跟著大哥五年，什麼事沒遇過！」

阿樹回頭看了大力一眼，似笑非笑的，「五年喔……」

「小夥子，怎麼？沒想到有女人這麼強喔！」有人半嘲笑的說著，畢竟阿樹沒有戰鬥力啊！

「嘿……」阿樹搔搔頭，「我就是不會戰鬥啦，所以我對這種事沒什麼印象……愛莉諾姐跟了勞大哥五年了啊……」

「噗！你也真是的！」江雨晨忍不住噗哧笑了起來，「你在地下幾年了啊，連這都不知道！」

「唉，幾年而已嘛！」阿樹赧紅了臉，「就是印象不深嘛，什麼大小戰事的，還不如填飽肚子重要對吧！」

「就知道吃！」

一時間笑聲不斷，在下水道裡迴盪著，不一會兒，總算抵達了勞大哥所在的集合點。

「歡迎。」

他們來到跟上次不同的空地，更加寬闊、聚集的人也更多了！勞大哥朝她們點頭，江雨晨主動上去打招呼，愛莉諾微揭帽兜頷首致意，其他諸如大鬍子、黑剛等人都算是熟面孔。

「第一次來這裡，我們沒什麼好東西，我烤了些小蛋糕給大家……」江雨晨拿出包包，「還請大家笑——」

「哇！蛋糕！」她話都沒說完，手上的包包已經被搶走了！

「秩序秩序！」大力笑著說，「記得留塊給我！」

「我也要！我也要！」阿樹擠了過去，一群人在那兒搶著包包裡的蛋糕吃。

江雨晨不由得笑了起來，還有些鼻酸，這裡異味甚重，想也知道住得不舒適，如果可以……誰會想住在這裡。

「大哥，我是想問你咒語的事。」芙拉蜜絲開門見山，「阿樹有跟您提過嗎？」

「有！但是我不能讓他貿然寫出去帶給妳，才要妳過來。」勞大哥指向一旁的另一塊空地，連結兩端的是石磚橋，「那邊請。」

他率先走上，下水道的水都淹到石磚的一半，可見下大雨時，這裡應該會被淹沒，芙拉蜜絲與江雨晨尾隨在後，其他人倒是安分守己的待在原地，似乎沒有指示不得過去。

「這裡的咒語很複雜，除了我之外，就是阿樹的養父才知道了。」勞大哥低語著，「我只能告訴妳我所知道的，口傳，我們不書寫。」

「咦？」江雨晨狐疑極了，「為什麼不讓大家都知道呢？萬一，我當然是說萬一有什麼狀況，大家才好補上？」

只見勞大哥苦笑一抹，「說得好啊，但為什麼呢？」

「除非是因為……」芙拉蜜絲愣了一下，不會吧？她與江雨晨交換了眼神，獨佔這種事毫無意義，勞大哥要做早就收費了，所以只有一種可能——

人不能盡信。

內賊？還是不相信這些地下闇行使們會永遠不背叛？

「我看過妳給的咒語了，我沒見過那種咒，但是昨晚愛莉諾他們在收容所裡使用，聽說有效！不能滅掉黑蟲，可是卻可以凍結行動，所以他們趁機殺了那位防衛廳隊員！」

「什麼？」芙拉蜜絲驚訝的大喊，江雨晨忙不迭摀住她的嘴，小聲吶！「嗚嗚……殺死他的話，疫魔反而會亂竄！」

勞大哥眼裡閃過驚訝，「妳知道？」

江雨晨面有難色的看向芙拉蜜絲，她們真不知該不該講。

「所以陳家華他們兩個是妳們殺的？」阿樹的聲音直接響起，「我就說是闇行使殺的！我感覺得到靈力！」

芙拉蜜絲轉頭，「噢，阿樹，你的能力很威耶！」

「哪有！也只有直覺強而已啊！」他還搔搔頭。

江雨晨解釋了昨天的狀況，芙拉蜜絲再行補充，殺掉陳家華後造成的遺憾，就在幾小時後發生了。

「真要這麼說，收容所裡的傳染就是我們造成的！」黑剛痛心的接口，「殺死防衛廳員後，黑蟲立刻到處亂竄，才鑽進了玻璃裡，傷害一堆闇行使！否則單單防衛廳員根本無法造成這麼大的傳染！」

「唉……」昨晚原本想去解救同伴的人們，紛紛陷入自責當中。

「好了，我們沒有人知道這件事，至少現在知道，未來不會再犯錯。」勞大哥的聲音低沉威嚴，「芙拉蜜絲，那另一具屍體呢？我們發現淨化過的痕跡。」

芙拉蜜絲微怔，深吸了一口氣，「那是我的靈力，使用靈力解決對方，而且我跟江雨晨也一直反覆唸著咒語，我不知道哪個有效……」

「啊啊！所以說我們下次凍住後，可以使用靈力滅之？」大力即刻領會！

「誰是毀滅型的靈力？下次由你們動手！」黑剛也出聲吆喝！

「我是咒型靈力，我唸咒力量會加倍！」

一時之間，愛莉諾、大力、黑剛等元老級的闇行使立刻重新組隊，他們依照靈力分配著任務，以期下次遇到相同狀況能火速解決疫魔；芙拉蜜絲跟江雨晨看得瞠目結舌，這等組織性跟行動力……難怪能成地下王國！

「真是謝謝妳了！芙拉蜜絲！」大力朗聲說著，「這次多虧妳！」

「沒有，大家互相幫助，你們幫我們才多呢！」芙拉蜜絲謙虛的鞠躬，「我現在只希望疫魔快除盡，不要再有人生病了……尤其是收容所裡的人！」

「唉，我們也希望啊！」

勞大哥伸手示意這個話題到此為止，他還有話要跟芙拉蜜絲說，拉了她往角落去，愛莉諾探頭觀察，勞大哥搖搖手表示無礙。

「我不問咒語是哪裡來的，既是闇行使，大家多少有秘密，我只是謝謝妳。」他附耳在旁，「接下來是這裡地上刻寫的咒語，妳聽著……」

窸窸窣窣的聲音傳來，江雨晨緩緩退後了幾步，她知道勞大哥並不想讓任何人知道，因為剛剛她距離芙拉不到一公尺，卻完全聽不見他們在說些什麼，怕是勞大哥施了什麼咒，隔離了聲音或是語言辨識力。

她不介意，因為勞大哥如此慎重其事，表示少一個人知道越好。

只是望著那票在吃蛋糕的人們，一起艱辛的生活在這兒，度過每一天，卻還得懷疑彼此，讓她覺得有點難過。

後來她便去找阿樹聊天，一併認識其他人，約莫半小時後，勞大哥跟芙拉蜜絲的交談才告結束。

「好了，愛莉諾，你們帶芙拉蜜絲她們去另一區瞧瞧。」勞大哥說著，「那邊有原始刻的咒語，百毒不侵。」

「帶她去那邊啊？」黑剛有點異議，「可是她們不是——」

「帶她去。」勞大哥口吻裡帶著命令，黑剛才點點頭。

哇，是什麼地方這麼神秘，好像普通人還不能去似的！芙拉蜜絲對著江雨晨聳肩，接著走過石磚橋。

只是走到一半她突然停住，望著奔騰的水若有所思。

「怎麼了？」阿樹留意到她的皺眉。

細微的疫蟲照理說該是無所不在的，它們速度既快又能準確的入侵人類身體，帶來極大的瘟疫……任何染病的人勢必會接觸或是飲用水，這個下水道不可能完全沒有病毒的媒介。

芙拉蜜絲突然覺得，專注在勞大哥他們寫的咒文是不是錯了？

如果是這裡，本身有令疫魔卻步的因素呢？天然的、或是更可怕的東西，本身就存在這混濁的水裡？

「我考慮到一個可能性……」她咬了咬唇，抬首看向眼前的闇行使們，「會不會疫蟲不是懼於這裡的咒語，而是水裡有讓它們根本不敢下來的東西？」

水裡有什麼？事實上根本沒有人知道，在下水道生活是為了躲避人們的追捕，否則誰願意在這惡臭的環境下生存？而且，正因為他們不知道水裡有什麼，才會在陸地上設下各種咒文與屏障結界。

所以芙拉蜜絲假設水裡有什麼東西阻止地下的瘟疫蔓延，沒有人會質疑，大家更是提心吊膽，憂心著如果真是如此，那水裡潛藏的東西會不會傷害他們？

勞大哥召集了更多有力的闇行使設下強大的結界，也交代大家千萬不要碰到水，過小路時務必留意，除了疫魔外，下水道也會是個令人生畏之處。

其實芙拉蜜絲心底是滿想知道的，如果水裡的東西能有除掉疫魔的線索不是更完美嗎？問題出在非人通常不會這麼好心，遇上怪物逃命都來不及了，哪有時間請教？

她們在庇護下離開下水道後便先回家，翌日直接前往隔離區探視堺真里，雖然預料到有可能會被阻擋，但是芙拉蜜絲還是想闖闖看，如果李憲賢或是路西法在的話，說不定還能通融。

臨出門，芙拉蜜絲很不安的盯著客廳裡的不速之客。

「她來幹嘛？」芙拉蜜絲用氣音對著江雨晨問，「莫名其妙這種時候跑來約會嗎？」

江雨晨聳了聳肩，踮腳往沙發看去，日下部梅就坐在廚房門口的單人沙發上，神情看上去有點蒼白悲傷。

學校停課看不見法海，就直接殺過來了嗎？這大概是法海的「女友」中最直接的了！江雨晨一直安撫她，擔心她會因為「情敵」現身而難受，可是芙拉蜜絲才不在意這個，看著日下部梅黑髮披洩，覆蓋住的白皙頸子上只怕有著齒痕傷口。

她們是食物吧？就算法海是個「沒牙的伯爵」，許仙可還有牙齒能吸血，他不吸乾的話人體便能再造血，充足飽滿後再收集給法海喝就好了，他們以前一直是這樣做！因此仔細看日下部梅老師，貧血得很嚴重。

「我們要走了喔。」芙拉蜜絲走出廚房門口，看著法海指指跟前背對她的日下部梅，他正坐在門前的沙發上，剛好能斜視著她。「那個……老師她……」

「啊，妳們要出去？」日下部梅回首，眼神泛著迷濛，「外面不是很危險嗎？出去不安全！」

「再不安全都沒能阻止妳了……」芙拉蜜絲有氣無力的回著，日下部梅尷尬的別過頭去，「我日落前會回來。」

「嗯。」法海終於站起身，送她們出門。「日落不太是重點，反正妳晚上還不是到處晃！」

「喂！」芙拉蜜絲用手肘頂了他一下，老師在他幹嘛講出來。

「她不會說出去的。」法海俯頸而下，幾乎貼上她的臉頰，「妳還是顧好自己吧！」

唔……幹嘛突然靠這麼近啦！芙拉蜜絲下意識的縮起頸子，她氣還沒消喔，貼這麼近看見那張過分好看的臉會讓她心軟的！

「閃什麼？」法海居然無辜的伸手攬過她的肩膀，不讓她閃躲，「還在生氣？」

「哎！」她瞬間滿臉通紅，江雨晨識趣的先行下了階梯，不喜歡當電燈泡嘛！「你的導師在耶！」

「她不重要。」法海修長的指頭扳過她的下巴，逼迫她看著他，「又要去找麻煩了妳，就不能靜靜嗎？」

「我是去看真里大哥。」她噘起嘴，什麼叫找麻煩啊！「看完就回來。」

「最好。」法海哼了一聲完全不信，「妳聽好，那些疫蟲來自於低階疫魔，只有它們才必須藉由疫蟲傳染疾病，而一般說來，低階疫魔不會獨自做事，它們依附在中高階之下……」

芙拉蜜絲瞪大了眼睛，眨巴眨巴的看著他，「好哇，你根本早就知道，那天還說你不清——」

氣得掄起拳頭想揍人，法海倒是瞇起眼笑得甜，湊上去硬是啾了她的唇一下。

咦？咦咦咦！芙拉蜜絲當場僵住，冰冷的唇瓣剛剛貼上她的，未免也太自然了吧！

「妳真的要對付的是發號施令的那個，懂嗎？」他邊說，再箝住她的下巴，輕啄了她的鼻尖。

「喂……」芙拉蜜絲連頸子都紅透了，「這是大門口你也太誇張了，不是、你幹嘛親我！」

「因為妳很可口啊！」他對她的反應感到有趣，直接將芙拉蜜絲圈進懷裡，冰冷的吻點點落在她臉上、頰上、額心、眼皮，無一遺漏，雙臂圈著身體僵硬得跟尊石像似的，當吻落上她耳畔與頸子時，他都有種唇上有溫度的錯覺。

真燙人吶！嘻！

哇喔！階梯下的江雨晨也莫名其妙紅著臉，雙手摀著嘴看著香豔刺激……不是，臉紅心跳的一幕，法海真是大膽，無聲無息的突然就吻上去，這能算告白嗎？

反正芙拉暗戀他很久啦，都陪著一起到都城來，大家心裡多半有數了！只是她不懂法海，為什麼女友一個接一個。

「你你你你……」芙拉蜜絲好不容易擠出幾個字，「為什麼突然這樣！」

「誰叫妳要跟我吵架？」法海倒是直接，「妳選吧？吻妳還是咬妳？」

唔！芙拉蜜絲顫了一下身子，咬她不好吧？對吸血鬼而言，咬這個字很可怕，那根本代表被吸血吧！

好像還是吻比較好……不對，為什麼她要還啦！

「煩死了你！」她好不容易脫離石化階段，掙扎著想推開他，「你要不要直接告訴我誰是主事者，什麼中高階疫魔？」

「這我就真的不知道了。」法海認真的說，「再低階的疫魔還是妖魔系，不是那種惡鬼或是妖獸，他們有意隱藏我是看不出來的！」

「騙人。」她終於離開了他的懷抱，「你每次都故意不講。」

「這次是真的不知道。」法海也不在意她信不信他。「快去吧！今晚許仙煮飯，日落前回來就有得吃！」

這誘餌聽起來很好笑，但是對芙拉蜜絲跟江雨晨都非常有用，她們非常非常鍾愛許仙的手藝！

「好！」芙拉蜜絲立刻旋身，往樓梯下奔去，速戰速決！只是去探視真里大哥而已，能花多少時間對吧？

看著奔走的兩個少女，小男孩擠到法海身邊的縫隙看著，臉上泛起笑容，有種很開心很開心的感覺。

「怎麼？有人喜歡你的手藝，很高興吧！」法海低首看著捲毛小子。

「嗯！」許仙抬首，「那主人喜歡嗎？」

法海漾起迷人的笑容，搓了搓他的頭髮，「很喜歡。」

如果他能臉紅，許仙覺得自己現在一定會跟芙拉蜜絲一樣有兩顆蘋果在臉上，光是主人這句話就讓他心滿意足了。

「去吧！」法海推了他一把，「去把該做的準備弄好，再回來備飯。」

許仙踉蹌往前踏出大門，先是一怔，旋即意會的亮了雙眼，「我懂了！馬上就去！」

狡黠的眼神出現在不合宜的童顏上，許仙一眨眼就失去了蹤跡。

法海緩緩關上門，轉過身，日下部梅孤坐在沙發上，雙眼無神，彷彿剛剛的話都沒有聽見，神遊太虛。

「老師，說好的吧？有事我一定會找妳的呢！」

芙拉蜜絲跟江雨晨雙雙站在紅色警戒線外，那是防衛廳獨有的封鎖線，民間自治隊為黃線，都城則為紅線，封鎖線上寫滿各式咒語，足以抵擋非人妖怪……對於人類，則是不許進入，具有很高的法律限制權。

她們震驚的看著所謂的禁區，一臉不可置信。

封鎖線位在一個葫蘆形的窄口，一旁連結著守衛亭，站在這兒就可以看見第一個紅色帳篷，出入的人全身都包裹得緊緊的，也有不少醫生穿梭，但是感覺是自由的，應該就是隔離區。

但儘管是個隔離區，紅色帳篷還是分了三個小區塊，有點令人費解。

而再遠方，在最大的那個葫蘆區，可以看見寬高又廣大的白色帳篷，便是疫病區……但是，在芙拉蜜絲的眼裡，那哪是什麼巨大的白色帳篷？根本是徹頭徹尾的黑色帳篷啊！

一二三四五，五個帳篷都是黑色的，一丁點白都看不見！

「芙拉蜜絲！」李憲賢連頭都罩著面罩奔來，「妳怎麼來這裡？」

芙拉蜜絲根本看傻了眼，江雨晨趕緊回神，「我們想看真里大哥！」

「妳們……不是才說他現在在隔離中嗎？」李憲賢有點頭疼，聽過堺真里說芙拉蜜絲不太受控制，果然！「這裡不能來！」

「你不是就在這裡嗎？」芙拉蜜絲指指他，他們只有一線之隔耶！

「我？那是因為我是防衛廳員啊！」李憲賢瞪大了眼，這是哪門子邏輯啊，「我在這裡守衛！這是工作！」

「但是你在隔離區沒事啊！」芙拉蜜絲懶得理他，往裡頭就是大喊，「真里大哥！真里大哥——」

這一喊，倒是引起所有人注意了！

最左邊的帳篷走出了人，路西法看見她們兩個不由得詫異，接著搖了搖頭，然後朝帳篷裡招手，幾秒後，探頭而出的是一樣全身包得緊緊的堺真里。

「真里大哥！」兩個女孩如花的笑靨伸直手招著，讓戍守在這兒的防衛廳員有了些許溫暖。

「妳們跑來做什麼！」堺真里瞠目結舌，「到底是……法海到底在幹嘛！」

「我們不能進去的話，可以讓真里大哥過來一下下嗎？」江雨晨趕緊撒嬌般的把手上的東西遞給李憲賢，「這是我親手做的瑪德蓮蛋糕喔，請大家吃！辛苦了！」

哇！在場防衛廳員光聽見就嚥了口口水，瘟疫爆發以來食物短缺，連糧食都是分配制了，誰能吃到這種美味的甜食啊！

「不是，妳這是……」李憲賢好無力，雙眼卻也盯著籃子，那塊布揭起的話，下面是香噴噴的瑪德蓮蛋糕嗎？嗚！

「好了！」路西法忽然大喊，李憲賢回過了頭看見隊長招手，「讓她們過來吧，反正我看真里沒事！」

當然沒事！芙拉蜜絲看得清楚，真里大哥所在的那個帳篷，一點點黑影都沒有！

「隊長！」有人擔憂著。

「沒關係！我們都知道真里沒什麼狀況，醫生跟闇行使都說沒事了。」路西法親自走了過來，拉起封鎖線，「小姐們，十分鐘。」

「謝謝你路西法，你最好了！」芙拉蜜絲對他豎起大拇指，三步併作兩步的朝真里大哥奔去，江雨晨深深鞠躬，也跟著向前。

李憲賢望著手上兩個大籃，路西法笑著要他放心，伸手拿了塊蛋糕，「快吃吧大家！」

「喔喔喔！」防衛廳員興奮的聚集起來，這種時候就算是一塊餅乾都能溫暖人心吶！

芙拉蜜絲一踏進帳篷，就看見堺真里嚴肅的望著她們倆，雙手抱胸滿臉的不悅，江雨晨趕緊縮了縮頸子拉拉她的衣角，就說真里大哥會不高興吧！

「我看得見疫蟲，你這裡乾乾淨淨的。」芙拉蜜絲往地板瞥了眼，「寫在哪兒？」

是，他是寫在地上，但不是重點，「妳沒看見五十公尺遠的帳篷嗎？就連我這旁邊都有染黑的紅帳篷，妳還來？」

「我擔心你啊！」芙拉蜜絲頓了幾秒，「好啦！我想去看那邊的黑帳篷。」

天！堺真里用力一擊前額，仰著頭只差沒喊：我就知道，江雨晨反而是睜大雙眼，不敢相信芙拉的目的是為了進去那黑色帳篷？那邊看外表就知道已經徹底淪陷不說，甚至算不清有多少疫魔！

「芙拉蜜絲，那是非常、非常具感染性的東西。」堺真里一字一字緩緩的說，「量少時我們能控制能閃躲，但是妳看看那裡面的數量，說不定有好幾隻真正的疫魔在裡頭，它們若集體攻擊妳，妳是沒辦法閃躲的！」

「我想看看那些被感染的闇行使，至少給他們咒文。」她越說越小聲，「還有、我還想……」

她遲疑著，不知道該不該說。

「妳想要活捉疫魔嗎？」江雨晨想起她之前曾雙眼發光的說，禁區總有一兩隻疫魔的事！

欸，芙拉蜜絲喜出望外的回首，不愧是好朋友，這麼瞭解她！

「蟲也好，我想要補充書裡的內容，但如果能更瞭解疫魔就好了！」芙拉蜜絲趕緊向堺真里解釋動機，「我們不能老是處於劣勢吧，你想想，如果今天沒有那本書，我們連怎麼應對都不知道，知識是很重要的！」

堺真里不知道該怎麼勸阻，他看見的是芙拉蜜絲的熠熠雙眸，她是認真的，或許有很多遲疑，或許擔心疫蟲上身，但是這股渴望依然從她心底深處不停湧出。

「法海知道嗎？」他再問。

「呃……」芙拉蜜絲抿著唇，歪歪頭，「他好像知道……還告訴我這邊只是嘍囉，低階疫魔只會聽中高階的命令，所以必須找到下令的那隻，要找到下令者，我得從這邊找線索，不然根本沒有疫魔讓我找！」

法海知道？堺真里倒不再那麼堅持，如果法海知道還讓芙拉蜜絲來的話，他或許有備案！他不知道法海到底在盤算什麼，他唯一能確定的是，法海對芙拉異常重視。

這份重視，就足以保住她。

「好。」堺真里忽然答應得爽快，「有事就嗚笛，我可以在這裡施咒，笛子有帶嗎？」

芙拉蜜絲立刻亮出高音笛，江雨晨有些錯愕的望著他，「真里大哥，就、就這樣讓她……」

「妳比我瞭解她，不讓她去更糟。」堺真里無奈至極，「雨晨妳在這裡等她，別跟著進去！」

「對！妳在這裡等，我就一下下！」芙拉蜜絲回頭雙手合十的拜託她，「很快的，我只想凍住一個！」

江雨晨簡直不敢相信，她為什麼會交這種朋友啊！「我要去，我怎麼可能讓妳一個人！」

「別！我知道妳挺我！」芙拉蜜絲立刻拒絕，「妳不要忘記蟲爬滿身子的感覺喔……妳會怕的。」

江雨晨立刻打了個哆嗦，雞皮疙瘩立即冒起，蟲爬滿身子的感覺太可怕了，光聽芙拉形容她就覺得反胃！芙拉蜜絲當然是刻意提起的，她怕的不是雨晨受傷，她怕江雨晨萬一太害怕暈過去，「另一個人格」一旦取代本體，那就不可能靜悄悄的離開了。

那個人格超級歇斯底里，會搞得人盡皆知。

堺真里到帳篷外打探一下，再進來指引芙拉蜜絲方向，「他們現在都在吃點心，感染區裡面不會有防衛廳員，大家都是在外圍待命，只有醫生跟護士在裡面，所以妳從我帳篷側邊一路往前，這些帳篷可以阻擋他們的視線，然後左邊有樹叢讓妳隱身。」

再往前走，多加留意，跨過封鎖線就成了！封鎖線唯有非人越過會有反應，正常人類是不會的。

芙拉蜜絲領會後，立刻蹲下把帳篷側邊的釘子拔開，小心翼翼的揭起一角，從這裡往遠處望去，黑色帳篷的確就在眼前，然後……更遠的是參天巨木，那深黑色的無界森林。

她可以聽見防衛廳員在聊天的聲音，他們還聚在前端，這附近都沒有人守備，咬牙立刻就往前衝！

江雨晨很想跟著出去，但是內心的陰影讓她跨不出那一步。

「別擔心她。」堺真里將帳篷好好蓋上，「芙拉已經很強大了。」

「可是……」她咬著唇，「我怕她應付不了疫魔！」

堺真里淺笑著，他沒想錯的話，只要芙拉右手腕上的銀鈴一響……法海能應付就好，是吧？現在最大的希望是，芙拉能順利跨過封鎖線，而且不會被疫蟲纏身！

芙拉蜜絲壓低身子跑百米般衝到樹叢邊，禁區因為在山裡，所以非常方便，樹叢、大樹都可以是她的遮掩物，她蹲坐在地上稍事調息，黑色的大帳篷近在眼前了，根本沒人守備，她的目標是離她最近的帳篷，出入口就在右手邊。

一、二、三……芙拉蜜絲起身再度往前衝，封鎖線就在眼前，一個跨欄就跳了過去，一個前滾翻雙手觸地止住身子，左顧右盼沒人發現，立刻衝向一點鐘方向的帳篷入口！

黑布一掀，瞬間惡臭撲鼻。

「天哪……」

她詫異的看著內外皆黑的帳篷，擔架病床緊緊相依，每個病患都被牢牢綁在床上，有的人昏迷、有的人正在掙扎、有的人在哀鳴，綑縛的地方流膿滲血，有人全身發紅，有人正在抽搐。有好幾個熟面孔，學生在狂吼著，他們身上縛了重重繩索甚至鐵鍊，嘴巴也被封住，充血的雙眼跟暴突的青筋，在在顯示他們的攻擊傾向。

「不行！她快死了！」十一點鐘的角落，全身穿戴防護罩的醫生跟護士正在急救，「心跳超過一百五了、一百六……」

芙拉蜜絲小心翼翼的從右邊的病床走道繞行，不想太快嚇到醫生他們，所以走在他們的身後，一路來到幾乎平行之處，看見他們正在急救……學校某個體育老師。

體育老師全身劇烈顫抖著，眼睛紅到都快滲出血來，護士焦急的看著儀器，心跳越來越快，然後體育老師整個背拱起僵硬——「後退！」

護士緊急拉了醫生向後退去，徒留老師一個人僵在病床上頭，芙拉蜜絲因此可以看見老師身上明顯通紅，紅到快要擠出血般的不自然，下一秒……

噗嘩——一大口血從老師口中噴出，緊接著是皮膚也滴出鮮血，體育老師頹然的躺回床上，無力的頭向左癱軟，眼球裡也盈滿了鮮血，彷彿正看著她。

黑色點狀物開始出現在紅血之內，大量的疫蟲跟著血液離開。

「不行了，妳去準備一下！」醫生說著，護士難受的點點頭，轉身離開帳篷外。

醫生仍舊背對著她，沒有留意到有人闖進帳篷，而她剛剛瞥見了醫生白袍上的名字，是史醫生，聽說是疫病區最認真不懈的醫生，也是尚未染病的一位。

「妳是誰？」醫生發現她了！「妳怎麼在這裡……退後！不能沾上死者的血液！」

「噓……」芙拉蜜絲趕緊食指擱唇，「我跟他離了好幾公尺遠，沒關係的！」

「不行！退後……妳怎麼能進來，這太危險了！」醫生焦急的回身，「防衛廳——」

「我只是想來看闇行使！」芙拉蜜絲趕忙出聲，「別把事情搞得更糟好嗎？」

「妳——」醫生皺著眉往外看，「我要處理這具屍體，妳到角落去藏起來，別讓護士看見！」

芙拉蜜絲立刻點頭，找了個地方隱蔽。

護士又匆匆走了進來，低聲跟醫生說了幾句，緊接著他們雙雙蹲地，擔架竟鋪在帆布上，他們將帆布封起，連同病床與屍體一起封住，然後火速的向外推出去。

「闇行使在隔壁帳篷都還好嗎？」醫生突然問著護士。

「呃……目前還好。」護士有點錯愕，不懂醫生為什麼要問這個。

芙拉蜜絲悄悄微笑，醫生是說給她聽的……謝謝！

他們堆著擔架出去，是要推去焚燒區吧，那從未停止燃燒的區域。

雖然這裡有疫蟲，但是她沒忘記闇行使的事，芙拉蜜絲離開這個帳篷，火速鑽進隔壁，隔壁的帳篷也是深黑色，臭味卻不若剛剛明顯，而且詭異的是，幾乎沒有一個人在病床上掙扎怒吼。

她站在門口觀望，收容所的人照理說都是感染者，這時候應該要具攻擊傾向才對！果然跟她猜的一樣……具靈力的人會有不同的反應，甚至可能有人能避開！

她小心翼翼的走到病床邊，右手的鞭子跟左手的短刃沒有鬆開過，當她走到床邊時，只看到兩眼發直的闇行使，或是昏迷的闇行使，氛圍平靜得有點詭異。

「我有對付疫魔的咒語……」她逕自開口，邊走邊說，「有誰是清醒的……」

同一時間，附近所有病床的眼珠子都瞟過來了，清明異常！

「妳到這裡來太危險了，看得見也不能這麼搞。」左手邊的病床開口，是個男人。

「給你。」她二話不說，把紙條塞到他手裡。

附近的人開始出聲，她備有五張，依照範圍在五個人手裡飛快地塞入紙條，甚至悄悄割斷了縛手的繩子。

「疫蟲究竟有沒有侵入你們的身體？」她好奇的問，因為大家意識非常清楚。

「有，但是無法控制或是危害我們，大家拚了命的自保。」最近的女人說著，她認得這個女人，她叫芬娜，便是那日隔著玻璃警告她的！「很辛苦，但總比發病好。」

「這個咒語能凍住疫蟲，注以靈力說不定能逼出來……我還沒試過。」她邊說，一邊留意到身邊的人眼珠子在轉著，眉頭緊蹙。

她順著他的眼神向上，帳篷底端的疫蟲正在移動，沙沙沙密集的往牆邊聚集，看這種景況，她想也知道是為什麼。

「等你們很久了！」她主動衝向疫蟲集中的帳篷面，說時遲那時快，疫蟲浮出了帳篷，頓時成了立體的姿態，犄角立現，那大頭小身的疫魔便立在她的面前！

一鞭子揮去，她同時唸咒，期待的是凍住疫魔後將之束縛，但是對方狡猾得很，鞭子未到就瞬間崩潰，全數往地面散去。

「沒有實體有夠卑劣的！」芙拉蜜絲低咒著，一邊跳著腳往後急退，因為疫蟲如黑浪般急速朝她湧來！

眼看著來不及，她抓著一旁的病床角翻身跳上床面，揮動鞭子直接讓金刀入地！沙——疫蟲頓時以金刀為圓心散開，慌張的驚恐逃逸，芙拉蜜絲再一個翻身重新落地，就站在她的金刀旁。

至少這樣可以免去疫蟲從地面鑽上她雙腳的機會。

四散的疫魔挑了個地方重新聚集，這一次倒是很認真的不再只是一堆黑色蟲子的聚合體，非常有禮貌的化出一個形體。

有如老樹般的粗皮，深咖啡色的皮膚，銅鈴大眼及血盆大口，雖然長得不太討喜，但已經不算難看了。

『我最討厭闇行使。』它一成形便粗嘎的說，『我可以不感染妳，少礙事。』

「我比較希望你們離開這個地方，不要感染任何一個人……我不明白讓人們染病是為什麼？」她趁機問了。

鬼獸吃人，妖獸喜歡吃孩子，魑魅唯恐天下不亂，目前遇到的怪物都有其目的，但是疫魔她沒接觸過，讓傳染病蔓延是為了什麼？

『我們喜歡生病的人類……呵……』疫魔舔了舔長甲，『潰爛中的內臟、流膿的傷口，病得越重越好吃！』

有沒有這麼噁心啊！芙拉蜜絲忍不住皺眉，人類跟怪物的差別果然在此！

『還有痛苦，看看你們的樣子……真不討喜！』這傢伙還敢說這種話，『普通人類最有趣了！看看他們的慘叫、哀鳴，哈哈哈，還有去攻擊別人！嘻嘻嘻……』

現在——芙拉蜜絲看準時間拔出金刀，起鞭甩下疫魔，它卻更加疾速的閃跳到一旁，踩過某個闇行使的身體，直接向帳篷頂端跳去——犄角撞擊帳篷頂，再度瞬間崩散——疫蟲雨就這樣落下來了！

「哇！」芙拉蜜絲忍不住大叫，她連用鞭子包圍自己繞圈設置結界都來不及！

蟲從天而降，她第一時間只想到護住自己的七孔……但是她只有兩隻手是要怎麼、怎麼……

咦？

蹲在地上蜷縮成一團的她愕然的看著自己的手，疫蟲雨沒有降到她身上？才想著，腳上忽然一陣巨癢，她立即跳起身，看著大量疫蟲爬上她的身子，爬上她的小腿！

「呀呀！走開啊！」她又叫又跳，一邊留意到剛剛疫蟲的確降在她身上，旁邊所有的闇行使都遭殃了！他們身上爬著疫蟲，只是它們不打算再進入闇行使的身體，而是疾速爬下病床！

既然目標是她，為什麼蟲沒有掉在她頭上、臉上、手上、身上……而是從腳上？

她的頸部以上根本百蟲不侵——法海？

出門前的吻，七孔他全吻了一遍，是因為這樣嗎？

火燄燃起，她乾脆俐落的燒掉了爬上腳的疫蟲，這火燄起了警告效果，讓其他尚未來得及爬上來的疫蟲急速後退，再度往帳篷的圓壁上爬去。

「有人！」角落有人開口，芙拉蜜絲急速的收起火燄，但她畢竟無法立刻降下溫度，現在一雙腳還有橘光殘火，只好趕緊找張病床遮掩。

醫生掀了白幕進來，左顧右盼的尋找她，「夠了吧？該走了。」

還沒啊！還沒抓到幾隻蟲咧！

「醫生辛苦了。」她假裝攀談，如果醫生要在這裡的話，她或許可以再去別的帳篷？

「沒什麼，這是我的職責。」他這麼說著，開始檢查病患。

芙拉蜜絲覺得有些感動，她知道陣亡的醫生不少，這位醫生是碩果僅存的，「你是史嘉利醫生吧？聽說你幾乎不眠不休的照顧病人……不怕感染嗎？」

醫生抬起頭，眼神複雜的搖搖頭，「很多事不是畏懼就能有結果的。」

「話雖如此，但只剩下幾個醫生了，願意在疫病區的就剩你，萬一染病的話……」

「萬一染病的話，我在這裡可以直接處理掉，也不會傷害到我的家人。」醫生接話接得俐落，「好了，妳真的該走了。」

芙拉蜜絲點點頭，不想讓醫生為難，闇行使們在醫生進來後又假裝無神，只能悄悄用眼神跟她示意。

「謝謝你的犧牲與偉大的情操。」她站在醫生面前，深深一鞠躬。

隔著一張病床，醫生遲疑的直起身子，「妳知道我不該讓妳走，萬一妳染上病的話……」

「現在的症狀沒有潛伏期，我會在隔離區待到正常為止。」芙拉蜜絲給了醫生堅定的微笑，「不讓你為難。」

醫生頷了首，事實上芙拉蜜絲想的是換下個帳篷，這一次不能遲疑了。

她默默的往外走，心裡對於闇行使的存活與清醒感到很高興，但是也對其他人的痛苦感到難受，她現在只希望闇行使們能趕緊將咒語背熟，好對付疫蟲。

悄悄的瞄向滿佈帳篷的疫蟲，疫魔彷彿在玩弄人類似的，不一次解決所有醫生，反而讓他們一個個倒下，給予希望，再毀掉希望……真不愧是妖魔。

芙拉蜜絲旋過腳跟往外走去……卻緩下腳步，她總覺得哪裡怪怪的？有一股微弱的聲音引起她的注意。

清脆又帶有啪噠的聲音。

低首看著自己的腳，她像是踩爛了什麼……抬起腳，地板除了醫生的影子外什麼都沒有……

醫生的影子——什麼！

「換妳了——」

芙拉蜜絲倏地回頭，醫生張大的嘴突然噴出無以計數的疫蟲，她急速蹲下，大量的疫蟲衝向她的臉卻瞬間彈了出去！

果然！疫蟲上不了她的臉、她的髮……除了腳！是法海的吻奏效！

但還是好噁心！不要鑽進她褲管裡——她得趁機凍住它們，難得它們在醫生體內，可是疫蟲們如龍捲風包圍著她，然後……

「小心攻擊！」不知道誰這麼高喊，芙拉蜜絲向上一瞧，居然瞧見亮晃晃的解剖刀朝她刺了過來！

蹲踞在地上的她立刻翻滾閃過，可是才翻一圈，一雙手倏地抓住她雙腳，直接拖倒，而且筆直的往角落拖去！

醫生全身上下都是疫蟲，他抓著她的腳飛快拖行，在褲子上爬行的蟲讓她覺得異常噁心，她根本無法好好專心的唸咒——電光石火間，她整個身子騰空飛起，接著被重重的摔上一張空著的床上！

砰——好痛！芙拉蜜絲覺得背部骨頭都要斷了！醫生開始拿繩子束住她的腳，她忍痛一骨碌坐起，左手擎著的短刀就朝醫生劃過去！

醫生是向後閃躲了，但是綁縛她雙腳的手沒有停，因為那是疫魔的手，由疫蟲組成的黑手正緊緊縛著她的雙踝，以多欺少，這太不……天哪！它們要鑽進她皮膚裡了，她必須燒掉疫蟲！

可是現在她在擔架上，會不會燒到擔架、燒到帳篷……大家都被綁著，萬一燒到無辜怎麼辦！

只是一瞬間，她突然聽不見疫蟲的沙沙聲了，連醫生的咆哮也聽不見，甚至身上沒有東西在爬行。

她定神一瞧，發現一切都凍結在她身邊，疫魔使役的疫蟲全部不再移動。

她伸手，像撥開窗簾般將在空中凍結的疫魔朝兩邊撥開，鬆開腳上的繩子，從容的下了擔架，唸咒的聲音不知何時開始重疊，剛被塞了紙條的闇行使們開始唸起咒文，沒有紙條可看的數名闇行使竟高強的背誦下來，一個傳著一個，沒有幾分鐘低語聲響遍在帳篷。

他們合力凍住了低階疫魔，她現在要做的是怎麼把它們帶走。

她拿出準備好的果醬罐子，將一部分的疫蟲裝進罐裡，再把鞭子上的金刀一起扔進去，罐子內也放著咒文，希望萬無一失。

「謝謝大家。」得手了，她把罐子收好，「我得離開了，我一走後就讓疫魔自由，別束縛著它！」

「它會去追妳的！」握著紙條的男人凝重地說。

芙拉蜜絲揚起微笑，朝著他點頭，那眼神彷彿在說：就是要讓它來追她！

扭頭向外奔去，她繞過了幾個黑色的帳篷，上頭的疫蟲們蠢蠢欲動，在帳篷上移動著，芙拉蜜絲重新回到接近封鎖線之處，第一個帳篷的後端，也有著樹木草叢遮掩。

她就站在那兒，聽著腳步聲從帳篷裡出來。

「啊……醫生！怎麼了？慌慌張張的！」是護士的聲音。

「沒、沒事，妳去第三帳篷巡邏一下。」醫生交代著，口吻飛快地趨於平靜。

「好！」護士說完離開，緊接著醫生準確的繞過大帳篷的後方，找到了她。

正眼瞧著，他的眼神果然不像人類啊……

「妳……」醫生頭髮開始飄揚，看來又要再度幻化成疫魔，只是他只說了這麼一個字，就沒有再動作了。

崩解中的醫生停止了，芙拉蜜絲下意識的回首，隔著一條封鎖線，在右邊的樹叢凹處，她看見了江雨晨正在唸咒的身影。

她們相視而笑，一次要運用兩種靈力，的確會有點吃力，她速度總是不及。

醫生的腹部開始發熱，芙拉蜜絲這一次讓他從體內開始燃燒，他離帳篷有段距離，不至於延燒。

越過封鎖線，江雨晨拉著她小心的離開，她不甘心的回頭，她還是不敢燒毀其他帳篷上的疫蟲，並為自己無法克制靈力感到無力，但是她不能冒險，畢竟是五個帳篷的生命。

「呀——醫生！醫生！救命——醫生燒起來了！防衛廳！」

# 第十章

經過兩個審視者的確認，芙拉蜜絲跟江雨晨身上沒有一點點瘟疫的痕跡，加上路西法意外的很挺她們，因此她們順利離開了隔離區，堺真里的狀況其實也無礙，但是他似乎有意待在那裡協助其他尚未染上瘟疫的人們，徹底驅走意圖不軌的疫蟲。

醫生的死亡讓人措手不及，防衛廳員忙著處理意外事故，護士哭嚷著說不知道為什麼醫生會突然著火，不知道是否有什麼東西操作不當，但沒有人看見，所以無法斷言。

死亡的醫生叫史嘉利，這消息令太多人悲傷，因為他是個相當盡忠職守的醫生，在疫區幾乎不眠不休的照顧病人，是醫生中最認真，也最勇敢的，敢獨力在帳篷裡工作！

哼，原來因為他根本早就不是人了，當然能不眠不休啊！芙拉蜜絲忍不住咕噥，藉這個機會盡情的享用生病的人類，難怪不管別的醫生開發再多的藥，都無法阻止病患的死亡！

因為疫魔根本潛藏其中！

「該不會史醫生一開始就是疫魔吧？」江雨晨想來就覺得心驚膽戰，「妳是怎麼發現的？」

「意外，否則我怎麼看都看不出來那個不是人……妖魔果然很可怕！」芙拉蜜絲現在才覺得有些毛骨悚然，「如果不是我剛巧踩到他影子的話……只怕根本不會發現。」

江雨晨微打了個寒顫，「我們身邊……有幾個這樣的人？」

「不知道，妳記得魑魅嗎？它們是附身在人體內，所以我們難以分辨，但是一定得依附才能偽裝……疫魔卻可以直接化作人類，進出所有結界或是防護。」芙拉蜜絲沉思著，「換言之，我們平常在使用的咒語都太弱了，法器也對疫魔無效。」

「因為妖魔太罕見了，闇行使似乎也沒有這種能力……還是只有闇行使者知道？」江雨晨小小聲的說，因為芙拉的爸爸就是闇行使者啊！

一個靈力強大的人，卻甘於偽裝成普通人，靜靜的度日。但他留下來的書卻證實了他的確擁有比平常闇行使更多的知識。

芙拉蜜絲沒有立刻回應，她望著紫金晚霞的天空，太陽即將落下，她現在卻滿腹的疑問，「是嗎？」

「咦？」江雨晨錯愕。

「我懷疑，闇行使真的完全沒有人知道怎麼應付疫魔嗎？」她沉了聲，「在帳篷裡染病的闇行使們，沒有一個真的讓疫魔深入體內，也沒讓疫魔控制身體。」

他們說用靈力阻擋，一隻蟲從你的眼耳口鼻鑽進去，試問該如何阻擋？一定是咒，什麼咒能阻止疫蟲？簡單的聯想不能想到的太複雜，她只是覺得闇行使不是真的一無所知！

還有勞大哥的咒文，以及久遠時代就刻在下水道某處牆面的咒語，她仔細研讀並跟書對照過了，那是強大的防護咒文沒錯，但防的是地獄的生物、妖鬼、妖獸或是魍魎鬼魅之屬，卻無法防妖魔甚至是精怪的等級。

如此，為什麼疫蟲不深入下水道？那邊可是有一堆食物啊！

江雨晨知道芙拉蜜絲正在思考，她蹙起眉不打擾她，只是靜靜的走在她的右後方，芙拉不知道她的背影看起來很疲憊，但是卻也比以前堅強，就算她不再輕易相信人，不再願意見義勇為，但她的心底還是不願意讓非人肆虐人界。

不為了都城這些人，至少也為了其他闇行使而努力。

午夜夢迴，她常驚醒，做什麼夢卻不記得，如同她根本不記得火焚安林鎮的一切，鐘朝暐說過悲慘的畫面，淒厲且不絕於耳的慘叫聲，由體內開始焚燒卻不會立刻死亡的痛楚，即使死了火勢也不會停止，直到每一具屍體成了焦炭，一碰即碎為止。

她不知道，幾乎一起火她就在尖叫中暈了過去，她知道另一個她佔據了這個身體，也奪去了她的記憶，但是她無限感激……因為如果真的歷經安林鎮的一切，她不知道有沒有辦法拉著芙拉的手，一起走到現在。

她從不是膽大的人，可是她就是放不下芙拉，已經失去家人的芙拉，不該再失去朋友，她不能在那個時候背棄她。

或許這也不是她的決定吧……江雨晨自己常常懷疑，或許是另一個她在左思右想，但是、但是她不後悔。

伸出手緊緊握住芙拉蜜絲，她回頭給她一個淺笑，仍舊心不在焉，但江雨晨還是覺得很踏實。

突然間，右手邊前方的巷子口站出一個人，江雨晨警覺性的往馬路上再靠近了些，這種風聲鶴唳之際沒有人會出來。就在防備性的探視之際，那個人邁開步伐走了過來。

「……提耶？」芙拉蜜絲詫異的看著走來的男孩，「你出來幹嘛？外面不安全！染病怎麼辦？」

提耶望著她，再看向江雨晨，他比之前更瘦了。

「有事找我嗎？」江雨晨停下腳步，誰叫提耶看起來欲言又止。

提耶點了點頭，但是卻推了推她們，要她們繼續往前走，他抱著一紙袋的東西，站在江雨晨的右手邊，跟她們一道往前走了都十幾步了還是不吭半聲。

「你這樣我心癢癢的！」芙拉蜜絲有點忍不住了。

「他們都出來了……」提耶小小聲的開口，「大家都餓了。」

江雨晨嚥了口口水，「誰餓了？這說法聽起來會讓人覺得害怕耶！好像有什麼怪物傾巢而出似的！」

提耶居然連連點頭，「大家在傳妳們家有很多存糧……所以想去搶妳們家的食物。」

「咦？」芙拉蜜絲一怔，提耶話裡的他們是指……人類啊？

「啊！妳們班的！」江雨晨忽然往前一看，下意識拽過了芙拉蜜絲往身邊靠，「叫高欣慈對吧？」

芙拉蜜絲聞言立刻正首，在人行道的正前方，有好幾個人搖搖晃晃的朝她走來，彷彿在確認她們是誰似的，幾秒後高欣慈就奔了過來！

看不見黑影、看不到疫蟲，但是芙拉蜜絲現在卻覺得他們比妖魔更可怕！

「停——」她打直右手，掌心向著高欣慈，「妳怎麼跑出來了！」

高欣慈停了下來，她身後男女老少都有，大家眼窩凹陷，憔悴不堪，看上去驚恐萬分，手上還都抱了個籃子。

「……芙拉，芙拉，妳家還有米嗎？麵粉也好！」高欣慈雙眼滿佈血絲，看起來很多天沒睡了，「我家沒有存糧了，真的……真的再這樣下去大家都會餓死的！」

果然……提耶是來通風報信的嗎？江雨晨向右手邊看去，提耶居然躲到了她們身後。

「防衛廳不是每天都有發放糧食？」雖然是配給制，但不至於到餓死的地步吧？

「那些不夠……我們得用食物換新藥啊！」後面的胖媽媽踉蹌上前，「為了不被感染，我們得買藥預防、還要買符咒跟法器……闇行使一點用都沒有！」

「買藥？」江雨晨搖了搖頭，「目前沒有藥能醫治這次的瘟疫啊！你們是跟誰買啊？再說闇行使大部分都被召回協助了，這次的瘟疫非同小可，不是每個闇行使都有能力的！」

「要先強身才能預防疾病啊！」高欣慈喊了起來，「重點是我們食物真的不夠，我知道妳們之前買了很多，妳們家人口又不多，一定還有剩吧！分一點給我吧！」

「我也要，分一點給我！」

「我、我家有十四口人，先分給我吧，麵粉、水果、青菜都可以——」

殺氣。

芙拉蜜絲知道這樣形容太過詭異，但是眼前這十幾個人看著她的眼神不只是渴求，還帶了殺氣！他們的眼裡帶著強烈的執著與貪婪，伸長手裡籃子朝她逼近！

這讓芙拉蜜絲跟江雨晨直覺向後退，要食物是這模樣嗎？

「給我吧！」高欣慈直接衝上前，「妳們有這麼多為什麼不分給其他人！」

「因為那是我們自己買的！為什麼要分給你們？」芙拉蜜絲衝口而出，這太莫名其妙了吧！

「我們也要生活啊！」

「但妳們用不到這麼多就應該要分享啊！多少人都快餓死了！」滿臉鬍碴的爸爸大吼著，「妳們才幾個人囤了這麼多貨，為什麼妳們會買這麼多？我們才覺得奇怪！」

「關你什麼事？我們喜歡多買不行嗎？」芙拉蜜絲厭惡這種咄咄逼人的態度，彷彿她們必須要交出食糧，「你們糧食短缺是自己亂花，而且誰知道瘟疫會持續多久，我們的糧食必須要讓我們撐過瘟疫為止。」

「有多的就應該拿出來！妳們是不是早就知道會有事情才囤積的！」群眾失控的吶喊，「妳們不應該私吞！快交出來！」

「去她家！把東西都搶出來分給大家！」

「就算是妳買的，也要我們賣妳才有得買，資源是大家的！」

什麼歪理啊！這些人是餓瘋了嗎？芙拉蜜絲被逼得快無路可走，她們踏上馬路，回家的路被堵塞，又看著一大批人往她們家的方向去，想要去強取豪奪！

江雨晨終於明白，剛剛她誤以為提耶說的是「怪物傾巢而出」，為什麼提耶點頭了……這些為了活下去而要搶奪糧食的人們，簡直比怪物還可怕！

細微的震動來自於腳下，芙拉蜜絲怔然的低首，發現自己正踩在水溝蓋上，但是有沙沙的東西在下方移動……她瞪著水溝蓋的孔洞，清楚的感受到有東西在水溝蓋下方奔走！

難道是——她瞪圓了眼，還來不及反應，江雨晨突然間就衝撞了過來！

「哇——」江雨晨撞上芙拉蜜絲，兩個人根本止不住，直接往地上倒去。「痛痛痛！」

兩個女孩雙雙滾地，手跟腳直覺的往地面抵住，自然會有擦傷，只是壓在芙拉蜜絲身上的江雨晨也是受害者，這種力道沒有助跑她怎麼可能撞擊！

「搞什麼……」她撐著地面回頭看向男孩，「提耶！你為什麼推我！」

提耶已經退回人行道上，又是那副囁嚅的樣子低頭不語，但是眼神卻往右瞟去……往高欣慈他們那邊看去。

芙拉蜜絲狐疑的跟著看過，說時遲那時快，從水溝蓋裡突然湧出了大量的疫蟲——而高欣慈他們就站在上面！

「哇啊——」高欣慈、同學、其他認識與不認識的人，好多人都在水溝蓋上。

這條馬路的水溝蓋五公尺就有一個，偌大的方形，五十公分見方，上頭無數孔洞，瞬間湧出了堆成小山的疫蟲，直接爬上了他們的身體！

天哪！江雨晨嚇得一躍而起，芙拉蜜絲也趕緊跳起來遠離水溝蓋，她們倆剛剛也站在水溝蓋上，現在那個水溝裡的疫蟲全數湧向旁邊的人們，如果不是提耶推開她們，只怕她們現在也……提耶？

芙拉蜜絲看向他，他只是輕輕的頷了首，人早已經後退到鄰近的巷子口，確定與她眼神交會之後，扭頭就奔離了。

「啊啊！哇……走開走開！」高欣慈歇斯底里的叫著，她的聲音原本就很尖細，現在聽起來更可怕，「我不要生病，好多蟲！啊……」

她慌亂的拉著褲子扯著衣服，但是哪敵得過大量疫蟲，即使現在是冬日，它們還是鑽進了褲管裡，沿著裡頭向上爬，或是爬上衣服再從圍巾、袖口鑽進身體裡。

附近傳來巨大且接二連三的關門窗聲，日落在即，大家原本已經準備封住家園，聽見外頭傳來淒厲的慘叫聲，第一時間就是隔離一切！

一瞬間哀鴻遍野，芙拉蜜絲跟江雨晨早已喃喃唸起咒文，阻止湧來的疫蟲爬上她們的身體！咒文有效，低階的疫魔無法近身，所以她們再度折返對付大街上的十幾個人，每個人扭動得厲害，連跑都跑不動，因為身體裡有太多的疫蟲在爬，沒有人能維持長時間的行動力。

「啊啊！」高欣慈的頸子和臉都爬上了黑色蟲子，它們開始鑽進耳朵裡，「芙拉！芙拉蜜絲救我！救我！」

救不了。芙拉蜜絲搖搖頭，就算可以她也不會出手，她跟江雨晨一人最多救一個，但現在有十幾個人，可不管救了誰，都只會曝光她具有靈力的身分！

「我不要生病！」她歇斯底里的尖叫聲，突然哽住。

因為蟲爬進了她張大的嘴巴裡，似乎直抵喉間。

『妳不會的。』

清楚的聲音從一堆黑影中傳來，令人忍不住發顫……是疫魔！

她跪在地上，向後仰著，一雙眼瞪得圓大，嘴巴裡瞬間湧進了疫蟲，塞滿她的嘴，不只是她……剛剛怒吼的大嬸雙手拚命的想抹掉臉上的疫蟲，卻根本抹不盡。

大叔衝向了大樹，痛苦的撞上後跌倒在地，暈過去的他也沒有什麼機會掙扎了，另一個同學在地上劇烈滾動，似乎希望壓死蟲子，但無奈壓死了一千隻，只怕纏上兩千，越滾越厚實。

江雨晨推著芙拉蜜絲，她們不該待在這裡，最好疾速離開現場，當唯一的生還者不會是好事！旁邊的住戶應該報告防衛廳了，因為小喇叭的重低警告音響起，她們戰戰兢兢的向左繞過一大群人，芙拉蜜絲甚至不知道疫蟲是要讓他們染病？還是……

噗——高欣慈吐出一大口血，她全身突地劇烈抽搐，身子疲軟，原本仰首向天的頸子垂了下來，幽幽的望向兩點鐘方向的芙拉蜜絲。

她僅存一雙滿佈血絲的眼睛，悲傷的望著她，然後黑色的小點漸漸覆蓋了她的眼珠，一點一滴的遮去，然後……向裡頭鑽進去——她的眼窩空了！

嘔——江雨晨忍不住乾嘔，看著疫蟲不斷湧進眼窩，鮮血噴出，她們已經明白疫蟲不打算讓這些人染病，它們是想直接生食了！

「我得燒死它們……」芙拉蜜絲嚥了一口口水，伸出顫抖的手，既然這些人必死無疑，那燒死他們就沒有差別了。

「我負責唸咒文。」江雨晨顫抖著說，卻赫見遠方的燈光。

同時間，佛號之徑上的金黃暖燈一盞一盞的亮了起來，啪、啪、啪……她們紛紛倒抽一口氣，不敢停留的拔腿就跑！

防衛廳來了！她們不能被看見！

兩個女孩好不容易繞過鮮血橫流的區域，重新奔回人行道，她們跑得再快也不及車子，如果再這麼直線跑回家，一定會被看到的！

前方右手邊有條窄巷，她們不假思索的即刻鑽進去，喇叭聲與汽車聲傳來，距離如此之近，兩個女孩心跳的聲音也快要蓋過一切，奔到巷子尾端，趕緊左轉出去！

「妳回去！」一轉彎，芙拉蜜絲就將江雨晨推向前。

「咦？」她踉踉蹌蹌的差點跌倒，不可思議的回首，「妳在說什麼？我們應該快點回去！」

「我得去找阿樹！」芙拉蜜絲喘著氣，一臉驚慌，「疫魔從下水道上來，我怕、我怕他們出事！」

江雨晨微啟唇，唇瓣都在微顫，是……疫魔是從下水道裡湧上的，而且阿樹也好幾天沒跟她們聯繫了，但是、但是選現在去下水道，那不是明知不可為而為之嗎！

那，不就正是芙拉蜜絲嗎？

她記得從哪個入口進去，自家後院往收容所的方向，十二間屋子後，藍色屋頂這戶人家後花園旁的水溝蓋。

芙拉蜜絲曾遲疑過是否要貿然下去，萬一一碰觸水溝蓋就有疫蟲跑出來該怎麼辦？所以她在鞭子尾端繫上金刀，刀尖嵌著蓋子，將之移開，為自己設定了保險距離。

入口旁有階梯，她跟江雨晨順著下去，日暮已西沉，下水道裡只能藉著佛號之徑的燈光照明，水溝蓋附近還算明亮，但再過去變是餘暉昏暗；兩個女孩都是全副武裝出發的，手電筒備著四處照耀著。

「我們該往哪裡走啊？」

江雨晨困惑的望著四周，她們可不是站在十字路口吶，前方三條路，左邊兩條，右邊一條，下水道四通八達，根本沒有方向。

「我也不知道。」芙拉蜜絲左顧右盼，「不過我想很快就有人來了！」

有人闖進下水道，勞大哥或是愛莉諾他們率領的各小隊應該都會知道吧！

如果沒回應她更擔心，想到大量的疫蟲剛剛從下水道湧上，她就會想……下面該不會出事了吧！

「誰在那裡，報上名來。」冰冷的女人聲音傳來，「否則一箭射穿妳。」

「愛莉諾，我們是芙拉蜜絲跟江雨晨！」她認得這聲音，心裡大石放下一半。

右後方的通道中傳來足音，她們回首向右看，只能看到隱約的身影，因為愛莉諾總是身披斗篷。

「妳們怎麼這時候下來？」數人魚貫而出，都是熟面孔，「上面出大事了妳們知道嗎？」

「就是知道我們才下來的！」芙拉蜜絲緊張的看著走出來的人們，他們中間隔了寬大的水道，「呃，我們要怎麼過去？」

「從前面繞。」黑剛指著前方，也順著平行通道往前走，「外面的道路上一直有鮮血流下來，防衛廳員也死得差不多了。」

「什麼？」江雨晨詫異的向右看著黑剛，「你說防衛廳員……該不會剛剛前往現場的那批……」

「對，都出事了，慘叫不止，血到現在還沒滴盡。」愛莉諾在隊伍的最後，「勞大哥已經下令避開那段，但是周遭都派人看守留意狀況。」

防衛廳員也死了……芙拉蜜絲有些意外，上頭的疫魔並不打算讓人染病，而是直接進行殺戮嗎？奇怪，不是才說活生生腐爛化膿的比較好吃嗎？製造恐慌？還是偶爾想換個口味？天哪，她連想都不敢想了。

「那是疫魔，它們從水溝蓋衝出來的，我擔心你們有事。」終於會合，芙拉蜜絲焦急的走向愛莉諾，「所有人都安好嗎？」

愛莉諾擰眉，欲言又止的別開眼神。

「……出事了嗎？」江雨晨一看便知，「阿樹呢？」

「我們人數並不少，大家都是以隊伍為主的各自活動，目前還有兩組人馬失聯……」黑剛低沉開口，「阿樹那隊還沒回來！」

「阿樹的靈力只有第六感準，他沒有足夠的靈力戰鬥！」芙拉蜜絲焦急的想去找人，「他們今天去了哪裡？有說好什麼時候回來報到嗎？還是……」

「芙拉，妳冷靜點！」江雨晨緊握住她的手，「阿樹雖然沒有戰鬥能力，但是他直覺強，說不定能避開危險！」

咦？芙拉蜜絲驚愕的看向她，是啊，遇上危險他該能避開，因為直覺會警告他！

「我們門禁是子時，天黑後當大家封閉門窗我們才更好活動，勞大哥才希望大家子時之後回來。」金思接著開口，「所以阿樹他們其實還在活動時間內，只是因為地面上發生的事情，我們正在清點人數。」

「我要見勞大哥。」芙拉蜜絲肯定的說。

愛莉諾頷首，他們本來就不會阻止她，勞大哥也交代過，既是闇行使，就沒有不方便的。

黑剛領頭，走進前方正中間的下水道，那像個巨大的水管，芙拉蜜絲跟江雨晨被安排走在七人小隊的中間，手電筒只握在手上沒打開，因為前後都有人照明。

圓形的水管裡，每個人的影子跟著扭曲搖曳，拉得很長很長，弧形的貼在壁上，芙拉蜜絲很難不想起下午燒掉的醫生……不，疫魔，若不是因為影子，她說不定已經染上瘟疫了。

為什麼影子會是疫蟲？她沒時間思考這件事，因為疫魔不會有影子嗎？醫生不是染病的被控制者，而是純正的疫魔幻化，它可以幻化成人形，卻沒辦法賜予自己影子？

所以，疫蟲要充當影子的工作，所謂如影隨形啊……

這真的很聰明，也很難有人會發現，尤其帳篷裡到處都是燈，影子幾乎都踩在自己腳底下，旁人難以誤踩；不說別的，就算今天人影錯了，有幾個人會去留意影子的位置？長短？斜度？

尤其在這個瘟疫之城？

讓大家踩影子就能分辨出誰是疫魔嗎？或許，但這太冒險了，曝光之前它就可以崩散，四處逃逸……天哪，她居然找不到除了燒毀之外，能滅掉疫魔的好方法！

就算用自己的靈力焚燒，也必須是獨立的個體，單純的疫魔在她面前，四周沒有依附物或可燃物、或是像陳家華一樣，疫魔在其體內，以咒語縛之，再以靈力燒之……

「我們的咒文妳研究過了沒？」最後面的愛莉諾開口了，「到底有沒有效？」

「是啊，剛剛才吃掉這麼多人，表示疫蟲可能潛藏在下水道……」

「如果潛藏在那兒，天曉得什麼時候會攻擊我們！」

「我找不到特色，不能確定對疫魔是不是真有效，但是目前為止大家都沒事對吧？」芙拉蜜絲只能這樣說，她不能說出書的事，不過怎麼找——就是沒有下水道牆上，那不知道幾百年前刻寫的咒文。

「真令人不安，一日不解決疫魔，就算我們都無法安心！」闇行使低咒著，聽得出來大家都很緊張。

當然，一日不除，就算瘟疫不再蔓延，人們只怕就要因為搶食而暴動了；加上還有人趁機發災難財，什麼藥物什麼法器的，騙大家用糧食去交換，簡直可惡至極！

「不知道疫魔到底有幾隻……但是芙拉下午解決一隻了！」江雨晨試圖讓氣氛輕鬆一點！

「咦——」隊伍倏地停了下來，燭光波動，連帶大家的影子都跟著搖曳，「難道就是傳說中的史醫生！」

芙拉蜜絲跟江雨晨都嚇了一大跳，大家有必要這麼激動嗎？而且他們的消息實在有夠靈通，根本地面上發生任何事都知道。

「你們在禁區那邊也能有消息啊？」江雨晨好意外，「我記得有封鎖訊息。」

「再怎麼封鎖還是會知道的，尤其防衛廳會調動人馬，這件事非同小可，只要防衛廳員一改變路線或是有人出動我們都會格外注意。」愛莉諾彈指，要大家繼續往前行，「接著再讓人多留份心就好了，聽說是醫生，我們原本以為是被感染而死。」

「我們只知道死了個醫生……」隊員們相當訝異，「但妳剛剛說是……疫魔？」

江雨晨點點頭，不安的看著芙拉蜜絲，說出來應該沒關係吧。

芙拉蜜絲與她沒有眼神交會，她有些出神的不知道在思忖什麼，腳步倒是亦步亦趨的跟著，走出了這段大水管，又彎了好幾道路，都是江雨晨跟其他人有問答的談著，芙拉蜜絲幾乎不開口說話。

她時而皺眉，時而沉思，時而被地面上的動靜分心，時而觸摸下水道的管壁。

終於，到了聚集地。

點點燭火映照，這塊空地是她看過最大的空地，聚集的人也是芙拉蜜絲目前為止見過最多的；大家都擠在一起，不安的望著她，有大人有小孩也有老人，比她想像的多好多。

踏上空地，發現一旁還有道門，門裡更多或坐或躺的人。

「這裡以前是工人休息的地方，現在變成我們重要的集會地點。」勞大哥看出她的疑惑，「每一小段都有休憩所，但這段管線最多，當年可能使用的工人也多，休息空間變最大。」

愛莉諾趨前跟勞大哥低語，應該是交代了她們剛剛下來的事。

「阿樹……」江雨晨左右張望，「還沒回來嗎？」

幾個孩子搖搖頭，「哥哥還沒回來。」

在疫魔亂竄的時候消失，真令人不安，芙拉蜜絲留意到集會場所的四周，都有強大的防護咒保護，而且也已經刻上她給他們的新咒文了。

她輕揚起微笑，至少現在低階疫魔無法傷害他們了。

「我們現在只能消極的抵抗。」勞大哥開口，「但妳我都知道，若是長期下去，不需要吃喝的疫魔一定會贏。」

「我懂。」芙拉蜜絲點點頭，「它們也知道這點，所以感覺上是刻意跟我們耗，像是一場遊戲。」

「是啊，我們連對手有幾個都不知道，聽說……妳今天解決了一隻？」勞大哥算著，「這樣加起來，妳已經解決三隻疫魔了！」

哇……讚嘆聲在下水道中響起，老老少少都投以讚許佩服的眼神，因為他們截至目前為止，可是一個都還沒獵殺……因為疫魔尚未直接威脅到他們。

「不得已的，是它們愛找我的麻煩。」芙拉蜜絲擰著眉，「我是在地面生活的人，它們真的很煩人。」

「到底總共有幾隻疫魔？妳都燒死三隻了……妳知道剛剛死了多少人嗎？」大力大哥相當沉重，「總共二十三具帶肉帶血的白骨就橫屍在馬路上……現在還是，防衛廳員已經不敢再出動了。」

江雨晨顫抖著倒抽一口氣，「到現在還……在上面？」

「沒錯，從那段的下方往上看，水溝蓋上的白骨在月光下清晰可見。」其他人也回報著，「皮肉都被吃盡，一地的內臟還不屑吃，全扔在那兒。」

「趕來的兩車防衛廳全軍覆沒……」另一位回報者搖了搖頭，「疫魔把車開走了！」

「開走了——」江雨晨尖叫出聲，「天哪，他們該不會幻化成防衛廳員了吧！」

此話一出，現場一片靜寂，緊接著大家都跳了起來……他們完全沒有想到這一點！

「天哪，說不定真的幻化了！疫魔能夠變成人嗎？」

「完全化成那個防衛廳員的模樣？這是擬態嗎？」

「他們開著車要去哪裡？」

現場頓時嘈雜一片，哭聲四起，不安與恐懼蔓延，勞大哥緊皺著眉看著一室的驚恐，眉頭緊蹙。

「閉嘴——」黑剛大哥扯開嗓子。

只能慶幸現在街上無人，否則地下闇行使的存在遲早曝光。

哽咽抽泣聲逐漸微弱，眾人頓時鴉雀無聲，然後勞大哥站了起來。「驚慌無用，我們也無法預知疫魔的目的，但至少我們待在這裡很安全。」

是嗎？芙拉蜜絲打從一進來就有個想法，像是為什麼大家都聚集在一起，有種如果疫魔現在殺過來，幾乎就能一網打盡的感覺。

「疫魔可以完全幻化成人，而且沒有破綻，甚至只是低階疫魔就做得到！」芙拉蜜絲接著開口，朝勞大哥走去，「想像一堆疫蟲聚集成一個人的樣子，然後幻化出皮膚、頭髮、衣服，變得跟正常人一模一樣！」

當然也有技巧拙劣的，像是在學校裡的導師，邊緣會模糊顫動就是幻化得不夠徹底，功力不足，才會讓她看出來。

「醫生就是這樣嗎？」大力問著。

芙拉蜜絲點點頭，「事實上，我大概知道疫魔想去哪裡了。」

「什麼？」愛莉諾提刀往前，「妳知道？」

「嗯，我想請大家幫忙，大家都是闇行使，不管多寡都具靈力……」她望向勞大哥，「可以請大家往禁區跟隔離區移動嗎？」

「不行！」有母親立刻開口，她緊抱著孩子，「這裡最安全，我們哪也不去！」

「對啊，大家在這裡好好的，為什麼要離開！太危險了！」

「所有人都在這裡，又有咒語守護，禁區多可怕，瘟疫的集中地，那是去找死吧！」

你一言我一語，不管有沒有靈力，遇到危險時人們想到的都是聚在一起就等於安穩，似乎就能跟著免於恐懼……噢，還有，把安危繫在他人身上。

瞧大家的眼神，鎖著勞大哥、黑剛、大力、愛莉諾，這些所謂的幹部。

原來闇行使，其實跟普通人也一樣……芙拉蜜絲輕闔雙眼，回想起來，收容所裡的闇行使，每個人的眼神都遠比這裡的闇行使銳利、堅強，具戰鬥意志。

跟被奴役的闇行使比起來，這些自由的闇行使反而過於安逸了嗎？

「我想……這裡不安全吧？」芙拉蜜絲尚未開口，江雨晨幽幽出聲，「大家都在一起，疫魔要是有心，根本瞬間就能全滅。」

「噫——」此話一出，騷動遂起！

是啊，有人開始思考可能性，假設現在有疫魔攻來，只消三隻，說不定就能吃掉大家，或是讓每個人都染上瘟疫——但是，他們也沒忘記，身在咒文保護的結界中。

「這裡有結界吧？四面八方都設下了完整的防護。」黑剛大哥率先開口，「疫蟲近不了身。」

「對，那個咒語對低階疫魔非常有效。」芙拉蜜絲咬了咬唇，「妖魔有分中低高階你們知道吧？」

勞大哥的眼神微微改變了些。

「那個咒語……」江雨晨小小聲的提示，「好像只對低階疫魔有效……」

「妳是說——」勞大哥聽出來了，「現在作亂的除了低階疫魔外，還有別的階層？」

法海應該不會騙她吧？芙拉蜜絲做了個深呼吸，「低階只聽中高階的話，也就是說這次瘟疫，疫魔不管散播了多少瘟疫，吃掉了幾個人，背後都還有一個以上的妖魔在下令……」

「天哪！」大力連她的話都沒聽完即刻呈現備戰。「那我們不能待在這裡！這咒語只能防低階疫魔啊！」

「那要怎麼散開，我們該去哪裡？」眾人開始恐慌，紛紛站了起來。

「等等……等一下，大家冷靜點！」愛莉諾不客氣的開口，拿著刀指向她，「什麼都她說了算，大家不思考一下嗎？」

無數雙眼睛看向了芙拉蜜絲，她轉著眼珠子，感受到前所未有的壓力。

「咒文是我給你們的，我也是闇行使，我有必要害你們嗎？」她一字一字說著，「妖魔的事我們誰都不懂，我也是從別的地方拼湊而來的，就算現在有中高階的疫魔殺過來，連我都不知道該怎麼辦……我只是想要保全大家！」

「妳怎麼知道有中階疫魔？」看不見愛莉諾的表情，帽兜下只嗅得到敵意，「妳隨便一個猜測，我們就此四散，說不定才會失了保護，才是真的往死裡走！」

對啊對啊……群眾又開始竊竊私語，芙拉蜜絲都快麻痺了，盲目、不獨立思考，等等風向往哪邊吹，大家又往哪邊湧。

她突然覺得，闇行使跟安林鎮那些人沒什麼兩樣。

「芙拉才不會害人！」江雨晨氣憤的出頭，「她是為了大家好，連我都覺得大家聚在一起太危險，反正就是有別的妖魔在，我相信芙拉！」

「廢話，妳是她朋友當然信她！」愛莉諾立刻看向勞大哥，「大哥這不妥，我們費了不少功夫才讓這裡的防護完整，現在讓大家四散太危險了！」

「我也這麼認為，地面上才出了二十幾條人命……」同意者附和。

芙拉蜜絲緊握著雙拳，不停地告訴自己要冷靜，「地面上那二十幾條人命是怎麼死的？疫魔殺的，它們從哪裡出來的？這裡、下水道——它們一直潛伏在下水道！」

「那也是別的地方，沒有影響到我們！」

氣氛變得緊繃，黑剛是站在芙拉蜜絲這邊的，他覺得不妥，大家應該要分散；大力遲疑著，愛莉諾有理、芙拉也有理，勞大哥擰著眉嚴肅的思考著，群眾們只是擔憂恐懼，等著誰有力的一句話。

終於，勞大哥站了起來。

「我們散開吧！」

# 第十一章

勞大哥做了決定，現場即刻鴉雀無聲，愛莉諾本要上前爭辯，卻被勞大哥阻止。

「咒文哪裡都能寫，每個人也都背下了！所以四散後，大家到了定點一樣可以再寫，中途遇到攻擊可以唸。」

他緊接著分配了地點，芙拉蜜絲希望大家靠近禁區與隔離區，因為她認為低階疫魔部分匯集在那裡，就連防衛廳員也大量駐守在那兒，請大家見到狀況有異就來通報，二來發生什麼事可制住疫魔的行為，協助不讓那一帶的疫魔擴散。

她不相信，集眾人之力，會制不住低階疫魔。

各隊帶開，黑剛、大力他們都成為領隊者各自帶了一批人走，勞大哥的意思是除了禁區外，希望每個重要路口的下水道都要有人在那兒看守，隨時盯著地面的狀況。

而愛莉諾對芙拉蜜絲的建議卻無法接受，這個外人的一句話，就打散了所有人，置大家於險境之中！

「我就是信不過她！」她指著芙拉蜜絲大喊。

「妳這人——」江雨晨想幫芙拉蜜絲說話，卻被她擋下。

「就沒有人想過，她可能就是那個中階疫魔嗎？」愛莉諾的同伴大寶應和。「既然妖魔可以幻化成人，我們還看不出來，她知道這麼多訊息也符合啊！」

「我要真的是疫魔，你們還能在這裡說話嗎？」芙拉蜜絲搖了搖頭，轉向江雨晨，「雨晨，拿手電筒照我。」

江雨晨實在很討厭證明這種事，但她還是拿出手電筒照向芙拉蜜絲，她的影子映在牆上，芙拉蜜絲伸手，轉動手腕，讓大家都看得真切。

「不管我是什麼，妖魔無影，所以疫魔才要讓疫蟲偽裝成影子。」她聳了聳肩，「歡迎驗證。」

所有人都望著牆上的影子，黑剛第一個上前，拿長刀往牆上刺，再大膽的以手觸摸，只摸到冰冷的石壁；接著勞大哥也上前，芙拉蜜絲晃著身子，比劃手勢，都在在證實只是普通的影子。

「誰曉得影子之說是不是她胡謅的？」有人低語。

「事到如今信也好，不信也好，大家各自的安危各自顧全吧！」芙拉蜜絲轉向勞大哥，「大哥，我需要您跟我去一個地方……」

她使了眼色，強調私下。

勞大哥同意，下令要大家迅速撤離這裡，然而愛莉諾見狀可不能承受，把工作交給了其他夥伴，立即追了上來。

「大哥，您不能孤身一人。」愛莉諾話中有話，「我跟著您。」

勞大哥嘆口氣，「無妨。」

結果不只她，大寶二寶兄弟也都跟上，他們是被黑剛及大力分別派來的副手，打算保護勞大哥，畢竟大哥是地下闇行使的頭兒。

芙拉蜜絲選擇了一條沒人前往的路，連江雨晨都不知道她葫蘆裡賣的是什麼藥，因為她一路上都在沉思，沒來得及跟她說；所謂中階疫魔的事，老實說江雨晨根本不知道來由，但是芙拉說的她就深信不疑。

「要去哪裡？」愛莉諾不客氣的問。

「真正疫魔待的地方。」芙拉蜜絲回答得乾脆，「我只是希望你們把無辜的人引開，勞大哥的靈力也強，我也知道你們會跟上，就我們幾個人，直搗黃龍。」

「什麼？」勞大哥身後的二寶倒抽了一口氣，「妳、妳真的知道如何解決疫魔？」

芙拉蜜絲回頭望著大家，居然流露出肯定的眼神，「它們已經露出馬腳了。」

「咦？」每個人都相當吃驚，妖魔之屬本非人力能抵抗，連闇行使都不瞭解的非人，何以這個轉學來的女孩子會這麼瞭解呢？

「我信妳。」勞大哥忽然對著她微笑，「一切聽妳的。」

芙拉蜜絲有些驚訝的看向勞大哥，那滿是風霜的臉帶著和藹，她自己都有著大部分的不確定，何以大哥能如此斬釘截鐵？

「謝謝……」她細微的說著，「我感激你的信任。」

「大哥！你為什麼就這麼信她？」殿後的愛莉諾忿忿不平，「這事關數百人、數千人的性命……」

「因為我更相信阿樹啊！」勞大哥低吟著，「他說過，今天過後，一切都會撥雲見日！」

什麼！芙拉蜜絲跟江雨晨不由得慢下腳步，詫異的一起看向勞大哥，他滿是皺紋的雙眼笑著，緩緩點頭。

「勞大哥，阿樹說過什麼嗎？還是他感應到了？」

「阿樹啊，是個直覺強的孩子，有時候他也不一定知道自己平時的感覺就代表什麼！今天早上起床，他心情很好的幫我送早點來，我問他怎麼眉開眼笑的，他跟我說不知道！」勞大哥每一字句裡都帶著笑意，「他只是覺得很開心，原本鬱悶的心情都消散了，覺得好像什麼事都會變好！」

在勞大哥身後的江雨晨其實聽不太明白，「就只是這樣？不是夢到或是……」

「不不，阿樹是強在第六感，連他自己都覺得是今天晴空萬里的緣故，但我感覺得出來……我又問了他一句，明天瘟疫不知是否會變得更嚴重，那孩子居然連思考都沒有，就告訴我：明天一切都會變好。」

後頭的人們倒沒這麼樂觀，紛紛嘆道：「大哥，阿樹還是個孩子，他樂天派的啊，希望跟真實是兩碼子事，不是希望瘟疫消失就能消失的啊！」

「是啊，這樣想就好辦的話，我天天祈禱。」

「還是別了吧！」芙拉蜜絲僵硬的打斷他們的話語，「許願就會實現的話，絕對沒有好事。」

江雨晨暗暗瞥了她一眼，安林鎮就是因為「許願」才導致滅鎮之災啊……她也許了願，但是她保全了自己，也保全了家人，不過若再來一次，她絕對絕對不會再亂許願了。

「哎，我知道阿樹，我也寧可存著這麼樂觀的想法！尤其……」勞大哥頓了頓，不再說話，卻只是笑著搖搖頭。

尤其什麼？江雨晨探頭往前期待著勞大哥接續的話語，不過他沒再說話，加上前方走道狹小只容一人通過，她也瞧不清神情；倒是越過勞大哥，可以看見芙拉蜜絲緊繃的身子，許願一說，怕又勾起她的傷心事。

「我們究竟要去哪裡？」後頭的愛莉諾防備的說，「妳認得這裡的路嗎？」

「認不得。」芙拉蜜絲回答得超乾脆，「但是我知道要去哪裡。」

這是哪門子的答案？所有人都緩下腳步，下水道如此錯綜複雜，一個不認識路的女孩，能帶他們去哪裡？

「大哥，停下吧！」大寶低聲喊著，「不要再跟著走了，小心有詐！」

二寶閃身向前，試圖扳開江雨晨，想拉回勞大哥，但勞大哥微微回首，朝他們搖頭。

「我說過我信芙拉蜜絲，你們有疑慮的話，先走吧，去找各自的隊伍會合。」勞大哥低沉的說道。

「大哥！」這異口同聲，口吻焦躁不安。

芙拉蜜絲幽幽回頭，「快到了。」

她的確不認得路，但是她感覺得到……太多事讓她分心，差一點就忘記自己是個靈力還不低的闇行使，細微的聲音、特殊的氣味，只要是非人，不管什麼妖魔鬼怪，她應該比誰都敏感。

終於，他們來到了另一處寬廣的空地，那個牆上原本就刻寫咒語的地方！

所有人踏上這塊地，曾經他們也將這裡視為重要的防護之地，直到前年有一隻水鬼從下水道跳上來，咬走了一個男孩後，他們就知道牆上的咒語根本沒有太大的作用。

只是這咒語不知道是幾百年前或是哪個先人刻寫的，勞大哥最後還是決定保留下來，但額外再讓大家於四周添上新的咒文防護。

這塊地甚為寬廣，應該也是所謂的工人休息區，要開會、集會都不是問題，芙拉蜜絲一直很緊張，緊緊握著拳，江雨晨踏上空地後就向她走去，誰叫她看起來心事重重。

「然後呢？」跟來的有大寶、二寶跟鬍子哥，他們高度警戒的左顧右盼。

「我想請愛莉諾幫我個忙。」芙拉蜜絲轉向愛莉諾，她站在角落，手持蠟燭，看不清面孔卻依然感受得到敵意，「算是談和吧，妳這樣子對我有意見，我們很難合作。」

「我沒有跟妳合作的意思。」哼，愛莉諾別過頭。「我覺得妳大有問題，妳支開大家，把勞大哥帶到這裡來，絕對另有目的！」

「是。」芙拉蜜絲回答得直接，「方便讓我踩踩妳的影子嗎？」

什麼！愛莉諾詫異的正首，她舉高了蠟燭，在搖曳的燭光裡終於看見她帽兜下的五官，雙眼瞪圓著呈現了極度詫異。

「妳說什麼？」大寶不爽的嗆聲了，「妳這什麼意思？妳懷疑愛莉諾！」

「你也是，每個人都脫下斗篷，測試看看吧！」芙拉蜜絲微笑的看向勞大哥，「剛剛我已經摸過大哥映在牆上的影子了，沒有什麼狀況！」

每、個、人！江雨晨暗暗在內心裡敲響了警鐘，芙拉認為這些人之中有疫魔，而且是重要的，中階疫魔？

什麼時候判斷的？她悄悄的站到芙拉身後去，自然的將手伸進衣袋裡，她的飛刀該備妥了。

「太過分了吧！芙拉蜜絲！」大寶巨斧一握就衝了過來，「妳居然敢懷疑我們，妳難道認為我們是疫魔嗎！」

「我們在這裡保護了這麼多人，竟然敢這樣質疑我們！」二寶也氣急敗壞的怒吼，「大哥，你不能被這個女孩迷惑啊！」

「始終披著斗篷遮遮掩掩，永遠都走在最後方，沒有人能清楚看見妳的影子，這太讓人不安心了！」芙拉蜜絲根本沒理他們的咆哮怒吼，「驗證一下，不是懷疑誰，只是以防萬一？」

「我拒絕！」愛莉諾尖叫著，「這根本是汙辱！」

「對！是汙辱！」三人幾乎異口同聲，眼神立即往勞大哥去，要求他主持個公道。

勞大哥擰眉，他用質疑的眼神看著跟隨多年的夥伴，再緩緩看向芙拉蜜絲，「芙拉，有的事情不能太過火。」

「為什麼史醫生在瘟疫帳篷工作最久，卻是唯一健康的人？一樣的防護衣，醫生染病而亡的人也不在少數，何以偏偏只有一個醫生能夠日以繼夜的工作又不生病？」芙拉蜜絲置後的雙手，其實已經握住了鞭子，「因為他根本就是疫魔。」

這不由得讓她想到，為什麼下水道這麼多人，疫蟲卻絲毫沒有對這裡進行攻擊？疫蟲就是低階疫魔的化身，它們都能在下水道頂爬行隱藏潛伏，可以隨時從水溝蓋湧出，卻無視於這裡成山的人？

他們都以為勞大哥的咒語，或是其他闇行使的咒文起了阻擋效用，但是她回去依書對照過，勞大哥的咒語是很強，就算數個惡鬼跟魍魎鬼魅攻擊也無法破解，但依然不足以抵抗妖魔。

這根本是個門戶洞開的地點，能相安無事的前提只有兩個：一是這裡有低階疫魔懼怕的東西，二是根本疫魔的根據地就在這兒。

再退一萬步想，學校裡一開始那些她誤以為是黑霉斑的疫蟲是哪裡來的？花圃中庭多的是什麼？排水管、下水道，她解救提耶的那天，牆上的疫蟲是從走廊邊那個排水孔上來的，疫蟲進攻學校那天，它們是從中庭無數個排水孔裡爬出的。

疫魔一直都在下水道裡。

「妳不能用這種理由就認定我們是疫魔！」大寶怒不可遏的吼著，「妳怎麼知道我們之間沒有強大的咒文在保護我們，這裡有幾百個闇行使啊！」

「咒文對中階妖魔無效，我查過了，不管哪個。」芙拉蜜絲顫抖著深吸了一口氣，「我不想亂懷疑，我只是需要證實，疫魔沒有影子，它的影子就是疫蟲……驗證看看！」

「妳——」二寶氣得想撲上前揍人，勞大哥倏地上前一步！

「慢！」他低喝一聲，「如果踩踩影子就能證實，那有什麼可怕的！」

「這是羞辱啊大哥！」

「也是證明自己的好時機。」勞大哥看向他們，「愛莉諾，把蠟燭給我。」

江雨晨忽地打開手電筒，刺眼的燈光讓眾人嚇了一跳，連忙遮掩，「不必這麼麻煩，這個角度就能讓大家的影子都在地板上出現……」

芙拉蜜絲的鞭子取下了，當她的右手拿著鞭子出現時，所有人莫不屏氣凝神，紛紛高舉自己的武器。

「大家站著就好，保證不傷到你們。」她望著地板上拉長的影子，鞭子末端繫著的金刀，很快就會給她答案。

雖然，她已經知道答案是什麼了。

起手，鞭子倏地朝前揮去，站在芙拉蜜絲面前的依序是大寶及二寶，她的鞭子掠過了他們映在牆上的影子，直抵最後的愛莉諾身邊——金刀刺進牆面，唰啦，她的影子頓時驚恐的四散！

『礙事者——』伴隨著忿怒的尖叫，愛莉諾的斗篷唰的離身，直接罩住了在她面前的二寶！

「哇啊！」二寶根本措手不及，頭立刻被斗篷罩住，眼前一片漆黑……「呃——」

黑色的斗篷頓時扭動起來，眨眼間化作千萬隻疫蟲，直接鑽進了二寶的七孔，大寶跟鬍子轉過身時，親眼看著「斗篷」越縮越小。

鬍子驚恐的拉著出神的大寶向後退，直到芙拉蜜絲的身邊，二寶獨自一人站在中間，沒有任何一聲慘叫哀鳴，只是僵硬著身子，以大字形僵在原地，他們可以看見他的皮下有無數蟲子在鑽動，不出幾秒，所有的疫蟲從他的肌膚咬了出來。

血花四濺，二寶簡直變成液體似的，染血的疫蟲們爭先恐後的鑽出二寶的身子，連一吋完整的皮膚都沒有，徒留一副骨架……還有啪噠啪噠濕黏的內臟，依序糜爛落地。

這一切不到十秒鐘，愛莉諾婀娜的站在他們面前，染血的疫蟲再度爬到牆上，成為她的影子。

她還是如同之前的容貌，中性冷然的面孔，斗篷下是副好身材，芙拉蜜絲不瞭解中階疫魔是怎樣的類型，這模樣也是疫蟲組成的嗎？

「看來我支開大家，果然是礙到妳了，反對得這麼激烈。」芙拉蜜絲鼓起勇氣，從鬍子跟二寶之間走了出去。

愛莉諾睨著她，原本是藍色的雙眼眨動後變成金色，最終是徹頭徹尾的黑紅色。

『居然有能分辨妖魔的闇行使……真是難得。』愛莉諾勾起微笑，『這下面幾百個人沒有一個察覺！』

勞大哥簡直不敢相信，「愛莉諾、愛莉諾居然是……」

「我們只是人類，怎麼是妖魔的對手？但是下水道太平靜，就顯得詭異了。」芙拉蜜絲瞇起眼，「這跟帳篷裡的醫生是一樣的道理。」

「怎麼可能！我不相信……」鬍子不可思議的喊了出來，「愛莉諾是疫魔？怎麼可能！我們出生入死這麼多年，我們一起奮戰——」

「奮戰什麼？」芙拉蜜絲打斷了鬍子的激動。「你們共同經歷過哪些事情？你說得出來嗎？」

「怎麼可能說不出來，三年前我們被那個審闇者告發時，就是、就是——」鬍子的話哽住了，想講的那個詞無論如何都講不出來。

不只是他，大寶試著想要說出並肩作戰的歷史，卻只有想到事件，而好像記不起愛莉諾在過程中做過什麼！勞大哥震驚非常，向後踉蹌了數步，江雨晨趕緊上前攙扶，只怕他也記不清了。

「靈力強的闇行使很多，再強也感受不到妖魔，但是妳卻疏忽了靈力弱，僅僅只是直覺強的人。」芙拉蜜絲轉動鞭子，左手背在身後，暗示大家退後，並且能逃就逃吧。

地上那堆骨頭跟肉渣，已經象徵了可能的下場。

『阿樹？』愛莉諾狐疑，她堂堂疫魔，那個阿樹只是個直覺強的人類，連跟惡鬼對戰的資格都沒有！

「是啊，他想不起來妳做過什麼，妳說跟了勞大哥五年，他有瞬間的空白。」芙拉蜜絲的眼神一直盯著牆上那些移動的疫蟲，「一次就算了，連著幾次我也覺得奇怪了，接著就發現妳一直都披著斗篷、喜歡殿後，總是避免現出影子。」

「因為在下水道的空間裡，拿著蠟燭不管到哪兒，影子都會在牆上出現，曝光的風險很大對吧？」江雨晨也在剛剛急速的消化了資訊，「跟在帳篷裡不同，帳篷裡有燈，影子是踩在自己腳下的。」

『愚蠢的傢伙，居然會被人類發現……』愛莉諾冷哼一聲，對醫生相當不滿，『不過無所謂，解決你們輕而易舉，這裡很好玩……而我還沒玩夠呢！』

「只要疫魔一天在城裡，瘟疫就不會消失——」芙拉蜜絲話都沒說完，即刻拋出鞭子，「我才不會讓你們這種變態妖魔得逞的！」

「芙拉——」江雨晨嚇了一跳，她怎就這樣衝出去了！

空地再大，也不過是個五公尺見方的地方，中間還有二寶的屍渣，但是芙拉蜜絲卻無視一切，鞭子上的金刀飛舞的直朝愛莉諾而去，她要知道，金刀對中高階疫魔究竟有沒有效！

愛莉諾始終維持著人形，尖叫的迎向芙拉蜜絲，但卻在看見金刀那瞬間，啪嚓的閃躲，瞬間向後跳去，貼上了下水道的天花板！

『妳為什麼有那個！』她扭曲著五官，看起來對金刀有所畏懼。

真好！芙拉蜜絲根本懶得回答她，右手揚起將鞭子先向後收，再倏地往上擲去，只是愛莉諾的速度飛快，無視於重力般的順著圓形的下水道往下滑，輕鬆的閃過金刀，無論芙拉蜜絲動作如何的快，鞭子一再的進逼，對她根本毫無影響。

愛莉諾俐落的回到空地的某個角落，只是勾起微笑，他們立刻聽見了沙沙聲響，在這下水道中變得巨大且令人毛骨悚然——感覺著有大批的蟲子在下水道壁上爬行，並且朝著他們湧來！

「咒語！」江雨晨趕緊提醒，「那些是低階疫魔，別忘了咒語！」

咒語！對——勞大哥趕緊低唸著咒語，江雨晨亦然，不管幾千幾萬隻，至少咒語能阻止低階疫魔的行動……只是，芙拉蜜絲緊盯著愛莉諾不放，她居然揚起了微笑！

愛莉諾的影子突然開始變得龐大，而她逐漸變小，芙拉蜜絲驚覺到愛莉諾化身成更多的疫蟲往牆上聚集，咒語沒辦法應付中高階的對吧，就算是她化身成的疫蟲也一樣——才在想著，整面牆的疫蟲瞬間吞噬了牆上的火把！

下水道頓時暗去，耳邊只聽見不絕於耳的沙沙聲。

「她化成疫蟲了，咒語擋不下她的！」芙拉蜜絲尖叫著，拿出手電筒照耀。

剛剛愛莉諾映著的那面牆居然什麼都沒剩下，那些疫蟲到哪裡去了？

『我一直很討厭闇行使。』

正上方，傳來愛莉諾的聲音。

芙拉蜜絲仰首向上，黑色的疫蟲聚集成愛莉諾的臉，還有著五官，開口對著她說，然後那張臉漸漸往下，張大了嘴，想將她吞沒。

她只是將金刀握在手上，直往她嘴裡刺去，那疫蟲啪嚓散開，瞬間就從天花板往下掉落在其他人身上！

「哇呀——」江雨晨的分貝最高，邊叫邊跳，芙拉蜜絲趕緊回頭尋她的位置！

「走開！天哪……咒語沒有用！」大寶掙扎扭動著，甩掉了斗篷脫去上衣，但是蟲子還是在他身上爬著。

沙沙沙，聲音總是不絕於耳，芙拉蜜絲擔心的是咒語對愛莉諾無效就算了，而大家正在掙扎之際，根本連唸咒對付低階疫魔的時間都沒有，那就糟了！

「芙拉——」江雨晨歇斯底里的尖叫傳來，「沒有用！咒語沒用，快把它們弄走，啊啊啊啊——」

她又叫又跳轉著圈的跳動著，芙拉蜜絲伸手才捉住她，立刻就被她甩掉，愛莉諾的笑聲低低的在這下水道響起，那是喜不自勝的笑聲……誰能想到，只不過是蟲子，就足以讓人痛不欲生！

「江雨晨！」芙拉蜜絲咬著牙由後緊緊抱著她，金刀貼上她的身體，疫蟲簡直是瞬間被彈掉！

但是臂彎之間的身子瞬間癱軟，芙拉蜜絲反應不及整個人被昏倒的江雨晨往下拖，雙雙跌坐在地！

暈過去了嗎？芙拉蜜絲鬆手看著不省人事的江雨晨，「喂！換人的話動作快一點！現在不是暈倒的時候啊！」

她不客氣的拍拍江雨晨的臉頰，雨晨怕蟲子爬到身上的感覺，剛才又經歷過一次，這種恐懼是心中的陰影，她當然是極度害怕，既然如此，理智就不該存在了，另一位小姐也該出現了吧！

「呃……呃……」濃厚的呼吸聲在耳邊響起，芙拉蜜絲扣著暈厥的江雨晨，看向趴在地上抽搐的鬍子。

她誰也救不了，面對妖魔她本來就無能為力，她只能試著把它們燒掉……但現在在鬍子體內，她燒得下去嗎？

鬍子趴在地上望著她，口水溢流，臉部充血漲紅，發直的雙眼欲言又止，只是緊緊握著手裡的斧頭。

「哇啊——」慘叫聲是從他身後的大寶傳來的，完全不需要芙拉的光源，就可以看見一龐然大物突然現身在他們面前。

大寶竟變成了蟲。

鑽進他體內的微小疫蟲化成巨大的蟲足，疫蟲有八對腳，所以自大寶體內鑽出了八對一公尺高的蟲足，甚至從他耳邊鑽出了噁心的觸鬚，嘴裡吐出了半月形如鐮刀般的牙，但身體依然是大寶的身體，他甚至還活著。

在芙拉蜜絲眼前的是疫蟲的放大版，大寶吐著血俯瞰著他們，已然身不由己。

「不……不！」鬍子大吼著，因為他的腋下霎時鑽出了蟲足，「我死也不被支配——」

伴隨著洪鐘大吼，鬍子竟然在身上竄出蟲足的劇痛中，一把舉起右手的斧頭，狠狠的就往自己頭上劈了下去！

「鬍子大哥！」芙拉蜜絲驚叫出聲，眼睜睜看著斧頭劈進了他自己的頭顱裡，他卻笑得得意！位在空地邊緣的他瞪大雙眼往後倒去，直接落進了水裡。

疫蟲們爭先恐後的從他身子裡竄逃上岸，但來不及的便與他一同沉入水底，芙拉蜜絲實在無暇留心疫蟲們怕不怕水，如果不怕，順著水四處流竄豈不是更危險？

但是她根本沒有時間思考，因為幾乎高到下水道頂端的大寶就在眼前，而且他那巨大蟲足正往她這兒襲來！

勞大哥呢？芙拉蜜絲瞧不見大哥，拜託可不要一口氣兩隻啊，這裡也沒這麼多位子！

『讓妳選吧，芙拉蜜絲。』大寶咯咯笑了起來，『妳想感受一下生病的滋味，還是從體內被吃乾抹淨的滋味？』

「你呢？喜歡被火焚燒的感覺嗎？」芙拉蜜絲拋出鞭子，意圖圈住往她刺來的蟲足，但是大寶蟲足一抽高害她撲空就算了，另一對腳居然從旁邊偷襲而至！

尖銳的蟲足劃過她的後背，劃出一條長長的血痕。感受到鮮血流出，她卻無法自由施展，還得拖著沉重的江雨晨閃躲。

「唔……」好不容易懷裡的女孩醒了。

「快點清醒，現在不是睡覺的時間啊！」芙拉蜜絲焦急的推著她坐起，四隻蟲足正由上方刺襲而來，她趕緊將鞭子往頂上盤繞，逼退它們。「妳的大刀呢？」

江雨晨的眼神相當迷惘，望著她，「芙拉？我怎麼在……這裡？」

咦？咦？咦咦咦？芙拉蜜絲瞠目結舌，一骨碌跳了起來，「妳還是江雨晨？都什麼時候了不要鬧了啊！妳看看前面！」

俐落的將鞭子大範圍的掃去，刀尖一而再再而三的劃過所有的蟲足，幾次成功也只是讓蟲足崩毀，它們總是能火速的重建！

坐在地上的江雨晨目瞪口呆的看著兩三公尺高的巨大疫蟲，上頭居然是大寶的頭、大寶的身體，但是從他體內鑽出的蟲足卻如此令人膽戰心驚！

「不要發呆！江雨晨！」八對蟲足，芙拉蜜絲一個人根本分身乏術！

這邊四隻左右包夾，她可以將鞭子環繞著自己身子阻擋它們的靠近，但沒有辦法同時去掃掉衝向江雨晨的那些啊！

「呀——」她嚇得以手代腳的往後退，但是大寶笑得囂張得意，尖利蟲足正對著她的肚子刺去。

「江雨晨，妳的飛刀呢！」總不能不反抗啊！

鏘——清脆的聲音互擊，響遍了下水道，一柄大刀準確的抵住襲來的蟲足，疫蟲竟沒有散去，而是與大刀撞擊出森寒之音。

『什麼？』連大寶也驚異的俯下身子，一般刀子，怎可能傷它分毫？

「我超討厭蟲子的！」江雨晨歇斯底里的長嘯著，使勁將刀子連同蟲足一推，借力使力跳了起來，「超噁心的啦！」

在蟲足被推向後的那一剎那，江雨晨手上的大刀毫不猶豫的劈砍下去——唰的悶聲，那蟲足尖端竟然應聲而斷！

「爬到我身上！嚇我、嚇我，你他媽的超噁爛的！」江雨晨瘋狂的揮著刀子，不停的往每隻慌亂退後的蟲足上砍、劈、刺，「還鑽進我衣服裡！嚇死我了！」

芙拉蜜絲目瞪口呆的看著原本在她左後方的江雨晨，現在已經一路劈砍到她左前方了，而且大寶節節後退，基本上她從不知道雨晨那柄大刀可以傷及疫魔！

「妳終於出來了，謝天謝地！」芙拉蜜絲立刻衝上前，抓過她的手，「這刀子居然可以砍高階疫魔？妳也不早講！」

江雨晨還因氣憤在喘著氣，拚命想衝上前，「別抓著我，我嚇都快嚇死了！」

「我知道，我知道！」到底是誰比較嚇啊，「刀子借我！」

江雨晨忽地轉過來，「借妳幹嘛，這我的耶！東西是看人使用，不是東西厲害。」

「喂，我這金刀這麼小，連劈一刀都很辛苦耶！」芙拉蜜絲忍不住唸著，指向前頭東倒西歪，蟲足長短不一的大寶，「妳還劈得上去，它們一見我金刀就散……」

散？芙拉蜜絲忽然一怔。

「燒掉它行嗎？反正大寶已經沒命了。」江雨晨看著大寶，它正流著淚，悲傷的眼望著她們。

「我一燒，愛莉諾就會離開它的身體，它不是低階疫魔，咒語凍不住它。」芙拉蜜絲早就想過了。「不過，至少我能阻止它繼續折磨大寶！」

她冷不防的抽鞭，這一次她改變戰略，忽然衝上前，大範圍的讓金刀在空中呈波浪狀往返攻擊，在一秒內分別攻擊左右巨大蟲足，疫蟲懼怕金刀，金刀一逼近它們就會崩散，但如果同時左右兩邊有超過兩隻以上的蟲足崩毀的話——砰！

大寶就倒下來了！

「有本事就現出原形來跟我單挑啦！」另一邊的江雨晨氣急敗壞的上前，劈砍那些未崩毀的蟲足……她真的很氣疫蟲爬到她身上的事。

大寶躺在地上，崩毀的疫蟲決意放棄這個身體，大量疾速的自大寶身上的洞口湧出，芙拉蜜絲見狀趕緊上前拉開太過靠近的江雨晨，她們步步後退，看著疫蟲再度將牆染黑，爬上了下水道的石壁、天花板，最後聚集在一旁的牆上，重新組出愛莉諾的臉龐。

大寶倒在地上，奄奄一息，全身千瘡百孔，一句話都來不及說便斷了氣。

勞大哥呢？芙拉蜜絲這才發現，他根本不在這塊空地上。

『又一個詭異的人，哪裡來的靈魂，居然附身？』愛莉諾冷笑著，『光是跟防衛廳告發妳們兩個，就有得瞧了。』

「講得妳真是人類一樣，融入這裡生活了？」

『我說過，我還沒玩夠呢！』愛莉諾得意洋洋，『接下來才是最有趣的階段，瘟疫越久，死於瘟疫的人越少，自相殘殺那才有趣！』

「可惜妳看不到那一天了！」說時遲那時快，芙拉蜜絲直接送出火燄往愛莉諾投去！

火球擊上牆，可疫蟲移動的速度太快，根本撲了個空！

『哈哈哈！人類！區區人類怎麼能跟我鬥！』愛莉諾的聲音來自四面八方，芙拉蜜絲跟江雨晨緊張的左右張望，這表示它散開了！『再厲害的闇行使也不可能對付我們的！』

「做妖最好是不要太自負。」江雨晨咬牙切齒的說，忽然一掌擊上芙拉蜜絲的背，「喂！振作點啊妳！」

「呃啊——」芙拉蜜絲內臟差點沒有吐出來，「咳咳咳！我、我怎麼振作！我沒有咒語，我只有金刀跟火，但是定不住她的話，我根本沒辦法——」

「喂，妳有火的靈力耶！」江雨晨嚷了起來，「開發自己的靈力好嗎？這幾個月來妳都在幹嘛啊！」

什麼……開發？芙拉蜜絲愣愣的看著江雨晨，「開發是什麼意思？我還可以更強嗎？」

「廢話！」江雨晨瞪了她一眼，「妳以為妳是誰的女兒啊！」

她是誰的女兒？她是闇行使者班奈・艾爾頓與露娜的女兒啊！

啪！火把倏地亮起，勞大哥居然憑空出現，手裡拿著火把朝她們大喊，「快過來這裡！」

芙拉蜜絲倒抽一口氣，在火光搖曳下，留意到牆邊有暗門，勞大哥剛剛是躲進去了嗎？

可是還沒有邁開步伐，火光就照出勞大哥身後的牆上，是密密麻麻的疫蟲！

「後面！」芙拉蜜絲大喊著，勞大哥即刻回身，拿著火把往牆上燒去。

低喃聲跟著傳來，他在唸咒，聽不出來是什麼咒文，可是看來對疫魔絲毫沒有作用，因為那堆疫蟲從天而降，像沙漏似的落到地面，往上層層堆疊成……愛莉諾原本的模樣。

『人類有趣的地方就在這裡，總是在無能為力的地方特別拚命！』愛莉諾堆滿笑容，這是芙拉蜜絲第一次看見她笑，『我真的很喜歡看你們拚盡全力還是失敗的模樣！』

「喝！」勞大哥不由分說，擎在手裡的火把就直接往愛莉諾身體燒去，他集中靈力施咒，可是愛莉諾依然不為所動。

『我其實還滿敬重你的，本來想留你到最後，只是很遺憾被這個小女生搗亂了！』火在她身上燒著，但是卻絲毫無礙，『看在相處這麼久的份上，給你一點甜頭好了！』

勞大哥根本沒在聽她說話，只是專注的想以自身靈力困住、或是傷害愛莉諾……但徒勞無功，這一切都沒有用！

「勞大哥！你快走！」芙拉蜜絲衝上前，甩鞭出去試著想圈住勞大哥往自個兒這邊拉來。

怎知愛莉諾一伸手，連碰都沒碰到鞭子，就直接影響了氣流，下水道裡莫名其妙刮起一陣風，將飛舞的鞭子往壁上吹去，全然失了準頭。

「我等這刻很久了，阿樹今天帶隊離開時就說過，有東西在下水道——居然是妳！」勞大哥怒吼著，短刃直刺入愛莉諾胸膛！

可她卻不為所動，揪住勞大哥的領子，揚起笑容，俯頸而下……吻住了勞大哥。

這如果是正常的情況，那該是多麼美好的場景啊？婀娜的女人吻著歷經風霜但剛毅的男人，只是男人卻不陶醉浪漫，而是瞪大雙眸，感受著自嘴巴灌入的大量疫蟲！

「光用想的我就覺得噁心！」江雨晨起了雞皮疙瘩，舉起大刀，「掩護我！」

她率先攻去，人沒到就先拋扔出江雨晨擅長的飛刀，四柄刀子插進愛莉諾的體內，但她根本不在意，芙拉蜜絲舉鞭向左，金刀順著往左飛去，接著再使勁往右下一拽，好讓刀子能刺進愛莉諾的後頸項！

愛莉諾倏地睜眼，千鈞一髮之際往旁邊閃過，芙拉蜜絲收鞭不及，刀子直直刺穿了勞大哥的前胸！

「啊！」芙拉蜜絲驚愕的握緊鞭子，直覺性的意圖抽起，誰知勞大哥居然握住刀柄，狠狠的往自個兒胸膛沒入。

「燒……燒掉！」勞大哥大吼著，跟著乾嘔，咚的跪上了地，看起來痛苦異常。

燒掉，連同勞大哥嗎？芙拉蜜絲又遲疑了，愛莉諾沒有要讓疫蟲吃掉勞大哥，而是讓他染了病。

「快燒！」江雨晨緊張的大喊，「他想把疫蟲鎖在自己身體裡，妳還不趁機燒！」

是，勞大哥拚盡全力的想將疫病全鎖在體內，這樣只要芙拉蜜絲的靈火有效，至少能削減愛莉諾的力量！

芙拉蜜絲咬緊牙關，火燄從金刀而生，緊接著開始焚燒勞大哥的身體、內臟，從頭到腳都得包裹在火燄之中。

「這兩天從南方來的人……可以解救闇行使……」勞大哥咬牙切齒的在大火裡說著，「我……我信阿樹，我信……啊——」

勞大哥表情痛苦卻不讓自己叫出聲，他深怕下水道的四通八達，會將恐懼傳遞給其他人聽見，甚至會讓地面上的人發現。

什麼？芙拉蜜絲怔然的聽著勞大哥的碎語，後面的話已經聽不見了，但是他剛剛的確說了些什麼。

『嘻。』黑暗中，隱約傳來愛莉諾的笑聲。

江雨晨將飛刀朝聲音的方向擲去，沙沙聲作響，愛莉諾再度環繞她們，而倒地的勞大哥頭頂忽有東西竄動，下一秒迸出了大量的蟲子！

「雨晨退後！」芙拉蜜絲立刻抽出插在勞大哥胸前的金刀，往江雨晨跟前打去，避免竄出的疫蟲爬上她的身體！

江雨晨一邊哀叫一邊跳腳後退，連忙往芙拉蜜絲身邊來，看著疫蟲再度往牆上天花板四處攀爬，忍不住低咒……困不住疫蟲就燒不盡，這個疫魔根本快無敵了。

『妳們兩個都很強，就讓妳們也生點病吧！』愛莉諾的聲音自前方高處傳來，『再拜託妳們去盡情傳染了！』

自黑暗中幻化而出的是一隻由疫蟲組成的巨大手掌，從天而降的要將她們覆蓋，芙拉蜜絲倒抽了一口氣，立刻壓下江雨晨，將鞭子在頭頂上盤旋，阻止手掌壓下！

但巨手瞬間再度分散，頓時分成數支箭矢，由她們正面攻來——太卑鄙了吧！

江雨晨單膝跪地，突然挺直腰桿往前迎戰，左手的防護手環使勁一甩，一道藍光竄入水中，緊接著下水道的水居然湧上，形成了一道水牆！

「刀子！」江雨晨大喊，芙拉蜜絲即刻領會，將鞭子收下，手握金刀插入水裡。

下水道裡的水逐漸增多，從擋在她們面前並開始朝左右兩旁流動，形成一個圓柱狀，將她們重重包圍。

『什麼？』愛莉諾重新回到人形，皺起眉不可思議的看著眼前的水柱，『這怎麼可能？妳們到底是什麼人？』

「最愛知其不可為而為之的人類。」芙拉蜜絲勾起微笑，金刀的力量融入水裡，水牆包裹著她們，疫魔不敢近身。

唯一的弱點，就在於頭頂是空著的，雨晨似乎沒有辦法對抗重力。

「哼。」江雨晨低咒著，「我巴不得淹死妳這王八蛋！」

「它們不怕水！」芙拉蜜絲低語，「除非金刀在水裡，然後困住它們……但疫魔不可能乖乖就範的！」

「唉！」江雨晨不耐煩極了，「我討厭妖魔跟蟲！」

愛莉諾雙手倏地開展，一瞬間又崩散成無數蟲子，再度聚合而起時，成了剛剛她們才看過的巨蟲，只是這一次不是從誰的體內鑽出，而是本體！

不管那張臉多像人，依然令人作嘔。

「簡直像特大號的蟑螂。」江雨晨緊皺起眉，「我試著用水嚇她，妳看能不能用刀子傷她……運用靈力啊！」

芙拉蜜絲深吸了一口氣，兩個人直接往前邁開步伐，水牆跟著移動，但是蟲子是可以對抗重力的——愛莉諾一瞬間朝牆邊一跳，再一跳就來到她們頭頂，縱足垂直刺了進來！

水來不及移動，但芙拉蜜絲的鞭子夠快，她向上拋去，金刀嚇阻了刺下的蟲足，緊接著她立定躍起向上握住刀子，就往那蟲足割下——鏗鏘聲起，她砍到了！

『啊啊——』愛莉諾慌張的後退著，她的其中一隻蟲足正在燃燒。

可是她有八對腳啊！

水牆突然退散，成了多條水龍分別纏住了蟲足，江雨晨掄起大刀往前再度一陣歇斯底里的劈砍，愛莉諾並不怕水，但是水還是能牽制影響她的行動，加上江雨晨的劈砍，逼著愛莉諾忙碌不堪。

芙拉蜜絲大膽的甩鞭出去，鞭子纏上愛莉諾的蟲足，她跟著被舉起，如此近身，她才能夠真的傷到疫魔！

愛莉諾早發現她跳上腳了，卻只是揚起微笑，輕鬆的將蟲足往上一抬，芙拉蜜絲立刻失去重心，又被往上拋扔——眼前像是蟲腹啊，她緊握著金刀，使勁全力的刺進——啊！

愛莉諾另一隻蟲足的速度比她快，由後背刺穿了她的肚子。

# 第十二章

「芙拉蜜絲！」江雨晨尖叫著，水即刻朝她身邊裹去，但愛莉諾的一雙蟲足卻迎面而來！

不行！雨晨，妳得先護著自己！

「啊啊啊！」江雨晨氣憤難耐的大吼著，水牆在面前厚厚築起，延緩了直襲而來的蟲足，她抓準機會向後逃竄。

而左手邊的芙拉蜜絲感受著無數小蟲鑽進了她的傷口、血液、內臟，二話不說將金刀從前方刺進了腹部那個窟窿。

她被狠狠甩上牆，鮮血四濺，但身體內外的疫蟲至少被逼走了。

「有沒有搞錯啊！」江雨晨跌跌撞撞的跑過來，拖走芙拉蜜絲，「我就不信真的對付不了這種傢伙！」

『嘻嘻……嘻嘻……』愛莉諾喜不自勝的笑著，抬起沾滿芙拉蜜絲鮮血的蟲足，往嘴邊一舔——咦？

她的笑容頓時僵住，這怎麼可能？她狐疑的望著蟲足上的紅血，居然讓她遇到這麼千載難逢的機會？

「這麼強的靈力……血流乾就太浪費了。」愛莉諾緩步逼前，「我要是吃了妳，說不定就能直接進階……」

根本沒人在聽她說話，江雨晨顧著止血，芙拉蜜絲撐著身子坐起，她不能在這裡倒下去，疫魔還沒解決！

「燒掉她！」江雨晨咬牙說著，「妳現在就放火燒，我就不信燒掉整個下水道，她能跑到哪裡去！」

燒掉整個下水道？芙拉蜜絲蹙著眉看向江雨晨，廢話，這豈不是跟火燒安林鎮一樣嗎？沒有一個生物能逃得過，但是、但是下水道裡還有百餘人啊！

「不行……」她搖著頭，「太多人在下面了，而且萬一、萬一我又失控，也把上面燒掉怎麼辦！」

「別煩惱了！妳很快就沒有痛苦了！」愛莉諾愉悅的撲上前，拿蟲足當叉子似的，想將芙拉蜜絲串起。

江雨晨毫不猶豫的抽起還在芙拉蜜絲肚子裡的金刀，權充飛刀射去，愛莉諾根本沒料到她會這麼做，瞬間閃避不及，金刀沒入腹中，大型的疫蟲瞬間潰散！

『啊啊啊——』一團火在半空中焚燒，看來是傷到了疫魔的一部分了。

「呃——」芙拉蜜絲痛得倒抽一口氣，趕緊摀住肚子，金刀鏗鏘落地還伴隨著火光，忍不住瞟向抱著她的江雨晨，「幹、幹得好……」

她擰著眉，脫下圍巾就往芙拉蜜絲肚子裡的傷口塞去，這樣的血再不止的話，她會失血過多的！

「妳能不能把血管封住？」江雨晨看著滿手的鮮血，「用火燒，封住血管、封住傷口……只是會很痛很醜而已。」

她邊說，一邊看著愛莉諾那張大臉，就在兩點鐘方向的通道壁上，她有一邊的臉彷彿被毀掉似的。

「燒……」芙拉蜜絲吃力的坐起身，她的血管跟傷口如果像焊鐵一樣封住的話。

她很累、很想睡，不只感受到生命的流逝，也感受到靈力正在散去，但是她不能倒在這裡，東北方……那裡還有地方等著她前往。

小小的火苗在芙拉蜜絲的肚子裡竄出，她咬著自己的圍巾，忍受著椎心刺骨的疼痛，「啊啊啊——噫——」

一點一滴，望著自己血流不止的傷口，讓火燒的焦痕封住了所有！

同時間，下水道裡居然傳來紛沓的腳步聲，一個接著一個，讓江雨晨聽得恐慌至極，這種時候……誰下來攪局啊！

「喂！保持清醒！」她留意到芙拉蜜絲疲軟的倒進她的臂彎裡，趕緊不客氣的打著巴掌，「妳要是睡著，我就拿下水道的水潑妳喔！」

芙拉蜜絲頓時睜開雙眼，「這太噁心了吧！」

腳步聲一下子到了跟前，從兩三條下水道中，居然跑來了好幾個女孩，領頭的還是……日下部梅？

「九班導師？」芙拉蜜絲簡直不敢相信，「妳、妳下來做什麼？」

日下部梅望著她，眼神卻很迷惘，她繼續朝她走來，後面跟了好幾個女生，「意外訪客」甚至有才七、八歲的女孩，她們一個接一個，試圖走上芙拉蜜絲所在的平台。

「為什麼來這裡啊？滾啊！」江雨晨氣急敗壞的嚷著，這才是明知山有虎，偏向虎山行的代表吧！

沒有人在聽她們說話，牆上的愛莉諾冷不防的朝四面八方散去，直接湧向了所有進來的女孩！

「雨晨！用水！」芙拉蜜絲驚恐的大喊，撐著牆要起身，「快先把蟲沖走！」

「沖……它們又不是普通的蟲！」嘴巴雖然這樣喊，不過江雨晨還是讓下水道的水淹上通道，試圖沖走沿著小徑爬行的疫蟲，但的確毫無效果。

因為，日下部梅首當其衝，忽然她低首尖叫，有疫蟲爬上她的身體了！

「什麼東西……天！哇啊！」她驚恐的尖叫著，原地亂轉掙扎，撲通一聲就掉下了水裡！

「嘎呀——哇哇！」緊接著其他女孩也跟著失聲尖叫，抓著衣服抓著背，因為全在小徑上，幾乎都往水裡跌去。

唯有兩個在歇斯底里中摔上了空地，但江雨晨跟芙拉下意識的向後退，疫蟲自腳爬上她們全身，再度鑽入了七孔。

沒有痛苦的掙扎，沒有見血……芙拉蜜絲暗暗的跟江雨晨交換眼神，愛莉諾沒有打算吃掉她們，是要讓她們得病？還是跟大寶一樣打算控制她們？

「妳剛有算幾個人嗎？」芙拉蜜絲嚥了口口水。

「最少有四、五個以上吧？」江雨晨連聲音都在顫抖，媽的，如果有五隻巨蟲，那她寧願跳進下水道裡游泳出去！

兩個人對望一眼，江雨晨不假思索的抓著芙拉蜜絲的腋下站起，她滿手是血扶著牆都會滑掉，吃力的咬牙站起，不敢退到平台邊緣，也不敢貼著牆，騎虎難下的站在空地中央看著早已不再掙扎的兩個女孩。

然後，唰的一隻手從水裡伸起，嚇得她們尖叫出聲。「呀——」

濕漉漉的手啪的擊地，日下部梅突然從水裡鑽出，毫不費力的爬上了平台，緊接著一隻跟著一隻的手紛紛自水裡出現，然後每個女孩子們通通爬上了平台。

芙拉蜜絲認真的梭巡了一遍，什麼四、五個？這裡有八位！全是女生，最小七歲大到三十歲都有，現在全身都在滴水，眼神是徹底的黑——她當然見過這模樣，她們都染了病，也都被疫魔控制住了，體內全是疫蟲，控制著大腦、控制著四肢肌肉。

「看看這模樣，妳捨得用金刀殺掉她嗎？」最小的女孩子開口了，她有著紅色的小捲髮，相當可愛……也很面熟，「割斷她的喉嚨？還是刺穿她的胸口？」

芙拉蜜絲緊握著鞭子，微微顫抖。

「妳儘管殺，殺掉這個女孩後，我頂多也是離開這副身體罷了。」日下部梅接著出聲，「妳絲毫殺傷不到我，卻殺死了這些人。」

被抓住弱點了。江雨晨咬著唇，盡力擋在芙拉蜜絲面前，她們沒辦法對普通人下手，尤其是在沒有辦法同時毀掉疫魔的前提下。

殺死陳家華時她沒有猶豫，是因為染病的人必死，況且陳家華已經不能再恢復了，燒掉他的同時也能燒死低階疫魔，所以她不會猶豫；可是現在不同，凍結不住愛莉諾，只是白白犧牲這些女孩的性命。

八個女孩都在微笑，她們知道，眼前這兩個少女不可能痛下殺手，其實剛剛江雨晨說得很對，芙拉蜜絲只要燒掉整個下水道，就一定能解決——可是她做不到。

因為太有良心了。

「我要吃了妳，血液、內臟，全部都要吃得乾乾淨淨，妳的靈力能幫助我成為高階疫魔。」日下部梅率領著其他女孩，形成個半圓圍繞著她們進逼，「至於另一個，本體沒什麼，但是附身的靈魂看起來也非常非常的美味……」

「就怕妳吞不下去，會噎著。」江雨晨冷哼一聲，大刀打橫，戒慎恐懼的看著圍繞著她們的疫魔。

「……妳只是中階疫魔？」芙拉蜜絲倒聽到了不同的資訊，「天哪，只是中階就這麼難纏？」

八個女孩同時雙手合十，滿是歡喜的笑著，「妳有感受過被活活吃掉的感覺嗎？嘻……哈哈哈！」

「自負容易帶來失敗，不管人或是妖魔都一樣。」

輕揚悅耳的聲音終於傳來，是來自她們身後，芙拉蜜絲靠著的石牆驀地再度打開，她整個人跌了進去，落入冰冷有力的臂彎之中。

江雨晨瞠目結舌的向右看去，秘門？

「法海……」芙拉蜜絲不支的抓著他，淚水迸出，「我以為你不想管我了！」

「怎麼可能？」他揚起笑容，「但江雨晨說得對，總是要鍛鍊一下！」

他鼻間嗅到甜美芬芳的醉人香氣，攙著芙拉蜜絲執起她的手，望著上頭的鮮血有些出神。

芙拉蜜絲緊張的扭著手，他不會見到血就失控了吧？雖然他是沒有牙齒的沒用吸血鬼，但她現在肚子有個洞，沒牙插根吸管都能喝吧！

「怕什麼？」他加重力道緊握住她的手掌，睨了她一眼。

「我……」冰冷自掌心傳遍身子，她哪能不怕啊！「現在是什麼時候啊，你看一下情況吧！」

法海只是勾起笑容，竟張口含住她漸趨冰冷的手指，江雨晨根本呆住了，現在是怎樣啊！怎麼突然性感起來了？她們身後有一圈的疫魔耶！

「很迷人對吧？」日下部梅瞇起眼，「芙拉蜜絲是我的，請你不要搶奪。」

「妳的？笑話，因為妳在她肚子上開了個洞？還是因為妳先在下水道？」法海邊說邊往她肚子探去，不悅的皺了眉，「喂！燒成這樣，疤痕會很醜妳知道吧？」

「沒辦法管這麼多了……」不燒，她只怕現在已經是一具冰冷的屍體了。

「她是我的——這兩個女生都是——」日下部梅氣急敗壞的怒吼著，「居然無視……咦？」聲音轉為驚恐，江雨晨也留意到了，從法海出現後，這八位女生動也不動，一直呈半月形包圍著她們，但是誰也沒有再進逼，甚至有個十歲大的女孩腳還懸在半空中，是正準備跨出一步的模樣。

江雨晨轉了轉眼珠子，大膽的推了就近的一個少女一把——動不了？

「你凍住她們了？」芙拉蜜絲見狀，精神都來了。

「不、不可能！」最小的女孩尖叫著，「他或許能控制惡鬼或是妖精，但我是妖魔，我們接近同一種族類，不可能！」

「自負總是致命傷！」法海聳了聳肩，舔著自己染上芙拉鮮血的指頭，「先不論我的能力與否，照常理來說，我的確無法順利控制妖魔……我也沒有這麼做！」

他只是……這些女孩是受到吸血鬼詛咒的人，妖魔入體等於侵入了吸血鬼的獵物中，他只是禁錮了女孩的身體，順便把入侵的傢伙一起困住罷了；怪只怪妖魔不懂得這件事，因為不死族鮮少跟其他族類起衝突。

子。

噢，或者說起過衝突的都已灰飛煙滅，所以不會流傳、不會有人知道，跟不死族作對是傻

「但我不能動！」好幾個女孩異口同聲，看得出來她們正在使勁，臉都漲紅了，「誰——怎麼可能！」

芙拉蜜絲用意志力支撐著身體，八個女孩……不管原因為何，至少這個疫魔把自己分成了八個鑽進女孩體內，卻出不來了，沒有比這個更好的時機了。

但是，要燒死八個女孩……

「慢慢想吧！」法海走上前，審視著女孩們，「都困住的話，妳能燒了吧？就單燒這八個女孩，不要讓火勢擴大。」

「燒死她們嗎？」芙拉蜜絲顫抖著回應，即使知道這可能是唯一的路，但看見那小小的女孩，她還是會於心不忍。

「你不能把疫魔逼出來嗎？」江雨晨打量著女孩們，「逼出來燒死，這些女孩也不會染上瘟疫……」

「做不到。」法海回應得直截了當，「這可是我精心準備的誘餌，唯有如此才能困住疫魔，再將之燒盡。」

「誘餌……啊啊啊！」芙拉蜜絲想起來了，不管是小女孩甚至是導師，她們都是追求法海的女孩，以及許仙的同學們！

安妮是曾經開茶會的女生、艾莉跟許仙一起回家、佛羅倫斯每天都帶一份點心給許仙吃……日下部老師更別說了，法海說不定跟她關係匪淺！

「別猶豫了，她們不染病遲早也會死。」法海乾脆的將日下部梅的長髮撩起，驚見她潰爛的頸子。「明天日出前如果不變成我的族類，她就會變成活死人，活生生的腐爛，其他女生也一樣，時間長短而已。」

「什麼？」芙拉蜜絲不可思議的看著法海，「活生生腐爛？天哪，你對她們做了什麼！」

「反正她們甘之如飴。」法海笑了起來，「只要想成妳是解救她們就好了！」

「這算哪門子的解救啊！」連江雨晨都覺得離譜，「有夠卑劣的你！」

法海無所謂的優雅迴步，「這就是我生活的方式，芙拉，不要再猶豫了，這可是一石二鳥的好機會。」

芙拉蜜絲痛苦的看著八張熟悉、美麗、天真的臉孔，她們的體內即使沒有疫魔，卻也離死不遠了……活活的腐爛，原來這就是成為吸血鬼食物，但又無法成為吸血鬼的下場。

「我不想死……」突然間，日下部梅顫抖著出聲了，「妳是五班的芙拉蜜絲，對吧，請不要殺我！」

「咦？這是哪裡？」小女孩忽地回神，「我不能動！爸爸！媽媽……哇——」

「為什麼我在這裡！好臭！這是哪裡！」

一個接著一個，女孩們恢復了自己的意識似的，無法判定真假，但是她們尖叫著、哭泣著，帶著困惑不解看著芙拉蜜絲。

江雨晨闔上雙眼，上前緊握住芙拉蜜絲的手，誰也不能猶豫。

芙拉蜜絲難受的轉著手腕，她想以金刀為首，圈住所有的女孩，將疫魔徹底的困在法器之內，再滅之。

江雨晨收刀，上前幫忙，將女孩們推擠在一起，任她們倒地坐下，泣不成聲。

「我萬一失控的話，你能阻止我嗎？」芙拉蜜絲望向倚在暗門邊的法海。

他搖搖頭，「在安林鎮時我連出手都危險，妳必須好好控制，就燒這八個女生，不要引燃其他物品，火不能通往其他管道。」

在下水道引火最危險的便是火勢容易在狹窄的管線內流通延燒，加上芙拉蜜絲的靈力不穩定，控制不妥只怕火勢會如爆炸般竄進所有的管線內。

「好難……」她在發抖，一旦開始大量引火，她怎麼有辦法阻止火勢竄進其他管線？更別說以此平台為中心，一旁可是呈放射狀多達六個管道啊！

「所以妳得學會控制。」法海忽然頓了一頓，往右方的黑暗看去。

他踩過勞大哥焦黑的屍體，望著黑暗一語不發，芙拉蜜絲做了好幾個深呼吸，讓江雨晨退到暗門處，手腕揮動，長鞭即刻圈住了八個女孩，金刀颯颯，最終刺入日下部梅的身體停下。

「呀——不要！我不想死，我什麼都沒做啊！」日下部梅嚎啕大哭著。

不能聽不能看，芙拉蜜絲別過頭，留意到一點鐘方向背對她們的法海，有點詭異。

「怎麼了嗎？」法海身邊的空氣相當緊繃，他在看什麼？

「好像……」法海伸手觸及牆面，「漏網之魚啊……」

漏網之魚？這四個字聽起來一點都不好，芙拉蜜絲豎耳傾聽，但是女孩們又哭又叫的聲音讓她無法專心，江雨晨也嚴肅的環顧四周，四周太暗，索性打開手電筒——

在她正上方，有一小團疫蟲，不動聲色的凝聚在上頭！

「什——」她嚇了一跳，疫蟲不移動不爬行，所以根本聽不到蟲足的聲響！

嘩啦，疫蟲看準了時機，直接掉下，江雨晨轉身想閃躲，結果才回身竟被法海箝住，她錯愕之餘，疫蟲已然落進她的頭上、衣裡，甚至是嘴裡！

「呃——」下一秒，她痛苦的倒地，蟲鑽進了她的身體裡！

「雨晨！」芙拉蜜絲簡直不敢相信，「法海！你做什麼！」

她奔了過去，想要拉起江雨晨，但是她卻痛苦的抽搐著。

「哈哈哈，燒啊！燒啊！」日下部梅瞬間又換了副嘴臉，「有本事妳就全把我們燒了，包括妳的好朋友！」

不不不不！芙拉蜜絲看著痛苦的江雨晨，抬首瞪著法海，「為什麼！」

「精準的，只燒疫蟲。」他微微一笑，「妳做得到的。」

……他在說什麼？精準的，只燒死疫蟲不傷害雨晨？這種事有可能嗎？江雨晨咬著牙倏地伸手抓住她的衣服，緊皺著眉瞪著她。

「我信妳……快點——它們在我身體裡鑽！」

身體裡——芙拉蜜絲低首看向江雨晨的身體，有這麼一瞬間……她看見了！

雨晨體內鑽動的小小蟲子正在亂爬，芙拉蜜絲感到手指發熱，逐漸成了如炭般的亮橘色，伸手輕點，微弱的橘色火苗開始燃起，點狀的燒掉江雨晨皮膚外正要努力鑽進去的疫蟲，再來是食道、胃……還有胸腔……

她的頭髮轉為紅色，髮尾也帶著火燄，火舌是從她身上開始燃燒，然後……芙拉蜜絲淡淡看了倒在地上的女孩一眼，金刀轟然竄出火花，日下部梅立即驚恐的慘叫！

她幾乎可以看見每個女孩體內的疫蟲，它們佔據了她們所有的器官、腦部，塞滿了血液，掙扎的慌亂的想要逃脫，卻離不開那個身體，芙拉蜜絲起身走向日下部梅，沒入她體內的金刀在她五臟六腑裡燃起火勢，瞬間燒乾了裡頭的疫蟲。

芙拉蜜絲拔起刀子，她必須要斬草除根，手握著燃火的金刀，平心靜氣的開始專注靈力，背誦著書上的咒語，她一直認為那是凍結住低階疫魔的咒文，但這瞬間，她突然領悟到那是一種淨化咒。

金刀上的文字都因為著火而泛出橘光，唯有一排字綻出了銀色光芒，隨著她的靈力加強，光芒益發強烈。

所以，她一刀一刀，刺進了每個女孩的胸口。

不管是總是笑吟吟的同學、姐姐，或是跟許仙一起回來的可愛女孩，她都必須把她們當成疫魔，聽不見哭泣與求助，從她手刃堂姐開始，就明白闇行使必須要冷酷面對著所有的威脅。

「芙拉姐姐——」安妮望著她痛苦的大喊著，如此我見猶憐。

芙拉蜜絲不許自己閉眼，緊握著刀子，凝視著那無辜的眼神，將刀子刺進她大喊的嘴裡，穿過她的頭顱。

不能有一絲一毫的遺漏，因為只要有疫魔存在，瘟疫就不會結束。

整個區域燃起了熊熊大火，昏迷的江雨晨周圍有著結界，能不受大火侵擾，法海依然倚在暗門邊，看著這絕美的景色。

老實說，紅色的芙拉蜜絲是最美的。

她突然向左方看去，燃火的鞭子朝半空中一揮，幾縷火燄憑空送了出去。

「兩個低階疫魔。」她喃喃唸著，誰也休想離開。

「剩下帳篷區的傢伙了。」法海走向她，「主人一死它們便無主，不是逃往無界森林，就是繼續潛伏。」

「我感覺得到它們……」芙拉蜜絲耳邊不停傳來沙沙聲響，從遙遠的禁區，「我得過去那邊一趟……」

「倒不急於一時。」

法海溫柔的由後抱著她，冰冷的手置於她的腹部，她感覺到傷口似乎正在修復似的……人變得輕飄飄的，人被焚燒的劈啪聲不斷，惡臭不止，這味道真是熟悉。

啊啊，是了，在安林鎮那晚也是如此。

懷中的女孩癱軟，法海抱住了她，火燄正逐漸收回消散，眼前有一團焦屍，他勾起一抹冷笑，不客氣的踹了那堆焦屍一腳，瞬間黑灰崩散，裡頭還有道未燒盡的殘火。

「快天亮時把這些灰都扔進水裡去。」他將芙拉蜜絲扛上肩頭，再上前拉起江雨晨，「帳篷那邊如何？」

「低階疫魔們不敢離開，就躲在裡頭。」不遠處的水溝蓋，傳來稚嫩的童音。

「我送這兩個回去，你待在這兒。」

「是！」小小的手打開水溝蓋，一眨眼工夫就來到平台上的焦屍前，但是金髮的王子已經不在了。

他噘起嘴踢玩著焦屍，屍塊一塊塊的崩落，灰飛塵揚，小小的男孩不高興的把灰朝水裡踢去！

哼！真討厭，明明說好要回來吃飯的嘛！

枝椏上吐出鮮嫩的綠葉，白雪依然掛在枝頭，教堂莊嚴的鐘聲響動著，都城西區氣氛肅穆，因為今天是聯合葬禮。

陽光璀璨，氣溫卻依然只有零下七度，但瘟疫已去，人們心裡都暖了起來。

一場瘟疫，一百三十五條人命喪生，其中不乏象徵著人類未來的孩子們，也都一併在瘟疫裡殞落；所有找得到屍體的都被焚化成灰，集合在一起公祭，不過失蹤者眾，有的人是被疫蟲活活啃盡，有的人是得病而亡，有的人則是下落不明。

但不管哪個，都是瘟疫的受害者。

瘟疫已經確定離去，北區對外的通道業已打開，殉職的醫護人員與防衛廳員被給予最隆重的葬禮，人們在聯合墓碑前獻上花束與最誠摯的祝福；禁區前的帳篷也已拆除，所有用品盡數燒毀。

疫魔除去時，在帳篷裡染病人們的存活率有百分之六十，算是相當高，醫生們研究配製的藥也相當有成效，除了病入膏肓者無能為力外，輕微者都恢復良好；至於攻擊性高的人全軍覆沒，他們的理智無法恢復，醫生診斷為腦部受損，多數都在數天後死亡。

最離奇的是二號帳篷，也就是收容所裡的闇行使們，他們無一罹難，全數在瘟疫中活了下來。

這讓人又羨又嫉又懼，羨慕著有靈能力的人果然不一般，嫉妒著他們遇到這麼可怕的病也能存活，一方面又懼怕他們的能力，真的與常人不同，是否有所危害？

北區的區長非常迅速的做了決斷，病癒後的闇行使依然全部關回收容所，並且再度施打毒劑，就怕他們在瘟疫期間注射的藥，萬一中和了控制他們的毒素怎麼辦？

這件事，任誰都無能為力，下水道的闇行使們即使氣憤也莫可奈何，他們的存在沒有被發現、又逃過瘟疫一劫，卻失去了勞大哥與眾多夥伴，現在大家忙著重新調配任務，選擇領頭羊，還有繼續低調的生活。

只是，風波尚未止息。

江雨晨起了個早，將家裡打掃乾淨，開門清掃時打開信箱，收了一疊情書跟信進來。

「又是情書……法海、許仙、法海法海……」唉，她分到都懶了，分好一疊擱在旁邊，再往下看見自己的名字，「咦？」

二樓的女孩放下筆，滿意的闔上書，她剛剛在父親留給她的書裡，補充完「疫魔」篇，將這次得到的資訊寫入、還畫上疫蟲的模樣，那天從帳篷裡帶回來的疫蟲已在玻璃罐裡化成灰，算是功成身退。

伸了個懶腰，她留意到腹部的傷痕，芙拉蜜絲往鏡前站去，掀開衣服看著自己肚皮上焦黑皺在一起的疤痕，真是怎麼看怎麼醜，但是……她揚起笑容，有種很帥的感覺！

「不喜歡我可以幫妳弄掉。」門口冷不防的站著金髮夢幻系王子，天曉得他在那邊看多久了。

「喂！」芙拉蜜絲緊張的把衣服拉好，「你幹嘛偷看啊，不敲門的喔！」

「妳門開著啊！」法海聳了聳肩，「說真的，傷疤不喜歡的話——」

「我覺得很帥！這是戰鬥的記號！」她自豪的昂首。

咚咚咚的聲響從樓下奔上，江雨晨拿著信跑了上來，「芙拉芙拉！要開學了！」

她看見站在門口的法海緩下腳步，打攪到他們了？

「要開學了？」她回應著往門口走。

「嗯啊，下星期開學，學校恢復運作了。」江雨晨遞出通知，「其實我們現在應該一直在上課的，是因為瘟疫停課了一陣子。」

「回學校感覺都不同了吧，我們班好像死了快一半。」芙拉蜜絲看了一下信封，連拆都懶得拆就往外走。

「是啊，這次瘟疫死傷太慘重了。」江雨晨也回身，「聽說法海的導師也失蹤了耶！」

走在前頭的法海輕嗯了一聲，芙拉蜜絲轉著眼珠子……雨晨醒來後對於在下水道的事只剩一半的印象，是在她看見巨大的大寶之前，之後所有的事，包括八個女生被愛莉諾附身，乃至於全數被燒死，還有替她燒掉體內的疫蟲，全都不記得了！

江雨晨自己也知道恐懼過頭後另一個人格會出現，這次她沒多問，只是抱著芙拉蜜絲一直哭，只要知道大家都沒事就好了。

所以雨晨不知道，她也燒死了日下部梅。

三個人魚貫下樓，許仙已經備妥早餐，他瞥見她們還不太開心，嘟高了嘴。

「還在不爽？」芙拉拉過江雨晨。

「對啊，那天我們沒趕回來吃飯，聽說他做了很完美的熔岩巧克力。」江雨晨吐了舌，熔岩巧克力要看時間吃的，過頭就癱掉，許仙為此氣炸了。

外頭傳來低沉的音樂聲，芙拉蜜絲往外探去，街頭是一片沉靜，教堂那兒還在舉行儀式。

「葬禮還沒結束嗎？」她蹙著眉問。

「沒這麼快，死了這麼多人，哀悼的時間需要長些。」法海說得自然，拉開椅子率先就座。

「是啊……」她站在紗門前，聽著悲傷的音樂在空氣中繚繞。

死亡名單中，死在她手上的人也不少，但是她不會後悔，解決了妖魔，大家才能有平安的日子。

「快來吃早餐吧！」江雨晨吆喝著，不忘瞇起眼對著許仙說：「謝謝你喔，許仙！」

「哼！」許仙哼的別過頭。

芙拉蜜絲輕笑起來，聽說都幾百歲了還這麼孩子氣？才旋身，就聽見腳步聲奔來，回首一瞥，阿樹竟然來了。

「阿樹！」她驚呼一聲，趕緊打開紗門，不忘左顧右盼，好確定沒人。

阿樹一溜煙就進來了，站在玄關旁，禮貌的跟斜前方的江雨晨打招呼，「放心，大家都在教堂那邊，我才敢過來的……妳們好大膽，居然沒去！」

「我們家沒人傷亡。」接口的竟然是江雨晨，「我沒有悲傷之心，不想去演戲。」

哇喔！法海咬著吐司，悄悄瞥了江雨晨一眼，這溫柔的女孩還是有固執的一面嘛！

「地下的一切還好嗎？」芙拉蜜絲趕緊問，「你上來做什麼？」

「就是怕妳擔心，跟妳說一下我們都很好，我們新的頭兒是黑剛大哥，他跟著勞大哥很久了，我們都很信任他。」阿樹邊說，一邊把揣在衣服裡的紙袋拿出來，塞在芙拉蜜絲手裡，「這是地下的大家對妳的感激，收著吧！」

芙拉蜜絲愣了一下，手裡拿著皺巴巴的大紙袋，裡面塞了很多東西，她有些錯愕，「這個……」

「我們真的沒想到疫魔會化成人類混進我們之中，而且都沒人發現……」阿樹顯得悲傷，「還害死了好多人！」

「它是妖魔，本來就不是我們能對付的……而且誰說沒人發現，你不是發現了嗎？」芙拉蜜絲笑了起來，「勞大哥很相信你的！」

阿樹突然緊握住她的雙手，眼眶轉著眼淚，複雜的情緒摻雜其間，反叫他欲言又止。

「怎麼了？」細膩的江雨晨走了過去，「真的沒事嗎？」

阿樹緊閉起雙眼搖了搖頭，又搖了搖。

「阿樹……我可以問你件事嗎？」芙拉蜜絲咬了咬唇，「那天……你是不是知道下水道會有事，所以才沒回去的？」

握著她的手震顫，阿樹下一秒就疲軟的蹲在地，「我應該要回去的，可是我怕，我知道會出事，就帶著小孩子們躲起來了！」

他覺得自己好懦弱，但是直覺告訴他不能回去，他看著小蘿蔔頭們，好不容易才出生的孩子，躲避過防衛廳的捕捉，應該要順利長大的，回去下水道他怕會難逃一死！

「你別這樣……你是在保護孩子們！」芙拉蜜絲趕緊拉他起來，「勞大哥也知道，他都知道！」

阿樹愕然抬首，滿臉淚水，「真、真的？」

「真的！就是因為這樣，我才確定疫魔藏身在你們之中。」芙拉蜜絲肯定的點頭，江雨晨趕緊幫忙拉起他，「你的直覺很準，勞大哥說，這是難得的天賦，從來沒有錯過！」

「是呀，連疫魔都會被你看出破綻呢！」江雨晨也鼓勵著他！

阿樹露出不好意思的神情，趕緊抹去淚水，「我們現在一切都上了軌道，瘟疫好不容易走了，人們也會重新生活，這陣子我們得更低調，還有要更認真的搶食物。」

「小心點別被抓到就是了。」芙拉蜜絲忍不住回頭往廚房偷看一眼，這角度瞧不見法海，

「如果有缺來找我好了！」

嘖！許仙瞪大藍眼看向法海，他懶洋洋的托著腮，這女人不知道幾百公里外的說話聲他只要想聽，就聽得見嗎？

阿樹連連點頭，再三道謝，終於鬆開芙拉蜜絲的手，往門邊退去；時間差不多了，他不宜久留。

「我們小隊是出來偷糧食的，差不多要會合離開了。」他往外窺探，以防萬一。

「現在應該還行，教堂的儀式還在進行，聽得到嗎？還在奏樂呢！」江雨晨望著遠方高聳

的鐘樓。

「對了，我們聽說上面開始檢討這場瘟疫的起始與流傳，你們要小心一點！」阿樹出門後又回頭，「瘟疫從哪裡來的、有沒有病源，我覺得這很容易扯到那時段進出都城的你們！」

江雨晨憂心的蹙眉，「那是疫魔耶，妖魔跟病源有什麼關係？」

「因為都城從來沒有過妖魔，他們認為妖魔是最近才進來……其實也不無道理。」阿樹無奈的聳肩，「政府那邊配了新的防衛廳員，也有新的神父過來，都在討論這件事，總之你們要有萬全之策！」

「知道！」芙拉蜜絲趨前拍拍他的肩，「謝謝你！」

喝！阿樹突然顫了一下身子，瞪圓雙眼，整個人像被什麼嚇到似的僵住！

芙拉蜜絲的手都還在他肩頭上，瞧見他這模樣反而嚇到了！

「阿樹？」她扣住他的肩頭搖晃，「你怎麼了？」

阿樹打了個哆嗦，瞬間倒抽一口氣就往後退，差點摔下樓，芙拉蜜絲反手握住他的手腕。

「你臉色好蒼白喔！」江雨晨也趨前，阿樹看起來不對勁啊！

阿樹望著江雨晨，再看向芙拉蜜絲，眼珠子來回轉著，終於逸出一口氣，眉心緊皺，臉色只有更鐵青。

「不，沒事！」他凝視著芙拉蜜絲，卻搖頭，根本言不由衷！「我真的得走了！」

「喂！阿樹！」芙拉蜜絲緊扣著他，「你是怎樣？你以為說沒事我會信嗎？」

「沒有啦！」他尷尬的笑笑，「我是想到我的事啦，妳緊張什麼！」

是嗎？連江雨晨都狐疑的望著沒有笑意的笑容，阿樹扭扭手脫離了芙拉蜜絲的箝握，三步併作兩步的往台階下奔去。

他剛剛出現了幻覺，所有的事在幾秒內穿過他的腦海……但是他知道，這跟當年在安林鎮時，他見著失火的情景一模一樣！

這是他準確的直覺。

走完階梯的他突然停了下來，看向站在門口的兩個女孩子，劃滿了笑容。

「芙拉蜜絲！」他突然大膽的高吼，「妳要幫忙解救闇行使喔！」

「嗄？」芙拉蜜絲根本丈二金剛摸不著頭腦，他莫名其妙是在說什麼？她跟江雨晨顧著緊張兮兮，這條街應該只有她們沒去葬禮吧！

阿樹高舉著手，笑得過分燦爛，「我以前超喜歡妳的！火之芙拉！」

唔……芙拉蜜絲頓時紅了臉，他莫名其妙的是在告什麼白啦！江雨晨噗哧的笑了起來，阿樹揮著手往前奔離，一轉眼就失去了蹤影。

「喜歡妳耶！」江雨晨用手肘推了推她。

「哎唷！他幹嘛說那些亂七八糟的！」她紅著雙頰，趕緊旋身往屋裡去。

才一轉身紗門裡就站著嘴嘟得非常非常高的男孩，他雙手抱胸，一雙藍色眼珠都快噴出火來了。

「好好，快涼掉了，我們立刻吃立刻去吃！」芙拉蜜絲推開門，一把想抱起許仙，他咻一下溜回廚房，「不要鬧脾氣了啦，許仙！我們又不是故意的！」

「自己溫牛奶啦！」

「不生氣，再做一次大餐給我們吃嘛！還是你想學蛋白霜？我可以教你艾爾頓家獨門的甜點喔！」

許仙嘛高的嘴立刻收起，眨著可愛的大眼瞅著她。「芙拉姐姐妳要喝牛奶嗎？我幫妳溫！」

嘖！法海挑了挑眉，看著許仙搬過凳子到爐邊加熱牛奶，這小子變得也太快了！也好，反正是煮給他吃的，他沒什麼損失。

「那我也教許仙一道菜當補償吧！」江雨晨笑著邊說，一邊關好紗門，扣上鐵環。

不知道為什麼，她總覺得阿樹剛剛說的話……要芙拉解救闇行使？又突然告白？彷彿現在不說以後就沒機會說，還有那不捨的眼神跟過分燦爛的笑容，真像在告別……啊！

好像……是在交代遺言似的。

# 尾聲

儘管葬禮結束，依然有傷心的家屬待在墓地，為亡者追思。

神父們散落在各處，寬慰著家屬，防衛廳長感慨的搖頭，這是一場災難，短時間內奪去了如此多人的性命，他從未主持過如此悲哀的集體葬禮，而且沒有一具屍體。

「請節哀順變。」神父趨前，「廳長的妻子似乎……」

廳長凝重的點點頭，「她是高中老師，完全無法避免的被感染了。」

「唉，瘟疫來勢洶洶，對方是疫魔的話人類根本措手不及。」神父嘆著氣，「所幸現在已經沒事了，但願一切都能否極泰來！」

「是啊，我只能這樣祈禱。」廳長沉重的頷首。

「不過，我很好奇，瘟疫是怎麼消失的？」神父陪著廳長徒步走回防衛廳，「據說是有醫生研發出特效藥？」

「其實……我們也不確定是否如此，但是瘟疫明顯得停止傳染，部分病患的病情也不再加重，甚至漸漸好轉，再加上醫生的藥物……」廳長遲疑了幾秒，「至少闇行使們幾乎全部康復了。」

「是這樣的，如果是疫魔引起的瘟疫，只有兩種方式能遏止。」神父伸出兩根手指，廳長注意到這個神父相當年輕，「其一，是除掉疫魔；其二，是疫魔停止散佈瘟疫，但你我都知道，妖魔不可能做這種事。」

廳長聽出神父的弦外之音，不由得皺起眉，「神父的意思難道是，有人除掉了疫魔？」

神父緩緩點頭，「很遺憾，這是極有可能的事。」

「遺憾？哈哈哈！」廳長笑了起來，「神父，這是可喜可賀之事啊，如果有人除掉疫魔，對整個都城都是好事啊！」

「不。」神父立即否決，「這表面上是件好事，但背後隱藏著令人膽戰心驚的禍害啊！」

「禍害？您是指闇行使吧！如果這真的是闇行使做的那更可以放心，他們的家人都在我們的監控範圍下，每個闇行使也都以毒藥控制著，根本不必擔心。」防衛廳長微微笑著，「更別說為了自己的家人安危，他們想辦法除掉疫魔也是情理中事。」

「只怕事情不是我們想的這麼簡單，怕就怕——是未受控管的闇行使。」神父語重心長的說著，「您聽過安林鎮嗎？」

「安林鎮？」廳長蹙眉，「有印象，有居民是從那裡來的！」

「那……我會建議您，確認一下安林鎮究竟發生了什麼事。」神父親切的建議著。

「安林鎮怎麼了嗎？」廳長困惑地問，「事實上我原本就想去詢問一些新居民的狀況，不過因為瘟疫四起，才中斷了這項業務。」

「那正好，您問個詳細，這樣您才會相信我的話。」

「神父，您的言下之意……」廳長不是傻子，他聽得出來，「彷彿是說這場瘟疫不尋常？」

神父緩緩點著頭，繼續向前走著。

「防備如此完善的都城，一夕之間突然發生瘟疫，不覺得太詭異了嗎？如果疫魔要侵入早就侵入了，絕對不是突然進來的。」神父打斷廳長，「跟什麼東西進來的，才是重點。」

廳長暗自倒抽一口氣，「您——認為是有人帶進來的？」

「我只是假設。」神父忽地改變口吻，變得溫和，「我只是認為在調查時，必須考慮各種可能性。」

廳長點著頭，彷彿在思考，走在神父身邊好一會兒都沒開口；遠遠的幾位神父迎面而來，大家相互頷首微笑，廳長這才回神，也看著北區新來的神父們。

這次的瘟疫，連教堂也無法保護神父們，死亡人數也相當慘重，所以政府才調來了新的神父們。

「我明白神父的意思了，我們開會時會好好留意。」廳長客氣的伸出左手，「還想請教神父的大名。」

「鐘朝瑋。」神父輕揭帽兜，廳長詫異的看見其實青澀的面容，「隸屬於末日教會。」

「您好，我是廳長，王昱尊。」王昱尊禮貌的自我介紹。

路西法率隊走來，朝神父頷首，再向廳長報告。「報告，第五小隊於闇行使收容所注射任務已經完成！」

「很好！」廳長趕緊為雙方介紹，「這是新來的神父，鐘朝瑋，這是第五小隊，他們剛剛為所有闇行使進行重新注射。」

鐘朝瑋劃上了滿意的笑容，「真是令人放心啊！辛苦大家了！」

小隊朝著廳長行禮，附近陸續走回大批闇行使，他們之前都是被租賃的身分，只因瘟疫四起才被召回，今日重新注射後，必須回到主人身邊。

闇行使們遠遠盯著廳長與神父，手上還按著剛注射完的傷口，輕輕動動指頭，感受著注入的藥劑在全身血液裡運行，然後與擦身而過的同伴輕頷首，每個人的眼裡，都藏著深不可測的喜悅。

這場瘟疫，讓他們再也不怕毒了。

哼。

*The End*

# 後記

好好好，我知道大家都很想念法海，這不是來了嗎？

芙拉蜜絲與法海終於走到都城了，不過被視為有罪者，到哪兒都一樣，只是換個地方苟且偷生而已。

好吧，我真的覺得他們很可憐，一旦被貼上標籤，這輩子都別想洗掉。

芙拉蜜絲終於到了曾嚮往的都城，可惜她心態與處境都已經大不相同了，不說她的性別根本不可能成為防衛隊員，光是「闇行使」的靈力便夠致命了；本集出現了不少新角色，畢竟是在都城，是個新環境。

當然，也要有新的魔物，在這未來的世界中，各式妖魔鬼怪可是與人類並存的。

有人好奇，芙拉蜜絲的路還有多長？快了快了，人在困境時，總是會找到一條離開的道路，如果我是芙拉蜜絲，其實一刻也不願待在人類世界中，我一定乖乖聽話按地圖去找到只屬於闇行使的國度；只是她的新仇舊恨還沒這麼快結束，不管是昔日的好友，或是未來的敵人，每個人都虎視眈眈。

老實說，自己寫著寫著，會覺得芙拉蜜絲是否乾脆活在無界森林裡還幸福些？她有靈力可以對抗各式魔物，地獄惡鬼也不成問題，何必在人類的世界中躲躲藏藏？

在這個非我族類就去死的世界，活得也太痛苦了，幸好我們沒有生活在這樣的世界裡（咦？）

哈，來聊點生活吧，我在寫這篇後記時，已經準備打包行李，要前往俄羅斯旅遊了，記得我曾在異遊鬼簿二之3中的《血孃》，便是以俄羅斯為背景的故事嗎？當時是參考了菁爸菁媽的旅遊資料而成，現在我終於可以自己去了。

當然我應該不會買到活人俄羅斯娃娃？只怕那駭人倉庫也找不到，我要好好的去逛我的紅場、克里姆林宮、聖彼得堡、地面下極深的地鐵！回來後再跟大家分享我的遊記，還有異遊鬼簿的實景導覽。

在這裡順便跟長久支持我的天使們說個好消息，之前我曾在部落格公告了關於洽談絕版書的事（http://goo.gl/vKgAwh），由於過去的書部分合約已到期，加上以前的出版工作室也已經停止營運，所以過去的出版品註定走上絕版一途！

而台灣書市近幾年真的不好，新書都不一定賣得動，更別說是「已經出版過的書」，很少有出版社願意承接，畢竟已經出版又再版過的書，還剩多少人會買？沒人想做賠本生意！

我當然不希望書就這樣莫名其妙絕版了，每本書都是珍貴的心血，我也希望它們有機會重新上架，但是大家有大家的難處，出版方要的當然是利潤，我跟你們一樣想要看書問世，我們必須在這中間取得平衡點。

經過諸多努力與漫長的時間，我在這兒鄭重宣布：書寶寶們有家了。

感謝「春天出版社」願意接納我所有的書寶寶，我知道他們也思考了許久，最後終於願意給書寶寶們一個家，舉凡小美系列、禁忌系列、異遊鬼簿全系列，將全部在未來「重新出版」。是「重新出版」不是「再版」喔！因為不是同一家出版社了！

也要請大家諒解，既然「重新出版」是販售「已經賣過一次甚至兩次三次」的作品，出版方自然會希望有不同的地方，沒有人想出版跟過去一模一樣的東西。

所以，每本重新出版的書應該會有番外，我明白有人會說早知道現在再買，少了一篇番外很虧之類的，可我會希望大家能記得當年得到的優勢是：「早有書並且早看到」了。

這觀念於東方有點難溝通，也會有人覺得早看晚看沒差，要就是要通贏，那我真的沒辦法，我只是想告訴大家洽談這些書並不容易，我也有我的難處。

總之，無論如何，找到願意收容舊書的出版社，我還是很開心的，也希望天使們能盡量傳教，當未來重新出版時，能讓大家都跌入小美、阿呆、安、惜風、小晨的懷抱。

而這全部的系列都有著若有似無（死不承認）的關聯，將成為一個完美的大家庭。

謝謝大家！謝謝春天出版社！我超愛你們的！

最後，在這淒涼的書市中獻上我最真摯的謝意，感謝購買這本書的您，因為這是支持作者最實際的行動，讓作者能繼續收到合約的關鍵。

笭菁　稽首再拜

# 妖異魔學園

DEVIL ACADEMY：THE SCHOOLHOUSES

等菁作品12

## 疫魔


| | |
|---|---|
| 作者 | 等菁 |
| 封面繪圖 | MOON |
| 封面設計 | 克里斯 |
| 內頁編排 | 三石設計 |
| 總編輯 | 莊宜勳 |
| 主編 | 鍾靈 |
| 編輯 | 黃郁潔 |

| | |
|---|---|
| 出版者 | 春天出版國際文化有限公司 |
| 地址 | 台北市信義區信義路四段458號3樓 |
| 電話 | 02-7718-0898 |
| 傳真 | 02-7718-2388 |
| E-mail | frank.spring@msa.hinet.net |
| 網址 | http://www.bookspring.com.tw |
| 部落格 | http://blog.pixnet.net/bookspring |
| 郵政帳號 | 19705538 |
| 戶名 | 春天出版國際文化有限公司 |
| 法律顧問 | 蕭顯忠律師事務所 |
| 出版日期 | 二〇一五年八月初版 |
| 定價 | 260元 |

| | |
|---|---|
| 總經銷 | 楨德圖書事業有限公司 |
| 地址 | 新北市新店區寶興路45巷6弄6號5樓 |
| 電話 | 02-8919-3186 |
| 傳真 | 02-8914-5524 |

國家圖書館出版品預行編目資料

妖異魔學園. 5, 疫魔 / 等菁作. -- 初版. -- 臺北市 : 春天出版國際, 2015.08
面 ; 公分
ISBN 978-986-5706-66-1(平裝)

857.7　　104006763





ISBN 978-986-5706-66-1
Printed in Taiwan